僕を成り上がらせようとする最強女師匠たちが育成方針を巡って修羅場《しゅらば》
Vol.4
Boku wo nariagaraseyou to suru saikyou-onna-shiho tachi ga ikusei-houshin wo megutte SYURABA
HIROTAKA AKAGI PRESENTS
赤城大空
［イラスト］タジマ粒子

NAME
テロメア
NAME
リオーネ
NAME
リュドミラ

シルフィ
NAME

「お姉ちゃんたち！
来てくれたんだ！」

「なんでわざわざ鍛え抜いた力を
他人なんざのために
使わねえといけねえんだ」
NAME
ヴァイル

NAME
クロス

CONTENTS

CHARACTERS

NAME クロス・アラカルト

冒険者に憧れる少年。
師匠たちの修行のお陰で夢に近づく。

NAME リオーネ・バーンエッジ

世界に９人しかいないS級冒険者の１人。
世界最強種の一角《龍神族《ドラゴニア》》で
近接戦闘に長けている。

NAME リュドミラ・ヘィルストーム

世界に９人しかいないS級冒険者の１人。
世界最強種の一角《ハイエルフ》で、
様々な魔法属性に精通している。

NAME テロメア・クレイブラッド

世界に９人しかいないS級冒険者の１人。
世界最強種の一角《最上位不死族《ノーライフキング》》で、
様々な嫌がらせスキルと回復魔法に長けている。

NAME エリシア・ラファガリオン

勇者の末裔。
歴代最高の天才と称されるサラブレッド。

NAME ソルティ・バスカディア

自称・全ての魔物を従える正真正銘の魔王。

NAME ジゼル・ストリング

冒険者学校付属の孤児組のリーダー格。
不器用な優しさがあり、人望は厚い。

NAME ギムレット・ウォルドレア

決闘でクロスに敗れ、
忠誠を誓った上位貴族の長男。

HIROTAKA AKAGI PRESENTS

僕を成り上がらせようとする最強女師匠たちが育成方針を巡って修羅場《しゅらば》

vol.4

赤城大空
［イラスト］タジマ粒子

Boku wo nariagaraseyou to suru
saikyou-onna-sisho tachi
ga Ikusei-houshin wo megutte
SYURABA

プロローグ　世界最強たちの善行（？）

それは、災害とも称される三人の女傑が「理想の男がいないなら、自分で育てりゃいいじゃない！」と思いつく少し前のこと。リオーネ、リュドミラ、テロメアの三人は、とある大国の第二都市を地図の上から消滅させることになった。

「ぶっ飛べオラアアアアアア！」

「「「ぎゃあああああああああああああっ⁉」」」

吹き飛ぶ城塞《じょうさい》。揺れる大地。響く轟音《ごうおん》。

かつてないほどの激しい戦火に包まれる大都市に兵士たちの哀れな悲鳴が響き渡る。

どうしてそんなことになったのかといえば、きっかけはそう大した話ではない。

数日前、リオーネたちが気まぐれにちょっとした人捜しの依頼を受けたところ大規模な人攫《ひとさら》い組織に辿《たど》り着き、その大本が最近やたらと戦争に力を入れているウルカ帝国の第二都市だったと判明。どうやら領主が手柄を立てるためにほとんど街ぐるみで非人道的な禁術実験に手を出していたらしく、リオーネたちは実験に利用されていた人々を解放することにしたのだ。胸クソ悪かったので。

「テロメアが人攫いのボスを拷も……質問して聞き出した実験場ってのはここだな」

と実験場から多数の被害者を逃がしていれば、出てくるのは当然領主の手勢。

その戦力はお飾りなどではなく、千人近い上級魔導師が協力して放つ儀式魔術や軍拡実験の末に生み出された魔力増幅炉による砲撃など、戦争級の戦力が次から次へと湧《わ》いて出る。

「隊長！　避難の済んでいない街の者が射線上におりますが!?」

「それがどうした！　躊躇《ちゆうちよ》していてはこっちがやられる！　さっさと撃て！」

指揮官が叫び、凄《すさ》まじい砲撃が三人の女傑を容赦なく襲う。

が、

「頂点土石魔法《メテオロード・クライシス》！」

「《崩拳》！」

「「「「ああああああああああああ!?」」」」

空から降ってくる巨大な岩石が戦争級の火力を容易《たやす》く相殺。衝撃波で山をも吹き飛ばす拳《こぶし》が城壁ごと兵士たちを粉砕。派手な戦闘の裏で、テロメアから猛毒回復魔法を食らい断末魔をあげ〝続ける〟最上級職指揮官の有様に兵隊たちの士気は壊滅。

そんなこんなであっという間に瓦礫《がれき》の山と化した第二都市を背後にリオーネが機嫌良く笑う。

「あー、スッキリした。ま、とりあえずこんだけ荒らしとけば実験体を取り返そうとする余力もねえだろ。そら、逃げろ逃げろ。念のためアルメリア王国の辺りまでは送ってやる」

「あ、ありがとうございます！」

兵士に見つかるのを恐れて地下に留まっていた被害者たちがわっと声をあげて逃げ始める。

と、そのときだった。

「ん？　おい、なんだあれ」

リオーネが視界の隅に妙なものを見つけて声を漏らす。

戦闘の余波で剝《む》き出しになった実験場の地下牢に、いままでになく厳重な扉が出現していたのだ。その扉には何重もの結界と特殊な魔法が施されており、これまでリオーネたちが破壊してきた牢屋とは明らかに様子が違っていた。その頑強な扉を、リオーネがデコピンで破壊する。

「お〜い。なにが捕まってるか知らないけど、助けにきたよ〜」

と、テロメアが回復魔法を用意しながら声をかけたところ、

「だ、れ……？」

暗がりの奥から掠《かす》れた声が響いた。

リュドミラが炎で照らせば――そこにいたのは小さな女の子だった。

年は七、八歳ほど。およそ人のものとは思えない美貌《びぼう》にうつろな目をした少女が鎖に繫《つな》がれ、怯《おび》えたように震えていたのだ。

かと思えば――バチバチバチッ！

幼い体が自らを守るように派手な音と光を発し、その輪郭を大きく揺らめかせる。

そのあり得ない存在に、Ｓ級冒険者たちは目を見開いた。

「この子はまさか……」

特定の環境下でしか生育できないとされる超希少種族。

その中でも恐らく、とびきりのイレギュラー。

それはこの第二都市が滅びたあとも様々な勢力から狙われるだろうことが明白かつ、安易に連れ回すことなどできない存在で。

すぐにでもしかるべき預け先に保護してもらう必要があると心当たりを脳裏に描きつつ、三人はその弱り切った幼い少女を救出するのだった。

第一章　世界最強たちの焦り

1

「もしかして君は勇者の伴侶《はんりょ》の座を……私のお婿さんの座を……狙ってるのかしら？」

「………………………………へ？」

上位貴族との決闘を辛くも乗り越え、冒険者学校の再開も翌日に控えたある日。

勇者の末裔《まつえい》エリシアさんに街中で捕まり路地裏に引きずりこまれた僕は、彼女の言葉の意味がわからず呆然《ぼうぜん》としていた。

そんな僕を尻目《しりめ》に、エリシアさんがほんのり顔を赤くし、小さな声で続ける。

「なんというか、その……いまこの街で派閥まで作って名をあげようとする冒険者って……大体〝それ〟が目的だから」

「………………………………？　…………………………あっ⁉」

そこまで言われて、僕はようやく気づく。

ここしばらくの自分の行い……貴族との決闘を繰り返し、平民の身で派閥まで作った（と吹聴されている）僕の行動は、強引に名をあげようとする精力的な冒険者そのもので。

そしていまこの街で若い男性が積極的に名をあげるということは、すなわち勇者の末裔エリシアさんへ自分の存在をアピールするということで。

貴族からの嫌がらせを止めることしか考えていなかった僕は、よりにもよってエリシアさん本人に言われてようやくそのとんでもない事実に気がついたのだ。

いままで僕がやってきた行為はいまこの街において、勇者の末裔エリシアさんへの求婚アピールにほかならないということに！

「ち、ちがっ、違うんです!!」

理解した瞬間、僕は顔を真っ赤にしながら全力で叫んでいた。

「あ、いやその、違うっていうのはエリシアさんとの結婚がイヤとかそういう意味じゃなくて……ってこれも変な意味ではなくて！　と、とにかくその、色々と誤解なんです！」

「……そうなの？」

「そうなんです!!」

ほとんどパニック状態になりながら、僕は必死にこれまでの経緯を説明した。

まずカトレアさんとの決闘は向こうが理不尽に喧嘩《けんか》を売ってきたということ。

そしてその勝負で派閥貴族を下してしまった僕たちへ裏で報復《嫌がらせ》を仕掛けてきたギムレットさんを止めるため、やむなく傘下入りを賭けた決闘を挑んだこと。

そして僕が派閥を立ち上げたなんていうのは確かに客観的に見たらそうだけど成り行き上仕方なかっただけ。なおかつ周りが大げさに言っている面もあり、エリシアさんへの求婚なんて畏《おそ》れ多い意図はまったくなかったこと等々。

身振り手振りも交え、僕はここ最近の事情を全力で説明した。

「そ、そっか……そうよね……」

と、僕の必死な言葉が通じたのだろう。

「だって……よく考えれば《無職》の君がいくら頑張ってくれたところでそもそも――」

なにか小さく呟《つぶや》きつつ、エリシアさんは僕の言葉に納得したように頷《うなず》いてくれた。

よ、よかった。

僕がエリシアさんに求婚してるなんてとんでもない誤解は無事に解けたみたいだ。

と、僕はまだ顔を赤くしながらほっと胸を撫《な》で下ろしていたのだけど――。

「……よくないな」

「え?」

一安心していた僕の隣で、エリシアさんがぽつりと声を漏らした。

「……なんでかしら。君とこの街で出会ってからずっと変な感じで……おかしなことばかり考えちゃう……自分の立場も忘れて……」

それは、なんだかとても寂しそうな声で。

「……ごめんね、勘違いで変なこと聞いちゃって」

そう言って申し訳なさそうに去ろうとするエリシアさんの背中が迷子の子供のようにも見えて、放っておけないなにかがあった。

だからだろうか。

「あ、あの！」

「え……？」

畏れ多いことに……僕は思わずエリシアさんを呼び止めていた。

自分でもなにをしているのかわからない。

思いっきり呼び止めておいて、「あ、あれ？　勢いで動いちゃったけどでもこの先はどうすれば……!?」と自分の所業に酷《ひど》く混乱する始末。

その結果、

「えっと、その、久しぶりにご飯でも食べに行きませんか？　ちょうど美味《おい》しいお店を見つけたので」

エリシアさんといえばご飯！

元気がなさそうならなおさら！

極めて短絡的な連想によって、僕はこの日はじめて勇者の末裔《まつえい》エリシアさんを自分からご飯に誘うのだった。

さて、そんなこんなでエリシアさんなら美味《おい》しいご飯で元気になってくれるかも、というちょっと失礼まである発想からご飯に誘ったわけなのだけど、

「……これ、すごく美味しい」

僕の短絡的な目論見は一定の成果を見せていた。

僕がエリシアさんを誘ったのは、中央通りにある少し高めの食堂。

座っているのは日当たりの良いテラス席。

僕が上級貴族との決闘に勝利したとき、孤児組のみんながお祝いで貸し切りにしてくれたお店だった。

どこにそんなお金があったかといえば……決闘の際に街全体で行われていた賭け。孤児組の面々は半ばヤケクソで大穴に僕の勝ち《・・・・》貯金を突っ込みずいぶんと儲けたらしく、そのお返しも兼ねてほぼ全メニューを奢《おご》ってくれたのだ。なので僕はこのお店の味を一通り知っており、その中から特にエリシアさんの好きそうな品を頼むことができた。その結果、

「……なんだか、久しぶりにとても美味しいご飯を食べた気がするわ。おかしいわね。お屋敷でも美味しいご飯は毎日たくさん食べてるはずなのに」

「そうですか……ならよかった」

一見して大げさなお世辞にも聞こえるエリシアさんの言葉。けどその表情は先ほどよりも確

実に柔らかくなっていて、僕は誘ってよかったと安堵《あんど》する。

（それにしても……）

僕と軽く雑談をしながらどんどんお皿を空にしていくエリシアさん。

そんな彼女を見ながら、「どうしてさっきはあんなに元気がなさそうに見えたんだろう」と改めて不思議に思っていたところ、

「……なんだか意外」

ふと、エリシアさんがおかわりの合間にこう訊《たず》ねてきた。

「お礼とお詫《わ》び……とか関係なしに、君のほうからご飯に行こうなんて言ってくれたの……初めてな気がするから。どうして急に？」

「え？　ええと、それは……」

エリシアさんの問いに僕は口ごもる。

わざわざご飯にまで誘った以上、『エリシアさんが元気なさそうに見えて』と素直に理由を言えばいいだけの話なのだけど……。

なんというか、お婿さんの座を狙ってる云々《うんぬん》の誤解の直後にそんなことを言えば、またなにか変な誤解が生じてしまいそうな気がしたのだ。自意識過剰かもしれないけれど、それこそ「僕が求婚アピールなんてしてないと知ったエリシアさんが落ち込んでいるように見えた」みたいなとんでもないニュアンスが含まれてしまいそうで。

そんなエリシアさんの問いにどう返せばいいのかと困り果てていたとき。

（あ、そういえば……）

ふと、僕もエリシアさんに聞きたいことがあったのだと思い出す。

それはもう一か月以上前のこと。けどなんとなく、先ほどの元気がなかったエリシアさんに繋《つな》がるものがある気がして。僕はおずおずと口を開いていた。

「ええと、その、実は僕もエリシアさんに聞きたいことがあったんです。喧嘩《けんか》祭りの開会式のときのことで」

「え……？」

「僕の思い過ごしだったらいいんですけど……なんだかあのとき、演説してるエリシアさんが無理をしているように見えて。大丈夫だったのかなって」

「……っ。どうして……あんな距離で……」

およそ一か月前に開催された冒険者の野蛮な祭典、喧嘩祭り。

その開会式で行われたエリシアさんの演説で、彼女はこの街で優秀な伴侶《はんりょ》を見つけるという勇者の使命を改めて語り、参加者を鼓舞していた。

けどそのときの彼女がまとう空気はどこか重いもので。

その後すぐにエリシアさんが笑顔を浮かべていたこともあってうやむやになっていたのだけど……アレがなんだったのか、ずっと気になっていたのだ。

するとエリシアさんは驚いたように目を見開き、それから顔を伏せるようにして、

「それは……全然、大したことじゃ、ないの。ただ、あの開会式での演説が全部、言わされたことだったから。あんな、強ければ伴侶は誰でもいいみたいな演説……」

「え……？」

エリシアさんの口から語られた言葉に、今度は僕が目を丸くする。

「言わされたって……」

「勇者の末裔《まつえい》である私に、自由なんてほとんどないの」

そしてエリシアさんは無表情のままで語るのだ。

ぽつりぽつりと、僕の知らない世界の話を。

「街での私の行動は全部、いつか復活する魔神を完全に滅する使命のために家が決めたことなの。そこに私の意志なんてひとつもなくて、周りはそれを当然のように思ってる人たちばかりで……それがとても窮屈で、疲れちゃうときがあって……」

と、そこまで話したところで、エリシアさんが「ハッ」としたように僕を見た。

エリシアさんを心配そうに見る僕の顔を。

途端、エリシアさんはどこか慌てたように、

「あ……ごめんなさい。変な話をしちゃって。久しぶりに会えたからかしら……本当はもっと君に聞いてほしいお話が、戦闘報告がたくさんあるのに」

運ばれてきたご飯をもりもり食べながらエリシアさんが困ったような笑みを浮かべる。

それはどこか先ほどの発言を誤魔化《ごまか》すかのようで、僕は思わず口を開く。

「あの、本当に大丈夫なんですか……？」

「……ええ。色々と大変なのは確かだけど、勇者の家系に生まれた者ならこのくらい当然のことだし、魔神をいつか確実に討ち滅ぼすためには必要なことだもの。……最近ずっと忙しかったから、つい愚痴が漏れちゃったのかもしれないわ。いまは見ての通り、抜け出す余裕もあるから。平気」

「そう、なんですか……？」

「ええ。やっぱり、クロスが聞き上手なのかしら……また変なことを喋《しゃべ》っちゃった」

ご飯を完食しながらエリシアさんが淡く微笑《ほほえ》む。

そこにはもう陰りも暗さもなくて、さっきの言葉は本当に、つい漏れてしまった軽い愚痴のようなものだったのだろうと思われた。

自由がない。

それは多分、王族貴族みたいに立場のある人にはよくあることで。エリシアさんが「大したことない」というのなら、本当に大したことじゃないのかもしれない。

そこに僕が口を挟む余地なんかないし、そもそもできることなんかなにひとつない。彼女が大丈夫と言っているなら、僕なんかが心配するのはきっと余計なお世話なのだろう。

だけど――。

「確かに……エリシアさんが色々と不自由なのは、大変だけど仕方のないことなのかもしれませんね。勇者の血筋には魔神を倒す使命があるんですから」

「…………。ええ、そうよ。世界中の人がそう思ってる。だから私は――」

「けど」

おこがましいことかもしれないけれど。思い違いの思い上がりかもしれないけれど。

「大丈夫」と言って微笑むエリシアさんが、やっぱりどこか無理をしているように見えてしまって。いつか目の当たりにしたエリシアさんの冷たく暗い雰囲気が、どうしても引っかかってしまって。だから、なんだろうか。

僕の口からはほとんど無意識に、こんな言葉が漏れてしまっていた。

「それってつまり、〝勇者の血筋〟以外に魔神を倒せるような人が現れれば、エリシアさんはもっと自由に過ごせるってことですよね」

「……え？」

エリシアさんがきょとんと目を丸くする。

そして僕の言葉を咀嚼《そしゃく》するように顎《あご》に手を当てて、

「それってもしかして……自分が魔神を倒せるくらい強くなるって言ってる……？」

「え？　あ……っ」

エリシアさんに指摘されて、遠回しにとはいえ自分がいまどれだけ身の程知らずなことを口にしたか時間差で自覚する。けどこの言葉は簡単に引っ込めてはいけない気がして、僕が目を泳がせながら否定せずにいたところ、

「……ぷふっ」

なにかが可愛《かわい》く破裂するような音がした。

最初、それがなんの音なのか僕はわからなかったのだけど……。

「……ふふっ」

困惑する僕の目の前でエリシアさんが口元を隠しながら小さく体を震わせていて——って、ちょっ、あれ？　これもしかしてエリシアさん笑ってる⁉　いつも無表情っぽいあのエリシアさんが⁉　吹き出すような感じで⁉

「ご、ごめんなさい……違うの……っ」

唖然《あぜん》とする僕に言い訳するように、エリシアさんが笑いをかみ殺しながら口を開いた。

「……魔神を倒すなんて、そんな子供みたいなこと言ってくれた人……はじめてで……」

「こ、子供……⁉」

いやでも確かに、かなり遠回しにとはいえ「魔神を倒せるくらい強く」なんて幼稚もいいと

ころだ。こんな発言が許されるのはせいぜい五歳くらいまで。《職業《クラス》》を授かるような年にもなって言い出せば、そんなの笑われたって仕方がなかった。エリシアさんの容赦ない追撃に、僕は凄《すさ》まじい勢いで縮こまる。

「す、すみません……！　よりにもよってエリシアさんにこんな無責任というか身の程知らずなことを言っちゃって……！」

「……ううん。嬉しい」

「え？」

見れば、エリシアさんは先ほど吹き出したときとはまったく違う笑みを浮かべていた。

バカにするとかそんな意図は一切ない。

寂しそうな、けどいままでで一番優しい笑み。

そしてエリシアさんはそんな笑みを浮かべながら、

「でも……そういう恥ずかしいことは、あんまり気軽に口にしないほうがいいわよ？」

少し冗談めかしたような、諫《いさ》めるような口調で、こう言うのだ。

「だって君にそんなことを大真面目に言われたら……また変な勘違いをしちゃいそうになるもの」

「……っ!?」

またって、それはどういう……。

と、顔を赤くした僕がエリシアさんの宝石みたいな瞳《ひとみ》から目を離せなくなっていた――

そのときだった。

「……っっ!!!!」

「え!?」

突如。

エリシアさんが机を吹き飛ばす勢いで立ち上がり、腰の剣に手をかける。

身体《からだ》中に魔力が漲《みなぎ》るその様子は明らかに臨戦態勢。周囲からもぎょっとした視線が集まり、認識阻害効果を持つ外套《ポンチョ》の効果が消えてしまいそうな勢いだった。

あまりの剣幕に、僕は声を潜めながら叫ぶ。

「ちょっ、エリシアさん!?　どうしたんですか急に!?」

「……いや、いまなにか、**ポイズンスライムヒュドラより遙《はる》かに凶悪な殺気**がこっちを狙ってたような気が……」

「え、ヒュドラより凶悪な殺気!?」

それって普通にバスクルビア壊滅の危機じゃあ……!?

「ええ。けど……さすがに気のせいかしら……いくらなんでもあり得ないもの」

言って、エリシアさんはふっと気を緩める。

周囲も彼女の正体には気づかなかったようで、エリシアさんは何事もなかったように席に座り直すのだった。

けれど先ほどまでのなんだかドキドキするような雰囲気は完全に吹き飛んでしまっていて。

エリシアさんが「あ、もう時間が……また今日のぶんもお話ししましょうね。絶対」と念押ししてくれたのを最後に、僕たちはすぐ解散となるのだった。

な、なんだったんだろう一体……。


そしてその帰り道。

「魔神を倒せるくらい強い冒険者か……」

僕は先ほどの密会で自分の口からぽろりとこぼれた言葉を反芻《はんすう》していた。

あまりにも大それた、夢見がちな子供みたいな言葉。

エリシアさんが「嬉しい」と言ってくれなければ、恥ずかしさのあまり悶絶《もんぜつ》して二度と思い出すこともなかっただろう勢いだけの発言だ。けれど、

「守る冒険者に……エリシアさんや師匠たちみたいな冒険者になりたいと願うなら」

そんな途方もない目標を掲げるくらいでちょうどいいのかもしれない。

魔神は勇者にしか倒せないなんて言い伝えもあるらしいけど……それでも、エリシアさん《憧れの人》に向かって一度宣言したのだから。

「うん……頑張ろう」

僕は新たな決意を胸に、優しい師匠たちの待つお屋敷へと戻るのだった。

2

クロスが新たな決意を胸に宿す少し前のこと。

リオーネ、リュドミラ、テロメアのS級冒険者たちは、珍しく三人そろって街に繰り出していた。理由は単純。冒険者学校再開を前に、掲示板まで連絡事項を確認しに出かけた弟子の帰りが少しばかり遅かったからだ。

いままでなら、弟子の帰りが遅いくらいでそこまで心配したりはしなかった。

だが現在クロスを取り巻く環境は大きく変わっている。

上級貴族を負かして傘下に加え、平民の身でありながら派閥を立ち上げたと囃《はや》し立てられているのだ。要するにかなり悪目立ちしている。

数日前までとは比べものにならないほどに。

その状況自体はクロスの成長に繋《つな》がる部分もあるので大歓迎なのだが、同時にいまのクロスの身の丈にあわない厄介事が降りかかる可能性もあった。なので念のためにと様子見に繰り出したのだ。誰か一人に任せると抜け駆けしそうなので三人同時に。

そうして屋敷を出てすぐ。

「お、いたいた。なんだ、寄り道で飯食ってただけか」

クロスにこっそり持たせている居場所特定用マジックアイテムの気配を水晶で辿《たど》り、リオーネたちはカフェテラスで食事をする愛弟子《まなでし》の姿を即座に発見。特に何事もなかったようで、さすがに過保護が過ぎたかと自嘲《じちょう》しながら声をかけようとした……そのときだった。

「「「……ん？」」」

クロスしか眼中になかった三人が、その同席者の存在に気がついたのは。

外套《がいとう》で顔を隠した……女である。

その姿はどこか曖昧《あいまい》で、どこの誰かも判然としない。

認識阻害効果のある高級マジックアイテムの力だ。

が……下手な《上級盗賊《シーフ》》や《上級レンジャー》よりも遙《はる》かに練度の高い共通感知スキルを持つS級冒険者たちに、そんな小細工はまるで通用しなかった。

違和感を抱いた三人が魔力を練り上げた瞬間――外套の効果を貫通してその目に飛び込んでくるのは、磨き上げた宝剣のような美貌《びぼう》。白銀の髪。

勇者の末裔《まつえい》、エリシア・ラファガリオンが愛弟子と親しげに食事をしている光景だった。

「「「は……？」」」

あまりにも信じがたい光景にリオーネたちの時が止まる。

まったく警戒していない角度から極大殲滅《せんめつ》魔法をぶち込まれたかのような衝撃で頭がどうにかなりそうだった。

だがそれ以上に衝撃だったのは、カフェテラスで食事をするクロスとエリシアの雰囲気である。エリシアの柔らかい微笑。甘酸っぱい空気。しかもS級冒険者の聴力で会話を盗み聞いたところこのような密会は数度目で、どこか気心が知れている様子。さらにエリシアが吹き出すように笑ったかと思えば、なにやらいい感じに見つめ合っているではないか！

「お、おいどうなってやがんだアレ⁉」

「な、なんでクロス君が勇者の末裔ちゃんと……いつの間にぃ……⁉」

物陰に身を潜めながらリオーネとテロメアが焦った声を漏らす。

その焦りっぷりは危険度《ヒュドラ》9がバスクルビアを襲ったとき以上のもので、狼狽《ろうばい》のあまり身を隠している建物の外壁を二人して粉々に握り潰《つぶ》してしまう。

「落ち着けバカども」

と、そんな二人をたしなめるようにリュドミラが小さく口を開いた。

「クロスがこの街で成り上がれば、有象無象の**毒虫**が寄ってくることは想定していただろう。まあさすがにあの勇者の末裔が**私の**クロスに**毒牙**を伸ばしているとは予想外だったが……《無職》と勇者血統が結ばれることは絶対にないのだから。焦る必要などなにひとつない」

言ってリュドミラは呆れたように息を吐きつつ、街ひとつ氷漬けにできそうな魔力を凝縮させ人殺しの目でエリシアに手の平を向けていた。

「ってお前なにやってんだバカエルフ!?」

「ちょっ、リュドミラちゃん冷静に冷静に〜っ!」

「なにを言っている私は冷静だ。……む？　なんだ？　手が勝手に頂点氷獄魔法の照準《しょうじゅん》を勇者の末裔《まつえい》に……」

「こいつ思った以上に嫉妬深いな!?　つーかマジでやめろクロスにバレんだろうが！　お前一人ならまだしも、あたしまでこんなストーカーみたいなことしてる重い女って誤解されたらどうすんだ！　おいテロメア！　このバカの魔力吸え！」

「了解だよ〜！」

無意識に勇者の末裔をぶち殺そうとするリュドミラをリオーネが押さえつけ、まき散らされる魔力をテロメアが吸収。最上級職にまで上り詰めたエリシアさえも煙に巻くS級冒険者の共通気配消失スキルでどうにか場を誤魔化《ごまか》す。

そうこうしているうちにクロスたちは特に何事もなく解散し、リオーネたちはひとまずほっと胸を撫《な》で下ろすのだが――、

(((こ、これはまずい……！)))

そこでようやく冷静になった三人は、いま自分たちの陥っている状況を正確に把握した。

（迂闊《うかつ》だった……！　あたしら互いが互いに最大の障害だと思って――）

（クロスが同世代の小娘と親密になる危険性を過小評価しすぎていた！）

（それどころか、わたしたちが足を引っ張り合ってる間にクロス君を横からかすめ取られる可能性が～～っ!?）

有象無象の小娘どもに女としての魅力で負けることなどあり得ない。

あり得ない、が……このまま互いに牽制《けんせい》し続けていてはまずいことになると直感が告げていた。

（（（なにか手を打たなければ……クロスの修行の妨げにならない方向で！）））

長い冒険者人生の中でも指折りの危機感に、歴戦のS級冒険者たちは恋愛経験０の頭を必死に回転させるのだった。

3

さて。そんなこんなでエリシアさんと久々の密会を終えた翌日。

『魔神を倒せるくらい強い冒険者に』

そんな途方もない決意を胸に、僕は再開した冒険者学校での新しい日常をやる気満々で迎えていた——はずだったのだけど。


「「「待てやオラアアアアアアアアアア！」」」

「うわあああああああああああっ!?」

冒険者学校が再開するその日。僕は朝からガラの悪いベテラン冒険者たちに追われてバスクルビアの街を逃げ回っていた。その姿は魔神を倒せる冒険者なんかとはほど遠く、我ながら情けないことこの上ない。

一体どうしてこんなことになっているのかといえば……事の発端は少し前に遡る。


「それじゃあ行ってきます！」

「……おーう、通学中も油断せずにな」

その日の朝、僕は師匠たちに挨拶《あいさつ》してから意気揚々と学校へと向かっていた。

なぜか昨日から師匠たちの様子がちょっと変な気はしたけど……それ以外は特に変わったこともなく、いつもの通学路を進む。

そうしてお屋敷と学校のちょうど中間辺りに差し掛かったときだった。

「……ん？」

僕はそこでふと周囲を見回す。

なにか、妙な視線を感じた気がしたのだ。

最初は道行く人の視線かと思ってほとんど気にもとめなかった。

貴族との度重なる決闘で僕の顔はそれなりに有名になってしまっていたし、遠巻きに注目されることはこの数日で何度かあったから。けれど、今回はなにかが違った。

その違和感は、リオーネさんたちから常にうっすら発動させておくよう厳命されていたとある新スキルの効能なのか。

そこで僕は念のため、つい先日習得したその新スキルに全力を込める。

「……《気配感知》」

と、神経を集中させて周囲の様子を探っていたその瞬間。

「……っ!?　え!?」

建物の影――死角から迫る攻撃の気配に気づき、僕は泡を食って振り返った。

「うわっ!?」

ガギィン！

咄嗟《とっさ》に発動した《緊急回避Ⅱ》でも避けきれない長剣での不意打ち。

それを《身体能力強化【中】》と《身体硬化【中】》を併用しどうにか防ぐ。けどそれだけじゃ完全には受けきれず、僕は衝撃を殺すように後ろに飛んでいた。

その攻撃の重さとあまりの唐突さに目を剝《む》いていたところ、

「っ！　俺の不意打ちを防ぐたぁ、やっぱりあの試合はまぐれじゃなかったみてえだな。生意気な」

その襲撃者もまた、驚いたように目を見開いていた。

攻撃を受け止めた反動を利用して距離を取りながら、僕は混乱のままに叫ぶ。

「な、なんですかいきなり!?　あなたたちは一体……!?」

剣を構えながら周囲を見回せば、襲撃者は一人だけじゃない。

人目も気にせず僕を取り囲むのは、六人のヒューマンだった。

年は恐らく三十代。

纏《まと》う雰囲気は荒くれ者という表現がぴったりで、とにかくガラが悪かった。

その中に見知った顔は一人もおらず、僕はますます混乱を加速させる。

「僕になにか恨みでも!?　それとも人違いかなにかじゃあ……!?」

「はあ？」

僕に斬りかかってきた男が呆れたような声を漏らす。

「てめえ、まさか自分がいまどんだけ悪目立ちしてるか知らねえわけじゃねえよな？　上級貴族様を傘下につけて調子に乗ってる《無職》の平民クロス・アラカルト君よぉ」

「え……!?」

「はっ、マジかこいつ。じゃあ教えてやるよ能天気野郎」

名前を呼ばれてぎょっとする僕に、男が口の端を吊《つ》り上げる。

「いまこの街の裏じゃあ、てめえの話題でもちきりなんだよ。てめえをぶちのめせば、調子に乗った《無職》の増長が気にくわねえって貴族様から一生遊んで暮らせる報酬がもらえるってな。だからまあ、他の連中に先を越される前に朝早くから潰《つぶ》しにきてやったってわけよ」

「な……!?」

男の言葉に僕はいよいよ言葉を失う。

確かにリュドミラさんたちからはこれから闇討《やみう》ちまがいの事態が増えるだろうとは注意されてたけど……こんな白昼堂々なんてあまりにも度が過ぎているし、そもそも貴族から報酬がもらえるっていうのもおかしくないか!?

（そんな違反行為は貴族でも容赦なく処罰されるのが冒険者の聖地バスクルビアなのに！）

盛大に戸惑うけど、とにかくいま襲われているのは厳然たる事実。

全力で対処すべく男たちを注視しながら改めて臨戦態勢に入った。

けど……、

「ま、貴族様からのご褒美《ほうび》なんざなくても、《無職》のガキがでかいツラしてるのがそもそも気に食わねえしな。とりあえずここらで一度、現実ってやつを思い知っとけや」

そう言って武器を構える彼らの身のこなしは——明らかに中級職の域を超えていた。

鑑定スキルが使えるわけじゃないから正確なところはわからない。けどこれまでの戦闘経験からして……僕を囲む六人のうち少なくとも二人は確実に近接上級職だった。

数でも実力でも圧倒的に不利。真正面からぶつかるのはどう考えても下策。

だとすれば僕のとれる手は——、

「——《風雅跳躍》！」

「「「っ!?」」」

こっそりと詠唱を行っていた風魔法。

攻撃魔法に比べてずっと詠唱の短い機動力強化の風により、僕は強引に包囲を突破。

万が一にでも街の人を巻き込まないよう、人気《ひとけ》のないほうへと全力で逃走を開始した。


——ということがあって僕は街中を駆け回り続けていたのだけど、

「「「待てやオラアアアアアアア！」」」

「ぐっ、しつこい……！」

僕はいまだに彼らを振り切れないでいた。

上級職にまで達したベテラン冒険者の身体能力は伊達《だて》ではなく、飛び跳ねるように屋根を伝って僕を追ってくるのだ。せっかく《風雅跳躍》で稼いだ距離もすぐに詰められ、あっという間に追いつかれそうになる。

なので僕はたまらず全力の《風雅跳躍》を連発しようとするのだけど、

「中級火炎魔法――《ヒートジャベリン》！」

「ぐっ!?」

見計らったかのようなタイミングで飛んでくるのは、射程と威力に特化した火炎魔法だ。

どうやら二人の魔導師が交代で詠唱し遠くから常に僕を狙っているようで、《風雅跳躍》で空中に身を躍らせた途端、その鋭い攻撃を叩き込んでくるのだ。

僕の《風雅跳躍》はまだ空中で自在に移動できるような代物ではなく、一度空中に身を躍らせると微調整程度の動きしかできない。そのため魔法攻撃を警戒した状態では十分な機動力を発揮できず、上級職の追っ手二人を引き剝《は》がすことができないでいた。

それどころか、

（……っ！　これ、逃げる先を誘導されてる!?）

最初に人気の少ないほうを選んだのは僕自身の意志だ。

けどそのあとは違う。冒険者学校へもお屋敷のほうへも逃げ込めないよう、上級近接職と魔法職が絶妙に連携して僕をどんどん変な方向へと誘導していた。

それは獲物を狩ることに慣れたベテラン冒険者の技術と連携。

このままではいずれ追い詰められることは明白だった。

（ならどうすれば……あ、そうだ！）

そこで僕は、もう一つの新スキルがあったことを思い出す。

「《風雅跳躍》！」

「ちっ、またそれかうざってえ！」

魔法攻撃に狙撃されないよう、高くは跳ばずに低空直線加速。加えて砂塵《さじん》を巻き上げることで敵の目をくらまし、僕は路地裏に飛び込んだ。瞬間、暗殺部隊の人たちに教えてもらったスキルを発動させる。

（《気配遮断》！）

乱雑に積まれていた木箱の陰に身を潜め魔力を断つ。

「あのガキ、どこ行きやがった⁉」

僕を見失った上級職たちの怒号が響く。

（このまま息を潜めて追跡を振り切るか、あるいは各個撃破していければ……！）

と、僕が息を整えながら相手の動きを《気配感知》で探り隙《すき》を窺《うかが》っていたところ、

「……！　そこかあ！」

「っ⁉　うわっ⁉」

叩き込まれた攻撃の気配に僕は木箱の陰から飛び出していた。

瞬間、強烈な斬撃《ざんげき》が木箱を粉砕。僕がさっきまでいた空間を長剣が走る。

《気配遮断》を使ってたのにどうして⁉

「ったく、とんでもねえガキだな。でたらめなスキル構成をしてるとは知ってたが、まさか盗賊《シーフ》スキルまで使えるのか」

僕を木箱の陰から追い出したリーダー格らしき男が勝ち誇ったような笑みを浮かべる。

「だが上級職を舐《な》めんじゃねえぞ。まだまだカスみてえなLv《性能》だが、共通感知スキルくらいは持ってんだよ。てめえみてえなガキのかくれんぼ、通用しやしねえ」

「……っ！」

言われて頭をよぎるのは、「上級職になってくると小技も増えて戦略の幅が広がるからな」というリオーネさんの言葉。けれどそんな教えを活かす間もなく、

「つーわけで……観念しろやオラア！」

「うわっ⁉」

上級職の強烈な一撃が僕を襲った。

先ほどの不意打ちはまだ本気ではなかったのだろう。

かすっただけで風圧が体勢をぐらつかせるような攻撃が、高度なフェイントも交えて四方八方から襲ってくる！　けど、

（二対一で油断してるせいか詰めが甘い……この程度の速度なら！）

死角からの攻撃もある程度は察知してくれる《気配感知》と《緊急回避》を交えて攻撃を冷

静に見極める。

そして放つのは、先の決闘で格段に練度の増した必殺の一撃だ。

「クロスカウンター！」

「うがっ⁉」

相手の勢いも利用した強烈な攻撃が叩き込まれ、リーダー格の男が悲鳴を漏らす。

が、

「……！　《上級騎士》の俺に痛みを感じさせるたぁやるじゃねえか！」

「な……⁉」

僕は愕然《がくぜん》と目を見開いた。

男が僕のカウンターを手甲で受け止め、吹き飛びすらしていなかったから。

（速度や攻撃力と引き換えに防御に秀でた騎士職だから⁉　いやこれは多分、それだけが理由じゃない……！）

さっきこの人は言っていた。「デタラメなスキル構成をしていることは知っていた」と。つまりこの人はわかっていたのだ。僕が決闘で多用したカウンターを使ってくると。わかっていて身構えていた。だとしたら僕にカウンターを決めさせたのは——、

「うらあ！　《シールドバッシュ》！」

「うわっ⁉」

思考が追いつく直前。リーダー格の男が手甲で僕の剣を弾き飛ばした。

体勢が大きく崩れる。と同時、

「死んどけ！　《アーマータックル》！」

「っ!?　ぐあああああああああっ!?」

控えていたもう一人の上級職から強烈な体当たりを食らい吹き飛ばされる。

どうにか剣で防御し《身体硬化》や《緊急回避》でクリーンヒットこそ避けたけど――凄《すさ》まじい勢いで壁に叩きつけられ、全力の防御を貫通するほどの衝撃が全身を貫いた。

やはり、カウンターを誘ったのは比較的速度の低い《騎士》が確実に一撃を決めるためだったのだ。

（つ、よい……！　攻撃魔法はもちろん、詠唱に長大な時間がかかる《重症自動回復》を仕込む間もない……！）

たった一撃もらっただけで深刻なダメージが身体《からだ》を蝕《むしば》み、回復の隙《すき》さえなかった。

悔しいけど、勝負にすらなってない。

だったらせめて……！

「おいおいもう終わりかよ。ま、上級職を倒したっつっても所詮は事前に仕込み放題の決闘で徹底的に対策固めて貴族様をハメ倒しただけだもんな。正面からぶつかればこんなもんだ」

言って、男たちが僕にトドメを刺そうと剣の柄を振りかぶった。瞬間、

「──《スピードアウト・バースト》！」

「「なっ⁉」」

やられて動けないフリをしながら唱えていた短文魔法。

威力よりも範囲を重視した黒い霧が、油断しきった上級職二人を包み込む。

《痛覚軽減》で痛みを無理矢理打ち消しながら、僕は全力で走り出した。

（バーストは効果範囲と引き換えに速度を低下させる割合は少ない……けど元から比較的機動力の低い騎士職にヒットさせたなら……っ）

逃げ切れる可能性が出てくる！

僕はポーションを一気飲みして〈風雅跳躍〉を詠唱。

男たちからさらに距離を取るため跳躍しようと身を屈めたそのときだった。


「「中級火炎魔法──《イオルガン・フレイム》！」」


「は──⁉」

頭上から、巨大な炎の塊が降ってきたのは。

（まさか、僕が上級職と交戦している間に他の近接職に抱えられた魔導師が接近して──⁉）

ベテラン冒険者たちが仕込んでいた二の矢に気づくがもう遅い。

ただでさえ範囲と速度の関係で避けにくい魔法が二方向から。

しかも逃げ道のない路地で頭上から放たれては為す術《すべ》がなかった。

直撃すれば上級職でさえ大ダメージは免れない砲撃が凄《すさ》まじい速度で迫る。

「はっはは！　これで終わりだ調子に乗ったガキが！」

「ぐっ！」

男たちが勝《か》ち鬨《どき》をあげ、僕が可能な限りダメージを避けるべく無謀なあがきを続けようとした――その直後。


「《慢心の簒奪者《ロブリーマジック》》！」


二つの火炎魔法が突如空中で停止した。

「「「は……!?」」」

男たちが唖然《あぜん》として固まる。次の瞬間――ドゴオオオオオオ！

「「ギャアアアアアアアッ!?」」

いきなり軌道を変えた二発の火炎魔法が近接上級職の男たちに叩き込まれ、阿鼻叫喚《あびきょうかん》の悲鳴が響き渡った。この固有《ユニーク》スキルは……！

「ったく。てめえがタチの悪そうな連中に追われてるって聞いて来てみりゃ案の定か」

「ジゼル!?」

唖然《あぜん》とする僕の前に現れたのは褐色の肌が特徴的な孤児組のリーダー格。

いきなりの助太刀に僕が驚いていると、

「な、なにがどうなって……!? てめぇの仕業かクソガキ!?」

「っ！ 危ないジゼル！」

「なっ!? ちょっ、おまっ!?」

素の魔防ステータスが高いのか、それとも咄嗟《とっさ》に直撃は避けたのか。

中級火炎魔法で大ダメージを受けているにもかかわらず、男たちが憤怒《ふんぬ》の形相でこっちに突っ込んできた！ なぜか顔を赤くするジゼルの腕を摑《つか》み、反射的に庇《かば》いながら僕が前に出る。

けど激昂《げっこう》して剣を振りかぶる上級職たちの動きは諸々の魔法を食らってなお驚異的なもので、

（……っ！ 向こう以上にボロボロの状態でどこまで戦えるか……っ！）

改めて突きつけられた上級職の強さに相打ち覚悟で剣を振りかぶった刹那《せつな》、

「失せろ下郎が――《一迅百手《いちじんひやくしゆ》》！」

風が吹いた。

かと思えば金と青の残像が二人の上級冒険者を目にも止まらぬ速度で切り刻む。

「「な――!?　ガアアアアアアアアッ!?」」

一瞬で全身に無数の傷を受け、今度こそ男たちが倒れ込んだ。

見れば屋根の上にいた魔法職たちもいつの間にか全滅していて、

「ご無事ですか、我が至高の主」

パチン。剣を収めて仰々しく僕の足下に跪《ひざまず》くのは、数日前に僕が下した上位貴族。

身なりのいい服に身を包んだ青年、ギムレット・ウォルドレアさんだった。

凄《すさ》まじい速度。そして相変わらずあまりにも丁寧なその物腰に困惑しつつ、

「あ、ありがとう二人とも」

絶体絶命のピンチを救ってくれた二人に、僕はひとまずお礼を言うのだった。

4

遅れてやってきた街の治安維持部隊に襲撃者たちを引き渡したあと。

僕たちは無事に冒険者学校へと登校していた。

けれど当然、授業を終えてすぐ解散とはならない。

午前の講義が終わった教室に留まり、僕たちは今朝の出来事について話し合っていた。

「ここ数日、街の冒険者に色々と聞き込みしといたところによるとだ。クロスをぶちのめせば

貴族から美味《うま》い汁が吸えるって噂《うわさ》が流れてんのはマジらしい。ゴロツキが多い冒険者の中でも特にろくでもねえ犯罪者まがいの層を中心に、てめえは賞金首みてえな扱いをされてやがんだよクロス」

孤児組の面々を従えるように机に腰掛け、腕組みしながらジゼルが口を開く。

「ただ、その情報の出所がわからねえ。クロスをぶちのめした場合の報酬も曖昧《あいまい》で、莫大な金がもらえるっつー話から、もう若手貴族の傘下にはなれねえ三十代以上の冒険者でも貴族本家のお抱えにしてもらえるって話まで色々だ。ただクロスを倒した暁には秘密裏に美味い汁を吸えるって部分だけが確定情報として出回ってやがる」

「表立ってはクロス様を潰《つぶ》しに動けない矮小《わいしょう》貴族どもの情報工作で間違いないでしょう」

と、街の冒険者に顔の広いジゼルが集めた情報を分析するように口を開いたのはギムレットさんだった。椅子《いす》に座る僕のすぐ隣に直立不動で寄り添いながら理知的な口調で続ける。

「クロス様に挑んで負ければ今度は自分たちが派閥の恥。暗殺部隊など送り込めば厳重処罰は免れず身の破滅。かといって大貴族を潰した平民など放置しておくのは不快極まりない。そこで短絡的なゴロツキを後腐れのない刺客に仕立て上げるため、徹底的な情報工作を行っているのでしょう。三王勢力すべての貴族が秘密裏に結託すれば噂の浸透など容易《たやす》い。……まったく。クロス様の崇高な快進撃を快く思わないばかりか、このような手でクロス様を潰しにかかるとは。アルメリア王国貴族の風上にも置けない卑怯《ひきょう》者どもめが……！」

青筋を立てながら拳《こぶし》を握るギムレットさん。

もともと権謀術数に長けた上位貴族なだけあり、僕が置かれている理不尽な状況を的確に分析してくれる。信じがたいことだけど、今朝の騒ぎが現実である以上、僕を取り巻く現状は彼の言う通りで間違いないのだろう。

……うん、まあ、ひとまずそれはいいとして。

「あの、ギムレットさん……？　何回も言ってますけど……僕に対するその丁寧すぎる態度はそろそろやめませんか？　傘下になったとはいえ、ギムレットさんのほうが五つも年上ですし。公爵家貴族ですし」

僕はおずおずと、あまりに丁寧な態度すぎるギムレットさんに声をかけた。

けどその瞬間、

「なにを仰《おつしや》いますか！」

くわっ、とギムレットさんが目を見開いて叫ぶ。

「私は決闘に負けたばかりか、クロス様のお慈悲によって命を救われ傘下となった身。礼を尽くすのは当然ですし、そもそもこういうことは形式が重要なのです。傘下に下った以上は相応の振る舞いをせねば周囲に示しがつきませんし、クロス様本人が侮られる。これぱかりはクロス様の勅命と言えども受け入れるわけには参りません」

一息に言って、ギムレットさんが僕の足下に跪《ひざまず》く。ちょっ。

「なのでクロス様も私めに遠慮などせず好きにお使いください。私は常にあなたの最も近くに寄りそう下僕にございますれば」

「は、はぁ……」

頭を下げつつ、忠誠を誓うようにギムレットさんが僕の手を取る。

その態度はそれこそ王族かなにかに命を捧げる騎士のようで、嫌味でもなければ皮肉でもない本物の忠誠だった。

お、落ち着かない。というか怖い。

公爵家貴族なんてとんでもない身分の人にかしずかれてるのはもちろん、ほんの数日前まで暗殺部隊を送り込んでくるほど僕を憎々しく思っていた人がこれなのだ。いくら師匠たちのちょっと過剰な報復から庇《かば》った経緯があるとはいえ、あまりの豹変《ひょうへん》っぷりにまだ頭が追いつかない。ギムレットさんの目がなんだか狂信者めいているのもあり、どうにも困惑が収まらないのだった。

そしてその異様な光景に困惑しているのはもちろん僕だけじゃない。

「おいあれ……」

「マジで大貴族がかしずいてるぞ……」

「おかしい、昨日まで私は普通だったのに……なんかああいう立場逆転って興奮するわ……」

教室で僕たちを遠巻きに見る人たちはヒソヒソとなにか噂話《うわさ》。ギムレットさんがかなり目立つ容姿をしているのもあって、めちゃくちゃ注目されてしまっていた。

さらにはここ数日で僕とギムレットさんの様子を何度か目撃しているはずの孤児組もいまだに目の前の光景に慣れないようで、

「あの貴族、負けた直後はこの世の終わりみてえな顔してたのにどうなってんだ……」

「自分が負けた決闘の祝勝会に出てきてクロスに飯を献上しはじめたときはショックで頭がおかしくなったのかと思ったけど……まだぶっ壊れたままだな」

「クロスのヤツ、なんか変な魅了系ユニークスキルでも持ってるんじゃあ……」

なんだか孤児組の面々からも変な噂《うわさ》をされてしまう始末。

まあ、あのギムレットさんがこうも豹変《ひょうへん》すれば当然か……。

とはいえもう言ってどうにかなるものでもなさそうなので、そろそろ慣れないと……と僕が色々と諦《あきら》めていたところ、

「おいてめえら、いまはそんなくだらねえことよりもだ」

ぐい。

僕の手を取るギムレットさんをやたら強引に押しのけながら、ジゼルが話を本筋に戻す。

「とにかく、私らの頭であるクロスが狙われてんのは間違いねえ。さすがに今朝の連中みてえに堂々と騒ぎを起こすバカはそういねえだろうが……いまこの街には良くも悪くもいろんなヤツが集まってるからな。悪目立ちしまくってるてめえはこれからいくらでも襲われる可能性

があんぞ。それも腕に自信のある上級職レベルのバカにな。対策は必須だろ」

「私の護衛も兼ねていた上級暗殺部隊を引き続き使えればよかったのですが……」

ぐい。

なぜかジゼルをさらに押しのけ返しながら、ギムレットさんが申し訳なさそうに口を開く。

「派閥を放逐された関係上、いまの私は半ば勘当状態。実家の資金が自由に使えない状態では《中級盗賊《シーフ》》の従者を一人側に置くのが精一杯です。闇討《やみう》ちへの対応にはいささか不安が残りますね」

ギムレットさんの言う通り、師匠たちに捕まって《気配探知》や《気配遮断》の発現を手伝ってくれた暗殺部隊は、現在解散状態となってしまっていた。

ギムレットさんが彼らを雇えなくなったうえ、師匠たちいわく――、

『シーフ系スキルの発現さえさせちまえば、あとは上級程度の専門職よりあたしらが共通スキルの延長として教えるほうが効率いいしな』

『それにいくら入念に心を折ったとはいえ、夜襲の実行犯を君の側に置き続けるわけにはいかない』

――とのことで、街から叩き出されていたのだ。

そんな現状を確認しながら、ギムレットさんが人差し指を立てる。

「そうなるとひとまず取れる手はひとつ。クロス様の帰宅後はまったくもって微塵《みじん》も問題ない

として……クロス様が街に出ている間はこの私が常に寄り添い、命に代えてお守りすると誓いましょう。当然、朝の登校から帰宅まで完全エスコートしますのでご安心を」

「……チッ。まあギムレット同伴ってのがうぜえが、今朝のことを考えると当面そうやってクロスに張り付くしかねえな。あーあー、めんどくせ。朝から晩までクロスと一緒かよ」

「いや、貴様は必要ないぞジゼル・ストリング」

と、なにやら明後日《あさって》の方を向きながら愚痴を漏らしたジゼルに対し、ギムレットさんが急に冷たい声を発した。え、な、なに？

「何度言ってもクロス様への態度が変わらん野良犬が。護衛なら《上級瞬閃剣士》の私一人で十分。面倒だと言うなら貴様は大人しく巣にこもっているがいい」

「あ……？　てめえこそ私ら孤児組への態度を改めろってクロスに言われてんだろうが。んだその言い草は。……大体てめえは講義と講義の間の小休憩時間にもわざわざ上位層向けの講義からこっちに走って来てクロスにまとわりつきやがって。ただでさえクロスは修行修行で捕まらねえってのに……目障りなんだよ。今後の対策は決まったんだから今日はもう消えろボケ」

「……チッ。クロス様の命に従い無礼な態度の数々を多目に見ていればつけあがりおって。畏《おそ》れ多くもクロス様への思慕があるならもう少し淑やかにしたらどうだ山猿が」

「……っ!?　ああ!?　てめえなに適当なこと抜かしてんだ殺すぞ！」

「ちょ、ちょっと二人とも!?　喧嘩《けんか》は控えてって言ったでしょ!?」

ここ数日で何度目になるかわからないジゼルとギムレットさんの衝突。

さすがにあれだけの諍《いさか》いがあった直後にすぐ仲良くとはいかないようで、僕は今後の方針が決まった途端に喧嘩しはじめた二人を必死に宥《なだ》めるのだった。

けれどその一方――僕の胸中には現状への不安がべったりとこびりついたままだった。

上級職レベルの実力者による奇襲。

その脅威はジゼルやギムレットさんの協力があればしばらくはなんとかなるかもしれない。

けどそれはあくまで一時しのぎにしかならないだろうと思われた。

今朝はどうにかなったけど、もしあれ以上の数がいたら。あれ以上の実力者が来たら。なんらかの手で分断されたら。

そもそも本当にずっと護衛してもらうわけにもいかないし、貴族たちの狙いがあくまで僕一人だというのなら、ジゼルやギムレットさんを巻き込むような護衛案にいつまでも甘んじるわけにはいかなかった。

結局、僕自身が現状をはね除《の》ける力を付けるのが一番の対策なのだ。上級職の奇襲にも対抗できる力を。けど、

（今朝僕を襲った男が言っていた通り……僕がギムレットさんに勝てたのはあくまで事前にスキルを仕込み放題の決闘だったからだ）

正面戦闘はもちろん、いつ奇襲を受けるかわからない状況でどんな《職業《クラス》》かもわからない

上級職を相手取る実力なんて到底なかった。ましてやいまの僕はスキル構成もバレていて、いくらでも対策が取られてしまう。今朝の相手も防御タイプの《職業《クラス》》だったから少し粘れただけで、そうじゃなければジゼルたちが到着する前にやられていただろう。

（このままじゃいつまたジゼルたちを危険な目に遭わせちゃうかわからないし……何度も申し訳ないけど、また師匠たちに相談しないと……）

そうして僕はお屋敷へ戻るやいなや、世界最強の師匠たちに現状を報告した。

5

「よし！　そんじゃあ今日からしばらくは実戦重視の短期遠征合宿期間にすっぞ!!」

僕がお屋敷に戻って状況を説明し終えた途端。

リオーネさんが「待ってました！」とばかりに声を張り上げて僕は目を見開く。

「た、短期遠征合宿、ですか？」

「うむ。君にはこれからしばらく、私たちに持ち込まれた依頼に同行し、各地で様々な実戦をこなしてもらう」

「え……!?」

リユドミラさんたちに持ち込まれる依頼。それはつまりS級冒険者に舞い込む依頼ということとで。そんな超高難度案件に僕が同行して大丈夫なの!?　と戸惑う。

いやけど、師匠たちのことだ。その辺りは問題ないのだろう。多分。

むしろ気になるのは、

「あの、遠征ってことはしばらく街を離れるってことですか？」

そうなると僕に集中している矛先がジゼルたちに向く可能性も否定しきれず、少し不安になる。けれど。

「そこは大丈夫だよ～。週に二日ある冒険者学校のお休みを利用して、一、二泊程度の短期遠征を繰り返す予定なんだ～」

「長いこと街から離れたら、ゴロツキどもから怖じ気づいたと思われてよくねえし、お前にも必要以上の逃げ癖がついちまうからな。これまで通り学校には通いつつ、合宿で一ランク上の実戦修行を増やそうって話だ。わざわざ向こうから襲いに来てくれる正当防衛合法対人経験値バイキングとの戦闘機会を減らす手はねえしな。舎弟貴族どもが護衛するならあたしらが出張ることもそうそうねえだろうし」

僕の不安をかき消すようにテロメアさんとリオーネさんが笑みを浮かべる。

その説明にほっとしていると、さらにリュドミラさんが続けた。

「さて。そうまでして実戦を重視する理由はひとつ。君の総合的な地力を上げるためだ」

「地力、ですか？」

「うむ。いつどのような輩《やから》に襲われるかわからない今回の状況は、これまでのように特定の相手を想定して徹底対策を取れるものではない。なので君の地力を総合的に底上げするのがもっとも理にかなった修行となる。そしてそのためには多種多様な状況で実戦を積むのが効果的だ。地力の底上げに重要なステータス補正スキル……君の《アナザーステータス》は実戦を繰り返すことで伸びるものだからな」

ステータス補正スキル。それはもともと0でしかない僕のステータスを底上げしてくれる常時発動型のスキルだ。これは実戦を繰り返すことによってのみ少しずつ伸びるもので、意識的に伸ばせるものじゃない。

特に僕の補正スキルはいま、《アナザーステータス》という極めて特殊な形に統合されている。実に8つものスキルが統合された特殊《エクストラ》スキルは強力なぶん成長も遅く、伸ばすのはかなり大変だろうと言われていた。確かに短期合宿でも繰り返さないと、地力アップには繋《つな》がらないだろう。納得する僕に、今度はテロメアさんが続ける。

「けどもちろん、そうやって地力を伸ばすと同時に特定スキルの鍛錬もこれまでみたいにやっていく予定だよ～。特に今回重要になってくるのは、この前習得してもらった盗賊《シーフ》系スキルなんだ～」

言って、テロメアさんが僕のステータスプレートを指さした。

《気配遮断》と《気配感知》。

ともにまだLｖ1でしかない下級スキルだ。

「今回の襲撃はLv不足もあって不発だったみたいだけどぉ……このスキルのポテンシャルはクロス君も実戦で感じたんじゃないかなぁ」

邪法聖職者……搦《から》め手に特化したテロメアさんが怪しく笑う。

「このスキルを伸ばせば不意打ちに対応しやすくなるし、魔法職や回復職なんかのサポート要員をこっそり消して敵の連携を崩したり、格上を各個撃破できる状況に持ち込んだりしやすくなるんだよね～。《体外魔力感知》と一緒に鍛えれば格上と戦うときにとっても使えるスキルに化けたりもするし、この2つは地力あげと同時にしっかり伸ばしていくよ～」

「っつーわけでだ」

テロメアさんたちの説明をまとめるようにリオーネさんが声をあげる。

「しばらくは地力上げと盗賊《シーフ》系スキル熟達のために、とにかくいろんな場所でいろんな実戦経験を積もうってこった。これまで通り休養はしっかり挟むが、それも遠征先でってことが多くなる。**しばらくは街でダチとつるむ時間もとりづらくなるかもしれねえけど、**問題ねーか？」

「は、はい！　もちろんです！」

どのみち、いつ襲われるかもわからない状況といまの僕の実力ではジゼルたちと出かけるのはもちろん、エリシアさんと密会することも難しいのだ。

短期遠征を繰り返し、盗賊《シーフ》系スキルを中心に実力を底上げするという話はこれ以上なく僕の現状に沿っているように思われた。

「よし、そんじゃ次の休みから早速遠征に行くからそのつもりでな」

「はい！」

荒々しく笑うリオーネさんに、僕は力強く頷《うなず》く。

そして改めて思う。

（やっぱり師匠たちは凄《すご》いや……！）

闇討《やみう》ちを想定して盗賊《シーフ》系スキルを習得させてくれたことからはじまり、師匠たちは恐らくずっと前からこの状況を想定していたのだ。普段は修行方針で多少荒れるのに、今回は**まるで最初から打ち合わせでもしていたかのように**話が進んだのがその証拠。

相変わらずどこまでも頼もしく優しい師匠たちに僕はますます信頼と尊敬を深め、

「頑張るぞ……！」

僕もその教えに応えるべく、改めて拳《こぶし》を強く握った。

＊

……そうしてクロスが純粋無垢《むく》にやる気を漲《みなぎ》らせる一方。

「おいお前ら、わかってんな」

クロスのいない場所で、世界最強の三人が真剣な顔でひそひそと言葉を交わしていた。

「必要な修行っつーのは間違いねえとはいえ、わざわざ遠征までしてクロスとの時間を増やすんだ。いままでみてえに牽制《けんせい》しあってたら意味がねえ」

「だねえ。今回はそれぞれのアピールを極力潰《つぶ》さない方向で。一時休戦だよ〜」

「それはいいが……貴様らくれぐれも度を超した真似はしてくれるなよ」

言って、三人は今後の方針を確認。

クロス本人はなにも知らないまま――下心と打算の入り交じる短期集中合宿がスタートするのだった。

第二章　攻める師匠と新装備

1

S級冒険者に舞い込む依頼に同行し、総合力向上と盗賊《シーフ》系スキルのLvアップを目指すと決めてから数日後。

「よし。では向かうとするか」

「はい！」

新たな襲撃もなくどうにか無事に休養日を迎えた僕は、師匠たちに連れられてバスクルビアの街を飛び出していた。いつもの如く、リュドミラさんの凄《すさ》まじい風魔法での高速移動だ。そうして朝早くから出発した僕たちがどこに向かうかといえば、

「今回は単なる修行じゃなくて依頼を受ける形だからね～。まずは依頼人にお仕事の詳細を改めて説明してもらいに行くよ～」

とのこと。なのでてっきりどこかの街へ向かうとばかり思っていたのだけど……凄まじい速度で流れていく眼下の景色に僕は思わず叫んでいた。

「あ、あのリュドミラさん!?　これってもしかして《深淵樹海》の奥地に向かってます!?」

「うむ。今回の依頼主とは樹海中腹の特殊エリアで落ち合うことになっているからな」

リュドミラさんが当たり前のように答える。や、やっぱり!?

（公表しづらい依頼の場合は秘密裏に契約を結んだりするって聞くけど、それにしたってわざわざこんな場所で待ち合わせするなんて……）

《深淵樹海》はかつて魔神が支配していたという世界最大の魔力溜まり。いまなお強力なモンスターがひしめく危険地帯であり、並の冒険者では立ち入ることさえできないエリアだ。

そんな場所でわざわざ待ち合わせしようなんて人がいるとすればそれは……と僕が依頼人の正体に気づきかけたそのときだった。

鬱蒼《うっそう》とした木々の向こう。

視界の先に、とてつもなく綺麗《きれい》な景色が飛び込んできたのは。

それは地平線の彼方まで続く深い青。

いましがた考えていたことも忘れ、僕は思わずリュドミラさんの杖《つえ》から身を乗り出す。

「わっ……!?　あれってもしかして……海ですか!?」

「そういえばクロス君は初めて見るんだっけ～？　樹海と隣接するあのビーチが今回の目的地なんだ～」

テロメアさんがそう言い終わる頃には、リュドミラさんの超スピードで海岸に到着していた。

初めて目にする大海原の輝きと白い砂浜の踏み心地に僕は目を輝かせる。

「話には聞いたことがありましたけど、本当にこんなに大きくて綺麗《きれい》なんですね……！　わっ、水も本当にしょっぱい……！」

ずっと内陸で暮らしてきた僕にとって、それはおとぎ話の世界が飛び出してきたようなもの。ここも《深淵樹海》の一部ではあるから世界屈指の危険海域であることに間違いはないんだけど……強い日差しに照らされて輝く白い砂浜と青い海はいわゆる「プライベートビーチ」みたいで。世界最強の師匠たちが側にいることもあり、僕は思いっきりはしゃいでしまう。

そうして僕が初めて見る大海原に目を輝かせていたところ、

「よし、予定通りアイツはまだ来てねえな……あー、しまった。少し早く来すぎちまったか。依頼人のヤツはまだ来てねえみてえだなー」

リオーネさんが周囲を見回しながら頭を掻《か》く。

「このまま待ちぼうけってのも時間がもったいねえし、依頼人のヤツが来るまでの間――スキルの鍛錬でもすっか！　と続くのかと思い僕は身構える。

けど次の瞬間。

「――思いっきり遊ぶか！」

「え？」

リオーネさんの口から飛び出した言葉に僕は間の抜けた声を漏らしていた。

「遊ぶって……いいんですか？　短期集中合宿のはずじゃあ……」

「大丈夫大丈夫。最初に言ったでしょ～？　息抜きも遠征先でする予定だって～」

「それにクロス、お前ここ数日はまた闇討《やみう》ちが来るんじゃねえかってずっと神経張り詰めてたろ？　街じゃろくに息抜きもできてなかっただろうし、仕事や鍛錬の前に軽くのんびりしといたほうがいい」

戸惑う僕にテロメアさんとリオーネさんがやたら早口で説明してくる。

確かにここ数日は我ながらかなり張り詰めていたし、師匠たちの言うことも最もだ……と納得していたところ、

「じゃ、じゃあ、あたしらは着替えてくっから。クロス、お前もこれに着替えて待ってな」

「え？　着替え？」

なにやら落ち着かない様子で岩陰や木陰に向かう師匠たち。

そして手渡された〝着替え〟を見て僕はぎょっとした。

「な、なにこれ……!?　下着!?」

それは、少しゆったりしたサイズの男性用下着一枚だけだったのだ。

え、ちょっ、これに着替えるの!?　リオーネさんたちなにか間違えてない!?　と一瞬パニックになる。けど、

（あ、でも確か……水中の討伐依頼ではこういう魔法装備に着替えることがあるし、海水浴

って文化がある地域だと下着みたいな格好になるのが普通だって聞いたことが……）

だとしたら多分、渡されたこの下着は間違いでもなんでもない。

それこそ水中系モンスターと戦う際の訓練も兼ねているかもしれなくて。

僕は羞恥《しゅうち》をこらえてその〝水着〟に着替える。

（う、うぅ……いちおう腰に剣帯は装備できるとはいえ、屋外で上半身裸なんてやっぱり落ち着かないや……）

しかもすぐ背後がモンスターの巣窟《そうくつ》である《深淵樹海》となればなおさらだ。

さらには絶世の美女である師匠たちにも見られると思うといまから心臓が……って、あれ？

（そういえば師匠たちも着替えるって言ってたけどまさか……）

と僕がいまさらその可能性に思い至ったちょうどそのとき。

「よ、よおクロス。待たせたな」

「あ、リオーネさ――えっ!?」

背後からリオーネさんの声がして――反射的に振り返った瞬間、僕は言葉を失っていた。


赤の下着だけを身につけたような姿のリオーネさんがそこに立っていたからだ。

布で隠してある部位は本当に必要最低限。芸術品のように美しい四肢もおへそも丸出しで。

強い日差しを受けて白く輝く肌は刺激的すぎて僕の頭も真っ白になる。

　師匠たちも水着になるのかも、なんて事前の心構えなんてまったくの無意味。

　そのあまりにも強烈かつ非現実的な不意打ちに呆然《ぼうぜん》としていたところ、

「お、おいクロス……ちょっと、その……がっつり見過ぎじゃねえの？　いや別にそれが目的だからいいんだけどよ……」

「ふぇ!?　あ、いやその、ご、ごめんなさい!?」

　顔を赤くしたリオーネさんがぼそっと漏らした言葉に僕は飛び上がる。

　し、しまった！　あまりにも衝撃的だったからつい釘付けになって……！　と僕は顔を真っ赤にしながら全力でリオーネさんから目を逸らした。

　するとなにやらリオーネさんのほうも片手で胸元を隠すようにしながら、

「い、いや別に謝る必要はねーよ。こんなもんただの水着だからな。ぐっ……しまった、クロスに見せるためだからって少し過激なのを選びすぎたか……つい言わねえでいいことを……っ。選んでるときはそうでもなかったっつーのに、実際に見せるとこんなに恥ずかしいもんなのかよ……っ」

　普段の豪快なリオーネさんとは全く違う、なにやら懊悩《おうのう》するような唸り声。

　それを見た僕は「や、やっぱりまじまじと見ちゃうなんて失礼すぎた！」と慌てて言葉を重ねる。

「あ、あの本当にすみません！　リオーネさんの水着姿があまりにも綺麗《きれい》だったのでびっくりしちゃって……！」

「な!?」

混乱のままに放った僕の言い訳に、今度はリオーネさんが肩を跳ね上げた。

「う、あ……なんだこれ……水着で攻めるつもりだったのに、逆にあたしのほうがぶん殴られたみてえに……!?」

「リ、リオーネさん……!?」

あれ!?　もしかして僕なにか変なこと言っちゃった!?

混乱しすぎて自分がいまなにを口にしたか覚えてない！　なにもわかんない！

気恥ずかしそうに顔を逸らすリオーネさんに僕はさらに動転。

リオーネさんとの間に妙な空気が流れ、どうすればいいか困り果てていたそのときだ。

「え、えへへぇ。お待たせクロス君♥」

「あ！　テ、テロメアさん！」

一足遅れてやってきたテロメアさんの声。

た、助かった！　と僕はその妙な空気から逃れるように声のしたほうへ顔を向けたのだけど

——そこには想像を絶する光景が広がっていた。

リオーネさんよりもさらに布面積の少ない水着に身を包んだテロメアさんが立っていたのだ。

普段はひらひらした服装に隠されていたのだろう、とてつもなく豊満な身体《からだ》。

それが申し訳程度の布に包まれていまにもこぼれ落ちそうになっている。

さらにその水着にはキラキラとした宝飾が施されていて、前に連れて行かれた怪しいお店の衣装をより過激にしたような怪しい魅力が凝縮されていた。

加えて刺激的なのはそれだけじゃなくて、

「水着なんてほとんど初めてだから頑張って選んだんだけどぉ……ど、どうかなぁ」

そう言ってこちらを見つめてくるテロメアさんはなんだか気恥ずかしそうにもじもじしていて。両手を前のほうで組んで少し身体を隠しているのだけど、それが豊満な胸元をより強調するような姿勢になっており、服装と相まって怪しい魅力が……あわ、あわわわわわっ。

と僕が目を回しそうになっていたところ、

「あ、頭おかしいのかテロメアてめえ⁉」

それまで様子のおかしかったリオーネさんがハッと目を覚ましたようにテロメアさんに摑《つか》みかかった。ちょっ、あんまり乱暴にすると水着が！　水着が！

「いくらなんでも限度があんだろ！　んだその下品な水着は⁉」

「だ、だって～。わざわざ《深淵樹海》の海辺にまで来たんだし、ちょっとくらい羽目を外してもいいかなって……でも言われてみれば確かにこれはちょっとやりすぎだったかもぉ……」

と、リオーネさんとテロメアさんがなにやら口論を繰り広げていたそのとき。

「どっちもどっちだこの痴女どもが……っ！」

その口論に固い声が割り込んできた。

丈の長いバスタオルのようなもので全身を包んだリュドミラさんだ。

青筋を浮かべたハイエルフの師匠は「くっ……焦って購入したものの、冷静に考えてみれば正式に関係を結ぶ前に、それも屋外で肌など晒《さら》せるわけがないと躊躇《ためら》っていれば……！」となにやら呪詛《じゅそ》のように呟《つぶや》きつつ、リオーネさんたちを睨《にら》みつける。

「貴様ら、いくら水着とはいえなんだその露出は……！　節度は守れとあれだけ念押ししたというのにっ」

「べ、別に節度は守ってんだろ！　まあテロメアはちょっと頭おかしいけど、これくらい普通だ普通！　……多分」

「そ、そうだよ～。ハイエルフのリュドミラちゃんから見たら過激かもだけど、これくらいなら別に一線は越えてないし～。それに今回はお互いのアピールを潰《つぶ》さないようにって約束したもんね～。一対一で止められるもんなら止めてみれば～？」

「ぐ……っ！　テロメアはもとよりリオーネまで……!?　防御の高さを誇るために肌を晒す傾向のあるドラゴニアの変態文化を甘く見すぎていたか……っ！」

「だ、誰が変態文化だコラァ！」

「ま、なんにせよもう着替えちゃったし、海水浴を楽しまないと損だよぉ。ね～、クロス君♥」

「うひぇっ!?　あ、は、はい、そうですね……!?」

そうして——師匠たちがなにやら睨み合う一幕はあったものの、リュドミラさんが「ぐ、ぬぬ……っ！」と押し切られるような形で言い争いは終結。僕はテロメアさんたちのあぶない水着に狼狽《ろうばい》しっぱなしのまま海水浴を体験することになったのだけど……波乱はそれだけでは終わらなかった。


「それじゃあ遊ぶ前に……これを塗りあいっこしよっかぁ、クロス君♥」

白い砂浜に立てられたビーチパラソル。

その下に敷かれた布の上に座り、テロメアさんが怪しい笑みを浮かべていた。

その手ににちゅにちゅとまぶされているのは、日の光を浴びて光る粘性の液体だ。

水棲ローション。

劇的な効果があるわけではないけど、体に塗り込むだけで手軽に各種水中行動を補助してくれるマジックアイテムだ。基本的に内陸での依頼がほとんどのバスクルビアでは座学でちらっと教えてもらっただけで、本物を見るのは今日が初めてだ。

それはいいのだけど……、

「あ、あのテロメアさん!?　塗りあいっこってどういう……!?」

「この薬液は魔力をこめて全身をしっかりマッサージしながら塗りこまないと効果が出ないんだけどぉ、背中側は一人じゃやりづらいから～」

声の裏返った僕に、テロメアさんが当たり前のように言う。

「まあ本当はわたしたちみたいな頂点職クラスになると水棲ローションなんて必要ないんだけどねぇ。今後クロス君がほかの人に塗る機会もあるかもだし、何事も経験ってことで練習できるときにしとかないとね～」

そ、それは確かにそうですけど！

あんなとんでもない格好をしてるテロメアさんに薬液を塗り込むなんて大丈夫なの!?

と僕が顔を真っ赤にしてあわあわしていたところ、相変わらずバスタオルのようなもので体を隠しているリュドミラさんが額に青筋を浮かべて駆け寄ってくる。

「テロメア貴様どこまで増長するつもりだ!?　いい加減に――」

「まあ待てよ」

けれどそこにリオーネさんが割って入り、

「リュドミラお前も毎晩クロスに似たようなことやってんだろ。あ、あたしやテロメアが背中に薬液塗ってもらうくらいでガタガタ言うんじゃねーよ」

「な……!?　わ、私はクロスに魔力開発の秘薬を塗り込んでいるだけで、塗り込ませるようないかがわしい真似はしていないだろうが！　というかリオーネ、貴様まさか自分もクロスに薬液を塗ってもらうつもりか!?」

「な、なんだよわりーかよ。悔しかったらてめえもそのだっせえタオル脱いで参加すりゃいいだろ。あ、あたしだってテロメアに抜け駆けされねえようちょっとだけ無理してんだからな、ちょっとだけ……」

「ぐ、ぬぬ……っ！　この痴女種族どもが……！」

え……!?

なにやら漏れ聞こえてくる会話から、テロメアさんの次はリオーネさんの背中にも薬液を塗るらしいと聞いて僕はさらに赤面する。テロメアさんだけじゃないの!?

「えへへぇ、そんなに恥ずかしがらなくても大丈夫だよクロス君～」

赤面しっぱなしで固まる僕にテロメアさんがニマァ、と笑みを浮かべる。

「回復魔法の修行をしたときもボディタッチはたくさんしたよねぇ？　アレと同じだと思えば全然大丈夫だよ～。むしろローショ……薬液を間に挟んで肌に直接触れないぶん、こっちのほうが健全じゃないかなぁ？」

「た、確かに……？」

言われてみればリュドミラさんだって異性の僕に薬液のマッサージはしてくれてるわけで。

いくら師弟関係にあるとはいえハイエルフのリュドミラさんがやってくれていることなのだから、僕が思っているほど薬液マッサージはいかがわしいことではないのかもしれない。ドキドキするのはもうどうしようもないけど……師匠たちの言葉を疑う理由なんてなにひとつないので、僕は覚悟を決めて薬液を手に付けた。

「それじゃあ、背中にたっぷりお願いね～」

言ってテロメアさんが背中に薬液を塗ってもらうために水着を外してうつ伏せになる。それだけでさらに心臓が跳ねて大変だったのだけど……次の瞬間、僕は再び全身を硬直させた。

なぜなら……。

（……!?　テロメアさんの胸が、背中側から見えてる……!?）

豊満すぎるテロメアさんの胸。それはうつ伏せになると両脇の辺りから完全にはみ出してしまい、水着を着ているときよりも過激になってしまっているのだった。

剝《む》き出しになった背中や紐みたいな布でしか隠されていない下半身もあわせ、ほとんど全裸みたいなテロメアさんを見た僕は色んな意味で動けなくなる。

（こ、これを見ながら薬液を塗るのはさすがによくない……！）

反射的に目をつむり、それからテロメアさんの位置を間違えないよう《気配探知》に全神経を集中。ある意味実戦よりも必死にスキルを発動させることでようやく動けるようになる。

もしかしてこれも修行……!?

「そ、それじゃあ、失礼します……！」

「焦らずゆっくりでいいからね～。ぇへへぇ、相変わらずクロス君は素直で反応もウブで可愛《かわい》いなぁ。リオーネちゃんも乗ってきたのは少し計算外だったけど、最初に薬液マッサージを受けるのがわたしなのは変わらないし。ちょっと過激かもだけど、これでもっとクロス君を意識させちゃうぞ～」

テロメアさんの優しい言葉に「は、はい」と気持ちを落ち着かせながら、手につけた薬液に魔力を流す。目を閉じた状態で変なところを触ってしまわないよう引き続き《気配探知》にも全力を注ぎつつ、その柔らかい肌に薬液を揉《も》み込んでいった。

（いくら状況が状況とはいえ変な気持ちを抱くのは失礼だし、いつもの感謝の意味も込めてマッサージはできるだけ丁寧にしないと……！）

そう自分に言い聞かせながら、とにかくがむしゃらに手を動かしていたところ、

「……⁉　……っ⁉　ん、ふぅ、ひゃんっ♥⁉」

「っ⁉　テ、テロメアさん⁉　大丈夫ですか⁉　も、もしかして変なところを触っちゃったり……⁉　それとも魔力の流し方が変だったりしました⁉」

急にびくんと震えて甲高い声を発したテロメアさんに、僕は慌てて手を止める。

するとテロメアさんはなぜか少し焦ったように声をうわずらせながら、

「ふぇ⁉　い、いや全然大丈夫だよ～。え、ええと、次にどこを触られるかわかんなくてちょっとびっくりしちゃっただけでぇ……マッサージも魔力の流し方も上手だから、そのまま続けて大丈夫だよ～」

「そ、そうですか……良かった。じゃあ次からはどの辺りに薬液を塗り込むか伝えながらもっと丁寧にやりますね！」

テロメアさんの言葉にほっとしつつ、僕は再び薬液マッサージを開始した。

もちろん、目をつむったままでも変なところを触らないよう全身全霊をかけてだ。

けれど、

「い、いいよ～クロス君その調子……はうっ!? ふぅ、ふぅ、お、思ったより上手だね～。気持ち良くて寝ちゃいそうなくらいだよ～。ふー♥ ふー♥」

(な、なんだかテロメアさんの吐息がさっきからやたらと艶《なま》めかしいような……!?)

目を閉じて聴覚が敏感になっているせいだろうか。

テロメアさんの声がやたら淫靡《いんび》に聞こえ、僕はぶんぶんと頭を振る。

しゅ、集中！ せっかく師匠たちが練習の場を設けてくれたんだから、変なこと考えてないで集中しないと！

僕はまた硬直してしまわないよう、とにかくマッサージに全神経を注ぎ込む。

「……!? ま、またクロス君の指先が丁寧に……!? う、う～。なんかこれ、思ったよりずっとドキドキするっていうか、回復魔法修行のときと違ってクロス君のほうから積極的に動いてくれるせいか、想定と全然ちが……クロス君の激しい息が耳元にあたって……っ♥♥!?」

集中！

「あ、あれ？ なんか薬液マッサージって思ったより過激じゃね？ テロメアの顔がとろけきってるし……え？ 次あたしがクロスにアレやらせるのか……？」

「……っ」

リオーネさんがなにやら尻《しり》込みするように呟《つぶや》き、リュドミラさんからはなにかとんでもない魔力を凝縮しているような気配を感じるけど……それらもすべて意識の外に追い出して僕はマッサージをひたすら続けた。そして、

「え、ええと、ひとまずこれだけしっかり塗り込めば大丈夫ですかね？」

「……え？　あ、う、うん、そうだね～。クロス君すごいよ～。はじめてとは思えないほど上手だったし。体外魔力操作のスキルもしっかり伸ばしてたおかげだねぇ。あ、あれぇ？　おかしいなぁ……わたしがクロス君をドキドキさせる側だったはずなのに、クロス君の必死な指の感触が残って体が熱いよぉ……っ。クロス君のほうをまともに見られない……っ!?」

一通りのマッサージを終えた僕が顔を赤くしたまま声をかけると、テロメアさんはなにやらそそくさと水着を再装着。僕のマッサージを笑顔で褒《ほ》めてくれたあと「そ、それじゃあ前のほうは自分で塗るね～」とこちらに背を向けてしまった。

あ、あれ？　なんだかテロメアさんにしては色々とあっさりしてるような？

少し不安になるけど、師匠たちは指導に関して嘘《うそ》や誤魔化《ごまか》しはしない。

水棲ローションの扱いに関してはひとまず問題なかったようだと一安心しつつ、僕はまだこの気恥ずかしい練習が終わっていないことを思い出す。

「えと、それじゃあ次はリオーネさんですよね？」

「うぇ!?」

技能は繰り返し体に教え込んでこそ活きる。

これまで何度もスキルの反復練習をしてきたように、薬液ローションでも可能な限り練習の場を設けてくれようとしているのだろう。そんな師匠たちの気遣いに応えるべく僕は恥ずかしさをこらえてリオーネさんに顔を向けた。けど、

「え、えと、あー、ど、どうすっかな……ぐっ、ここで引いたらテロメア一人がヤリ得か……!?　いやでも正式なつがいになる前にこんな格好であんなマッサージはさすがに……!」

「?」

強い日差しを長く受けているからか、リオーネさんがなにやら顔を赤くしながら懊悩《おうのう》していた。ど、どうしたんだろう。テロメアさんといい、リオーネさんといい、今日はなんだかいつもと様子が違うような……と手をぬるぬるにしたまま戸惑っていたそのときだった。

視界の端。大海原の沖合。地平線の彼方まで続く海面が突如として隆起したのは。

「!?　え、な、なんだ!?」

異変に気づいた僕が腰の剣を握り身構える間も海面の隆起は止まらない。

まさに山のような高さまで水が盛り上がり、大瀑布《ばくふ》がごとき轟音《ごうおん》が鳴り響く。

そしてそれまで薬液マッサージにばかり意識をもっていかれていた僕は、そこでようやく思い出した。この綺麗《きれい》な大海原が、世界有数の危険地帯だということに。

「オオオオオオオオオオオオオオオッ！」


「あれってまさか……シーサーペント!?」

水面を割って現れた巨大すぎる影に僕は目を見開く。

それは数多《あまた》の商船を海の藻屑《もくず》へと変えてきた食欲の権化。海中の厄災。

危険度《リスク》9に分類される怪物中の怪物だったのだ。

ポイズンスライムヒュドラにも匹敵する化物の唐突な出現に僕は思わず固まる。

けど、

「し、しめた!!　おら行くぞテロメア！　クロスが怪我《けが》しねえようとっととアレ潰《つぶ》すぞ！」

「え～？　わたし背中にクロス君の感触が残ってるからいまはいろんな意味であんまり動きたく——ちょっ、きゃあああああああああっ!?」

師匠たちの動きは迅速果断。

音速の壁をぶち破る勢いで投擲《とうてき》されたテロメアさんが特大の黒霧をまき散らしてシーサーペントの動きを鈍らせたかと思えば、**まるでなにかから逃げるような勢い**で宙を駆けるリオーネさんがこの世のものとは思えない打撃を叩き込む。

「ぐっ……！　流れでクロスとの距離を縮められる絶好の機会だったたっつーのに体が勝手にこっちに逃げて……ああクソ！　《闘神崩拳》！　《闘神崩拳》!!　《闘神崩拳》!!!」

「グオオオオオオオオオオオオオオオッ!?」

海が蒸発したかと錯覚するような威力のスキル連打で大地が揺れ、周囲には天変地異としか思えない轟音《ごうおん》とシーサーペントの悲痛な断末魔が響き渡る。

「リ、危険度《リスク》9があんな一方的に……!?」

ポイズンスライムヒュドラ戦では街の人を庇《かば》いながらの戦闘ゆえに苦戦してたとは聞いてたけど……。国軍出動クラスの怪物を一方的に蹂躙《じゅうりん》する師匠たちの現実離れした戦闘に、僕は改めて目を丸くした。

「いくら深淵樹海に隣接する海域とはいえ危険度《リスク》9がいきなり現れるなんてびっくりしたけど……あれなら全然大丈夫そうだ」

あまりにでかいハプニングが規格外の師匠たちの手であっさりと解決していく様子にほっと胸を撫《な》で下ろす。けど、その直後だった。

ある意味でシーサーペント襲来以上の事態が僕を襲ったのは。

「ふぇ？」

それはまさに一瞬の出来事。

海上で繰り広げられる戦闘に目を奪われていた僕を優しい風が包んだかと思えば、問答無用で岩場の影に引きずりこまれた!? な、なんだ!? とあまりに静かかつ逃れようのない強力な風魔法に目を白黒させていたところ、

「リュ、リュドミラさん……?」

僕の目の前に、バスタオルで全身をすっぽり覆ったハイエルフの師匠が立っていた。

リュドミラさんはどこか思い詰めたような表情で、なにやら自分を納得させるように呟《つぶや》く。

「よ、よし。周囲の目がない物陰で二人きりならギリギリでいいかがわしくはないだろう……散々バカにしおってリオーネにテロメアめ、私にだってこのくらい……っ」

そして戸惑う僕から目を逸らしたまま、

かぱぁ。

唐突に。体に巻いていたバスタオルをご開帳した。

「っ!? え、ちょっ、リュドミラさん!?」

いきなりすぎる出来事に僕は今日一番の勢いで声がひっくり返る。

なにせリュドミラさんはやはりというかなんというか、バスタオルの下でしっかりと水着に着替えていたからだ。

リオーネさんたちに比べると露出は少ない。

けどほかの二人に勝るとも劣らない美しさに加えて、岩場の陰で二人きりというこの状況。

そして普段から露出のほとんどないハイエルフのリュドミラさんが自分からタオルを開いて水着を見せつけているという状況がなんだかすごくいけないことをしているようで、薬液マッサージを超える衝撃が僕の頭を真っ白に染める。

リュドミラさんはそんな僕へ囁《ささや》くように、

「そ、その、今日のためにはじめて水着とやらを選んでみたのだが……どうだ？」

「ど、どうって……どういうことですか⁉」

リュドミラさんの意図がわからず、僕は声をうわずらせる。

するとリュドミラさんは気恥ずかしそうに、

「……女性というものは新しい服を購入した際、好意を抱いている者……い、いや、近しい者から評価してもらいたがるものだ。だから、その、せっかくなら君の感想を聞きたいと思ってな。……リオーネには言っていただろう」

あ、な、なるほど。そういうことか。

確かに孤児院でも装備やアクセサリーを新しくした（ジゼル以外の）女の子が周囲に感想を求めてたっけ。

そこで僕はリュドミラさんの水着を改めて直視しようとするのだけど――ついつい気まず

い顔で明後日《あさって》の方向に視線を向けてしまう。するとリュドミラさんが焦ったように、

「……っ。あ、す、すまない。やはりこのような格好はしたなかったか……っ？」

「あ、い、いえ、そうではなくて！」

ショックを受けたようなリュドミラさんの様子に、僕は慌てて手をぶんぶんと振る。

言おうか迷う。というかできることなら言いたくない。

けどなんとなくここでうやむやにするのも良くない気がして、僕は斜め下辺りを向いたまま掠《かす》れた声を振り絞った。

「そ、その……リュドミラさんの水着姿があまりにも綺麗《きれい》すぎて、直視できないんです……っ」

「……っ!?!?!?」

リオーネさんたちもそうだったけど……目のやり場に困るどころの騒ぎじゃない。

そんな僕がリュドミラさんの水着にしっかり感想を言うなんてかなりの難易度で、つい顔を真っ赤にしながら目を泳がせてしまうのだ。と、僕が恥ずかしさのあまり顔を伏せながらもじもじとその本音を口にしたところ、

「……っ。な、なんだこの気持ちは……!?」

え？

「わ、私はただ水着を見せるだけのつもりだったはずなのに……こ、これ以上はさすがに……！」

え？　あれ？　リュドミラさん？

なんか急に雰囲気が……って、なんでバスタオルを開いたままこっちに近づいて……!?

ちょっ、そ、それ以上近づいたら肌と肌がくっついちゃいますよ!?

僕は慌ててリュドミラさんに声をかけようとする。

けどバスタオルで逃げ場を塞《ふさ》ぐようにリュドミラさんが僕の左右を包み込むと、視界はリュドミラさんの水着姿だけに覆われてしまって。爽《さわ》やかな若草みたいな甘い香りが充満すれば、頭がくらくらして声も出ない。

そして僕とリュドミラさんの吐息だけが耳に響くなか、その芸術品みたいな両腕がまるで僕を抱きしめようとするかのように恐る恐る近づいてきた——そのときだった。


「なにやっとるんじゃ貴様らあああああああああっ！」


「「っ!?」」

突如響いた幼い怒声に、僕とリュドミラさんが飛び上がる。

すると先ほどの妙な空気は夢か幻だったかのように一瞬で霧散。

心臓をバクバクさせながら声のしたほうへ目をやれば、

「待たせたらなにされるかわからんからと早めに待ち合わせ場所に来てみれば……妾《わらわ》からの依頼を受けておきながらなにを待ち合わせ場所で乳繰りあっとるんじゃーっ！」

そう言って地団駄を踏むのは、浅黒い肌が特徴的な幼い女の子。

すべての魔物の頂点に君臨するという片角の魔王、ソルティ・バスカディアさんが膨大な魔力を練り上げながらぷんすかと怒りの声をあげていた。

2

魔王。それはすべてのモンスターや魔族を束ねる人類の仇敵《きゅうてき》とも呼べる存在だ。

有史以来何度も出現しては人族に多大な損害を与え、中でも数百年前に出現した魔神――歴代最強の魔王は人族を絶滅寸前まで追い詰めたという。

強大にして凶悪。人族にとって最大の脅威。それが世間一般の魔王に対する認識だ。

ただ、そんな魔王も今代は少しばかり事情が違っていた。

先代魔王である魔神が完全には消滅していないとされていることが原因なのか、ソルティさんは片角の不完全な状態。モンスターもあまり言うことを聞いてくれないらしく、色々と中途半端なことになっているらしい。加えてソルティさんはあまり人族と敵対しない性質の魔王とのことで、特徴的な角や尻尾を除けば可愛《かわい》らしい女の子にしか見えなかった。

けどその内包する迫力は先ほど出現したシーサーペントをも凌駕《りょうが》していて。可愛らしい外見に反して魔王と呼ばれるのも納得の威厳を備えていた――のだけれど、

「いいか、貴様はなにも見なかった。私とクロスはなにもしていなかった。もし他言すればそのときは……肉片のひとつも残さず殺す」

「は、はわ、はわわわわわわわわ（じょばー！）」

先ほどリュドミラさんが僕をタオルで包み込んできたのは、不意に近づいてきた巨大な力《ソルティさん》から守るためだったのだろう。なぜか怒声をあげて登場したソルティさんを警戒してか、リュドミラさんはバスタオルをまき直した状態で火山が凝縮したような火球を生成。隅っこのほうへ追い詰められた魔王ソルティさんは涙目になって震えていた。

さらにはこちらの騒ぎに気づいたリオーネさんとテロメアさんもやってきて、

「おいリュドミラてめえいつの間にこんな岩場のほうに……あたしとテロメアがシーサーペント潰《つぶ》してる間にクロスとなにしてやがった⁉」

「……………………別になにも」

「耳まで赤くしてそんなわけないよねぇ。まあちょうど目撃者がいるみたいだし、拷問して聞き出せばいっかぁ」

「⁉　なんで妾《わらわ》がそんな最悪の板挟みに遭わねばならんのじゃあああああああ⁉」

師匠たちが殺気立ちながらなにかボソボソ言葉を交わすと同時、ソルティさんの悲鳴があがる。なんだか放っておくとさらに酷《ひど》いことになる気がして、僕は過剰とも思える師匠たちの反応に目を白黒させつつ割って入った。

「あ、あの皆さんいくらソルティさんが魔王だからってそこまで警戒しなくても！　というか今回の依頼、やっぱりというかなんというか……ソルティさんからのものなんですよね⁉」

先ほどソルティさんが登場した際に少しだけ聞こえた言葉。

そしてこの待ち合わせ場所にソルティさんが現れたという事実から判断して僕は声をあげる。

するとソルティさんは「そ、そうじゃそうじゃ！」とまるで師匠たちから逃げるように僕のほうへ駆け寄ってきて、

「今回の妾は正式な依頼主なんじゃぞ！　それなのになんでいきなりこんな目に遭わんといかんのじゃ！　おかしいじゃろ！」

やっぱりそうらしい。

けどそうなるとわからないことがある。

「どうして師匠たちに依頼を？　ソルティさんって、冒険者ギルドや国の上層部ともいちおう繋《つな》がりはあるんですよね？」

師匠たちは仮にも魔王であるソルティさんのことを常に油断なく警戒してるらしく、彼女をことあるごとに威嚇《いかく》している。いまみたいに。ソルティさんもそんな師匠たちを苦手としているようで、あまり関わりたくない様子だった。なのにわざわざ師匠たちに依頼してくるなんてよっぽどの困りごとなのだろうかと疑問に思って訊《たず》ねてみると、

「うむ。それにはいくつか理由があってな」

師匠たちから逃れてようやく調子を取り戻したのか、ソルティさんが鷹揚に口を開いた。

「確かに妾《わらわ》は人族の上層部とも繋《つな》がりがある。じゃが妾は全モンスターの頂点に立つ魔王。いちおう人族の敵という立場なのでな。必要以上に馴れ合っていると互いに外聞が悪いんじゃよ。その点、こやつら不良S級冒険者ならほぼほぼ犯罪者みたいなもんじゃし、そういう気遣いも無用じゃろ?」

「「「はあ……?」」」

「のああああっ!? それそれそれ! その目つきや態度がもうまともな冒険者じゃないわうわああああん! そんなことやっとると攫《さら》ってきた愛弟子《まなでし》から愛想尽かされるぞ!」

「「「ぐっ!?」」」

ソルティさんが半べそで叫んだ瞬間、なぜか師匠たちが怯《ひる》んだような様子を見せた。

途端、ソルティさんが「お?」と涙を引っ込める。

「なんじゃお主ら。思った以上に本気だったようじゃな。くくく、これはいい制御方が見つかったわい。ほれほれクロス《人の子》よ、妾の可愛《かわい》さに免じてあの三バカをガツンと叱ってやってくれ」

「ソ、ソルティさん!?」

ソルティさんが僕の後ろから抱きついてきて柔らかいほっぺを押しつけてくるものだから、僕は赤面して声を裏返らせる。瞬間、

「内臓関節全破壊連撃スキル――」

「極大殲滅《せんめつ》魔法──」

「猛毒再生魔法──」

「ギャアアアアアアアアアア!?　冗談じゃ冗談!」

僕から即座に引っぺがされたソルティさんが師匠たちに囲まれて絶叫。

「ちょ、皆さん!?　僕は大丈夫ですから!」

僕が再び慌てて止めに入り、どうにか騒ぎは収まった。

不完全とはいえ魔王は魔王ということなのだろうか。ソルティさんに対するリオーネさんたちの警戒心は留まるところを知らないらしかった。

「はぁ、はぁ、はぁ……!　今度こそ殺されるかと思ったわ……これだからこやつらには依頼などしたくなかったんじゃが……」

ソルティさんがぶるぶると震えながら呟《つぶや》く。

そしてソルティさんは「ならどうして師匠たちに依頼を?」という先ほどの疑問に改めて答えるように僕を見つめながらこう続けた。

「今回の依頼は少々特殊でな。そもそもお主らに頼むほかに選択肢はなかったんじゃよ。その最大の理由は──お主じゃ人の子」

「え……?　僕ですか?」

ソルティさんに指さされて僕は目を丸くする。

リオーネさんやリュドミラさん、テロメアさんといったS級冒険者を差し置いて、僕？

「うむ。まあそれについては依頼内容とも関わるのでな。早速現場に赴き、諸々まとめて説明しようではないか」

言ってソルティさんが指し示したのは――見るも無惨な姿となったシーサーペントの浮かぶ大海原だった。


リュドミラさんの風魔法で洋上へと飛び出してすぐ。

なにかを探知するように目を閉じていたソルティさんが「ここじゃ」と海面を指さすと同時、凄《すさ》まじい勢いで海が割れた。

「よ、っと」

ドッボオオオオオオオオオオオン！

「わああああああああっ!?」

当たり前のように海上を走っていたリオーネさんが、その場で凄まじい蹴りを放ったのだ。

海水の壁が周囲にそそり立ち、ゴツゴツとした岩山のような海底が広範囲にわたって剝《む》き出しになる。と同時、

「最上級氷結魔法――アブソリュートゼロ」

ビキイイイイイイイイッ！

リュドミラさんの規格外な魔法が発動。周囲一帯の海水がすべて氷結した。

何度見ても現実とは思えないスキルの威力に愕然《がくぜん》とする。

そうして師匠たちに連れられて海底に降り立った直後——僕の目にソレが飛び込んできた。

凝縮された魔力を帯びた海底の横穴だ。

これは——、

「ダンジョン、ですか？」

「うむ、その通り。そして妾《わらわ》の依頼とはこのダンジョンを攻略してほしいというものなんじゃ。が……当然ただのダンジョンではない」

言って、ソルティさんがダンジョンの入り口に手を伸ばした瞬間——バチン！

その小さな手がなにか不思議な力に弾かれる。

な、なんだ!?

まるでダンジョンがソルティさんの侵入を阻んでいるかのような現象に僕は目を丸くする。

けどその不思議な現象にはひとつ、心当たりがあった。

「もしかしてこれ、特殊条件ダンジョンってやつですか……!?」

特殊条件ダンジョン。

それは様々な特徴を持つダンジョンの中でもひときわ特別な性質を持つ変わり種のことを指す。極度に偏向した魔力の影響で、入れる《職業《クラス》》や持ち込める装備、アイテムなどに制限があり、条件を満たさない者が強引に入ろうとすると途端に魔力バランスを欠いて崩壊してしまうというのだ。崩壊しても迷宮核《ダンジョンコア》さえ残っていれば時間経過で復活するらしいけど、とにかく条件を満たさない者では攻略はおろかダンジョン内に入ることさえできないとされている場所だった。

「うむ。察しの通り、ここは特定の条件を満たした者しか入れぬダンジョンなのじゃ。そしてここの入場条件とは……レベル10以下であること」

「！」

再度目を見開く僕にソルティさんが続ける。

「加えて意地の悪いことに、このダンジョンに現れるモンスターどもの平均レベルは30前後というイカレた仕様でな。レベル10以下で、なおかつ上級職に匹敵する力を持つというあり得ん存在にしか攻略は不可能なんじゃよ。たとえばそう、レベル0の《無職》にもかかわらず決闘で上級職を下したお主のような存在にしか、な」

「……!?　なんですかそのダンジョン!?　で、でもなるほど……それで師匠たちじゃなくて僕に……」

にわかには信じがたいけど、確かにそんな特殊すぎるダンジョンが実在するというなら、攻略どころか挑める人さえかなり限られる。S級冒険者を差し置いて《無職》の僕に攻略を頼むというのも納得だった。

けどそのためにわざわざ苦手なはずの師匠たちに依頼して僕をここまで連れてくるなんて、この特殊なダンジョンの攻略になんの意味があるんだろう？　と再び湧《わ》いた疑問にソルティさんがすぐに答えをくれる。

「で、じゃ。此度《こたび》の依頼なんじゃが、目的はダンジョン攻略そのものではなくてな。ダンジョンボスを倒した先にあるアイテムを回収してほしいんじゃよ」

「アイテム？　……って、ダンジョンで生成される特殊な鉱物とかのことですか？」

ダンジョンは偏向しすぎた魔力の影響で、特殊な鉱物やマジックアイテムの素材など希少資源が多く採れるとされている。これだけ特殊なダンジョンなら魔王が求めるほどの素材が採取できてもおかしくないだろう――と思い尋ねてみたところ、ソルティさんがおかしそうに笑う。

「鉱物？　わはは！　いやぁ、そんなちゃちいものではない。このダンジョンの最奥に眠っておるのは――魔神の遺産じゃよ」

「……ふぇ？」

「いやまあ、魔神の遺産とまで言うと大げさじゃがな。実はこの隠しダンジョンには先代魔王軍が所持しておった国宝級装備や宝物の一部が眠っとるじゃよ。お主にはそれらのお宝を持ち帰ってほしいんじゃ。あるだけ全部な」

「え、ちょっ、先代魔王軍が所持してた装備!?　それ本気で言ってるんですか!?」

先代魔王軍の国宝級装備って、それてつまり魔神一派が所持していた装備ってことだよね!?

一部とはいえそんな代物が保存されているというのも耳を疑う話だけど、その封印を解くような依頼をしてくるなんてどういうつもりなんだ!?

「ソルティさんって魔王としてはかなりの穏健派なんですよね!? なのになんでそんなものをほしがってるんです!?」

「そんなの聞くまでもないじゃろ!」

僕の問いかけにソルティさんが全力で叫ぶ。

「それらの宝物を所持しておけば妾《わらわ》だってもっとこう、魔王としての箔《はく》がつくじゃろが! 妾のことを半端魔王だの飼い殺し魔王だのと言ってバカにする者も減るに違いないんじゃ! 愛想の悪いクソモンスターどもも少しは妾に媚《こ》びるじゃろう!」

そんなことで!?

困惑を深める僕に、魔王ソルティさんはさらに続ける。

「隠し場所であるこの特殊条件ダンジョンの性質が性質なので回収は諦《あきら》めておったんじゃが、《無職》のお主が決闘で上級職を下したと聞いて気が変わってな! 今回正式に先代の遺産を我が物とすることにしたんじゃ。もちろん報酬ははずむぞ。回収した〝遺産〟のうち、気に入った武器があれば報酬としてくれてやる。な、悪くない話じゃろ?」

え、ええ……。

当然受けてくれるじゃろ? という期待に満ちた顔でこちらを見上げるソルティさん。

そんな彼女に困り果てた僕が「だ、大丈夫なんですかね？　色々と」と師匠たちのほうを見れば、

「ん？　まあ魔神軍の装備が手に入ったくらいでどうこうなるヤツじゃねえしなソルティは。大丈夫だろ」

「もしなにか悪さをするようなら国宝級装備ごと叩き潰《つぶ》すだけだしね～」

リオーネさんとテロメアさんがまったくなんの心配もしていない調子で言い、ソルティさんが「ぴっ!?」と短い悲鳴を上げる。

う、うーん。まあ師匠たちがそう言うなら特に問題はない、のかな？

それにしても――、

（魔神一派の装備品がこのダンジョンに封印されてるのはいいとして……ここに宝物を隠した人（？）たちはどうやって回収するつもりだったんだろう？）

隠し場所としてはこれ以上ない場所なんだろうけど、仮にも魔王であるソルティさんが回収を諦めてたくらいなのに。

僕がそんな疑問に気を取られていれば、

「では依頼の説明もあらかた終わったことじゃし、早速ダンジョン攻略に取りかかってもらおうかの。というわけで、ほれ。ダンジョン最奥から目的の品を持ち帰るための道具を貸してやろう」

ソルティさんがごそごそと服の下から取り出したのはずいぶんと年季の入った革袋だ。けどこの場面で魔王が取り出すだけあって、ただの革袋じゃない。鑑定スキルのない僕でもわかるほど濃い魔力を帯びたそれは、希少なマジックアイテムだった。

「わ、これってもしかして、アイテムボックスってやつですか？」

「うむ。それも結構な大容量なうえ、普通とは違う機能も色々とある優れものじゃぞ！」

アイテムボックス。

《商人》や《運び屋》系の《職業》《クラス》が持つ異空間収納スキルを一部再現した希少アイテムだ。

リオーネさんたちが使っているのを見たことはあるけど、そういえば自分で使ってみるのは初めてだった。それもこんなに容量の大きそうな最高級アイテムボックスとなると、貧乏暮らしだった平民の僕としては身に付けてるだけでかなり緊張する。ダンジョンソロ挑戦とはまた別種の緊張だ。と僕が少しばかり気後れしていたところ、

「よし、それではダンジョン攻略に際して私たちからも幾つかアイテムを渡しておこう」

リュドミラさんが自らのアイテムボックスから複数の魔道具を取り出す。

それを見て僕は目を見開いた。

「え、ちょっ、リュドミラさん!?　なんですかこれ!?」

「うむ。ひとつずつ説明しよう。まずこの首飾り《ネックレス》はダンジョンからの緊急脱出用アイテム。極度に魔力の偏向したダンジョンという環境下でしか使えない瞬間移動具だな。そしてこの水晶

はダンジョン内での君の様子を外部から観察できるマジックアイテム。君が万が一ダンジョン内で脱出アイテムさえ使えない状態に陥った際、私たちが外部から緊急脱出アイテムを強制遠隔起動させるために使う。それからあまり多用していいものではないが、最高級の回復ポーションの類いもあるだけアイテムボックスの中に入れておこう」

淡々と説明しつつリュドミラさんが僕にアイテムを渡してくるのだけど——瞬間移動アイテムに遠視アイテム、最高級ポーション数十本って、一体総額いくらするんだ!?

「今回のダンジョン攻略は速度対策のときと違ってわたしたちが同伴できないから〜。前にクロス君がクリアした速度対策ダンジョンとLv帯は近いからいまのクロス君からすればそこまで危険じゃないけど、冒険者に油断は禁物。命を守るための準備は入念にやっとかないとね〜」

「だな。まあ最悪、ダンジョンごと吹き飛ばしてテロメアに回復してもらうって手もあるけど。さすがにそれは一か八かすぎるしな」

戦《おのの》く僕にテロメアさんとリオーネさんが補足するように言う。

ま、まあ確かに完全な単独でのダンジョン攻略なんて初めてだし、身を守るための準備はいくらあってもいいんだろうけど。

「油断がないのはいいことじゃが過保護すぎてちょっと引くわ……」と呆れたような声を漏らすソルティさんを尻目《しりめ》に、僕は高性能アイテムボックスをはじめとした超高級アイテムの数々を恐る恐る身に付ける。な、なんだか身体《からだ》中に宝石を身につけてるみたいで落ち着かないや……。

それを見て「よし。これで準備は万端だな」とリュドミラさんは満足げに頷《うなず》きつつ、

「それからクロス。今回のダンジョン攻略だが、前回と同様に立ち回りを指定させてもらおう。ダンジョン内での君の生存確率を跳ね上げると同時、今回の短期遠征修行の目的を果たすために必須の方針だ。具体的には――」

言って、リュドミラさんが今回の方針を説明してくれる。

前回の速度対策に続き、今回の短期遠征でも修行の場にダンジョンを選んだ理由を。

「……っ！　なるほど……！」

確かにリュドミラさんの言うその方法ならいまの僕に必要なスキルを効率よく伸ばせるうえに、ダンジョンソロ攻略のリスクも大幅に減らせる。

それはこれまでの指導と同様にしっかりとした内容で、魔神の遺産というとんでもない情報や高級アイテムの大量投入に圧倒されていた僕の意識をすぐさま切り替えてくれた。

すなわち、いますぐ修行に身を投じたいという冒険者の熱意に。

「わかりました。そのやり方でダンジョン攻略に挑んでみます！」

「頼んだぞ人の子よ！」

そうして。

S級冒険者の依頼についてきた僕は師匠たちからたっぷりの保険と新たな修行方針を授けられ、その特殊すぎるダンジョンへ躊躇《ためら》いなく潜るのだった。

いつ襲ってくるかわからない上級職と渡り合う力をつけるために。

3

その海底ダンジョンはレベル10以下しか入れないという特異性に反し、いたって普通の構造をしていた。内部に水が満ちているということもなく、ごつごつとした岩壁が偏向した魔力の影響で淡く光っている。前に速度対策修行で攻略したダンジョンと比べてこれといった違いのない、シンプルな洞窟型の構造だ。

それでもここが大量のモンスターで満たされた危険地帯であることには違いなく、一切の油断なく洞窟を進んでいく。すると、

「「グルルルルルッ」」

「……っ！」

入り組んだ岩窟を曲がった先に早速モンスターの影を発見した。

猪みたいな頭に棍棒《こんぼう》を握る人型の身体《からだ》。あれは確か……推定レベル30のレッサーオーク。

武器を扱う知能と屈強な肉体を併せ持つ厄介な相手だ。

幸い、二体いるレッサーオークはどちらもまだ僕に気づいていない。

ここで奇襲をかければ、それなりに有利な状況で戦闘を始められるだろう。

けど――僕はそこで攻撃を仕掛けたりはしなかった。

身体強化スキルを使用することもなければ、風魔法を詠唱することもない。ダンジョンに入る前にリュドミラさんから指導された通り、ここで使うべきスキルは――、

「Lv2――《気配遮断》」

それはここ数日の集中指導で熟練度を増した盗賊《シーフ》系スキル。

僕の身体《からだ》から発される魔力や生命力といった気配が曖昧《あいまい》になり、薄暗いダンジョンの中に存在が溶け込んでいく。そして僕はその状態で、息を潜めながら慎重にレッサーオークたちの背後を駆け抜けた。

「「グルッ？」」

「……！」

レッサーオークたちがなにかに気づいたように首を巡らせて一瞬ドキリとする。

けどオークたちがこちらに目を向ける直前、僕はすでにその場を通り過ぎていた。

「……よしっ。ちょっと危なかったけど、上手く戦闘を回避できたぞ」

しばらく通路を駆け、レッサーオークたちが視界から完全に消えた段階になってようやく息を吐く。

そうして僕は《気配遮断》を発動したままダンジョンを進むのだけど――使うスキルはこれ一つだけではなかった。様子見は終わりとばかりにもう一つのスキルを発動させる。

「Ｌｖ３――《気配探知》」

《気配遮断》と同様、ここ数日の鍛錬で熟練度を増したスキルだ。先ほどテロメアさんへのマッサージで実戦以上の集中力を要求されたからか、今朝よりもＬｖが上がっている。

それでもまだまだ発展途上の下級スキルなので威力や感知範囲は限定的だけど、意識を集中すれば、目に見えない場所にいるモンスターの気配を摑《つか》むことができた。

（――いた。曲がり角の向こうに二体、後ろのほうから近づいてくるのが一体）

それがなにを意味するのかと言えば――戦闘回避率のさらなる向上だ。

《気配遮断》は姿まで消せるわけじゃないから、相手の視界に入ると効果が激減しちゃう。けど《気配探知》も組み合わせて敵の配置を事前に感知できれば――！）

モンスターが明後日《あさって》の方向を向いたタイミングの把握、危険な道の迂回《うかい》、不意打ちの感知など、周囲の気配を探ることで隠密《おんみつ》の成功率は格段にアップする。

２つのシーフスキルを同時に発動させた僕は洞窟内に蔓延《はびこ》る危険度《リスク》３や危険度《リスク》４のモンスターとほとんど戦闘することなくダンジョン内を進むことに成功していた。

徹底的に戦闘を避ける一連の行為は一見して修行とほど遠いように思えるかもしれない。

けれど「盗賊《シーフ》系スキルを使って可能な限り戦闘を避ける」というこの隠密行動こそ、僕が師匠たちに授けられた重要な修行だった。

敵の視界に入らないよう気配を探りながら忍び歩けば、いつ上級職に奇襲されるかわからないいまの僕に最も必要な《気配探知》と《気配遮断》のスキルを実戦形式で同時に鍛えられる。

加えて戦闘そのものを避ければ魔力や体力の消耗を避けられるし、負傷のリスクも激減するなどダンジョン攻略においてはいいこと尽《ず》くめなのだ。

モンスターの蔓延《はびこ》る地下で神経を研ぎ澄ませ続けなければいけないので魔力以上に精神の消耗が激しいけど……そこを鍛えるのも目的のひとつ。

リオーネさんいわく『探知スキルは寝てる間だろうがなんだろうが常に発動して奇襲に備えるのが理想《基本》だからな』とのことで、僕は2つの盗賊《シーフ》系スキルを常時発動させながらどんどんダンジョンを進んでいった。

けど当然、すべての戦闘を回避できるほどダンジョンは甘くない。

「っ！　あれは……」

迂回《うかい》することもできない一本道。その先にある広い空間に、僕は複数の気配を感知した。

《気配遮断》を発動させたまま壁に張り付き、そっと大部屋の中をのぞき見る。

そこにいたのは——モンスターの群れだった。

それもただの烏合《うごう》の衆じゃない。

強力なボスを中心とした連携が脅威とされる狼型モンスター、シルバーウルフが8体ほどで大部屋に陣取っていたのだ。

（シルバーウルフ……確か一個体の参考レベルは30程度で、ボスのレベルは高くても35くらい。けどその連携がはまったときの厄介さは危険度《リスク》5に匹敵するとも言われてる強敵だ……！）

真正面からぶつかれば苦戦は必至。勝てはしてもかなり消耗するだろう。

できることなら戦闘は避けたい。

けど先ほど確認したようにこの周囲に迂回路《うかいろ》はなく、先に進むには目の前の空間をつっきるしかなかった。さらに都合の悪いことに、

「……？」

「っ」

群れのボスがなにかに気づいたように鼻をひくつかせていた。

恐らくは狼系モンスターの嗅覚系感知スキルだ。

気配を消しているからすぐには気づかれないだろうけど、それも恐らく数秒の猶予。

群れを一掃できる風魔法を唱える時間はないし、そもそも《気配遮断》を使っている最中に詠唱は不可能だった。

（《気配遮断》を使ってる最中にほかのスキルを発動させると、魔力が漏れ出して《気配遮断》の効果が消えちゃうから）

ならばどうするか。

判断は一瞬だった。

「シッ！」

短く息を吐き、僕は《気配遮断》を発動させたまま全力で駆け出していた。

向かう先はモンスターの群れのど真ん中。僕の臭いに気づきかけていた群れのボス目がけて真っ直ぐに突き進む。脳裏をよぎるのは、盗賊系《シーフ》スキルの修行中にリオーネさんの語ってくれた言葉だ。

『いいかクロス。《気配遮断》スキルってのは便利に見えて意外と弱点だらけでな。相手の視界に入っちまうと基本意味がねえし、攻撃スキルなんかも併用できねえ。漏れた魔力で気配がわかっちまうからな。けど逆に言えば——攻撃を仕掛ける直前までは気配が消せんだ』

そうして稼げるほんの数瞬が、実戦での明暗をはっきりとわける。

「「「グルッ⁉」」」

気配もなく突如として現れた僕の姿に、モンスターたちがぎょっとしたように声を漏らした。彼らの視界に入り込んだいま、《気配遮断》はほとんど無意味。

群れのボスが僕を真正面から睨《にら》み、突然の事態に体をこわばらせながらも即座に戦闘態勢に入った。けど、

「遅い！　《身体能力強化》！　《剣戟《けんげき》強化》！」

《気配遮断》の意味がなくなったその瞬間、僕は全力で攻撃スキルを発動。

爆発的に速度のあがった身体《からだ》が瞬時に敵との距離を詰めた。

それはまさに奇襲の中の奇襲。

正々堂々ぶつかればそれなりに手間取るだろう相手でも、こうして隙《すき》を突くことができれば
――、

「やあああああ！」

「グギャアアアアアアッ!?」

一閃《いっせん》。魔力のこもった剣がボス個体の首を一撃で貫いた。

そしてもちろん、奇襲はそれだけじゃ終わらない。

「「――っ!?」」

突然の奇襲にボスの死亡。混乱を極めるモンスターたちへさらに剣を振るう。

1体、2体。連続で弱点に攻撃を叩き込み、群れの戦力を確実に刈り取っていく。

けどそんな快進撃もいつまでもは続かない。

「「グルアアアアアアアアア！」」

その段になるとさすがに敵も体勢を整えて一斉に襲いかかってくる。

ボスを失って著しく連携を欠いているとはいえ、四方八方から同時に襲いかかってくる危険度《リスク》4の群れは十分に脅威だ。

こうなると攻撃を避けつつ弱体化スキルを撒《ま》くのが鉄板だけど――万全を期した僕はその

場から全力で逃げ出した。大部屋の向こうへ走れば、そこに広がるのは幾筋にも枝分かれした岩窟。僕は再び《気配遮断》を発動させ、いくつかの角をでたらめに曲がる。

「「「グルッ!?」」」

するとシルバーウルフたちは再び僕の姿を見失い、戸惑ったような唸り声を漏らした。

そしてボスを失い冷静さを欠いたシルバーファングたちが僕の残り香を辿《たど》って突っ込んできたところを――、

「《剣戟《けんげき》強化》!」

「グガアアアアアアッ!?」

曲がり角に潜んでいた僕は《気配探知》で一方的に敵の動きを把握。闇雲《やみくも》に突っ込んできた狼たちを一体ずつ確実に葬っていった。

「……よしっ!」

そうして同じ事を繰り返せば、ほんの短時間でシルバーウルフは全滅。

盗賊《シーフ》系スキルを利用した奇襲と徹底的なヒット&アウェイにより、僕はほとんど無傷かつ最低限の魔力消費で凶悪なモンスターの群れを殲滅《せんめつ》することができていた。

「テロメアさんたちが言ってた通り……いや、それ以上に便利なスキルだ……!」

師匠たちから教わった盗賊《シーフ》系スキルの活用法とその破壊力を実戦で痛感しつつ。

僕はその後も隠密《おんみつ》と奇襲を繰り返し、必要最低限の労力でダンジョンを突き進んでいった。

《気配遮断Lv2》↓《気配遮断Lv3》
《気配感知Lv3》↓《気配感知Lv4》

4

練度のあがった隠密スキルを活用することでダンジョン攻略はどんどん進んでいった。

とはいえさすがにファーストアタックでソロ攻略できるなんてことはなく、初日は僕の集中力が途切れた段階で師匠たちが緊急脱出を発動。「初日からしっかりスキルを使いこなして頑張ったねクロス君～♥」とテロメアさんに色々と回復してもらったあとは、そのまま砂浜で夜を越すこととなった。冒険者に必要な野営の訓練もついでに行うためだ。

《気配感知》を使った交代での見張りや現地調達した食材の調理など色々とためになることはありつつ同じくらい恥ずかしいことがあったりしたのだけど……それは思い出すだけで顔が赤くなるからいいとして。

そんなこんなで一夜明け、ダンジョン攻略二日目。

僕は初日のダンジョン攻略で摑《つか》んだ盗賊《シーフ》系スキル活用のコツを存分に発揮。

スキルの熟練度上昇によって魔力や集中力の消耗も少なくなった盗賊《シーフ》系スキルを常時発動さ

せ、最短でダンジョンを進んでいった。そして、

「……着いた」

早朝からダンジョンに潜り、恐らくは昼を過ぎた辺りだろうか。

以前の速度対策修行で何度も目にした、ダンジョン内部に似つかわしくない静謐《せいひつ》な空間に僕は辿《たど》り着いていた。

迷宮核《ダンジョンコア》を守る最後の関門――すなわちボス部屋の目の前に。

周囲にモンスターの気配をまったく感じないそのセーフゾーンのようなエリアで、僕は一息つくようにステータスプレートを表示する。

《気配遮断Lv3》　↓　《気配遮断Lv4》
《気配感知Lv4》　↓　《気配感知Lv5》

昨日と今日のダンジョンアタックで早くも成長したスキル。

いまの自分の力量を改めて確認しつつ、ボス部屋に突入するための準備を整える。

下級回復魔法《ケアヒール》と軽めの魔力ポーションで体調を整え、続けて僕は口の中で朗々と魔力を紡いだ。

ここから先は真剣勝負。ソルティさんからの依頼を確実に達成するためにも、使用スキルの

制限は一切なしだ。

「――《重傷自動回復》」

発動するのは、膨大な魔力と長大な詠唱によって自身に強力な自動回復効果を付与する中級回復スキル。

本当はこれに《遅延魔法《マジックストッカー》》も使っておきたかったのだけど……今回は使用を見送った。

傷を負ったときにはじめて発動する自動回復と違い《遅延魔法》はまだLvの低い《気配遮断》とは併用できないため、《気配遮断》のほうを優先することにしたのだ。

前情報のない敵と戦うのも修行のうちということで、この洞窟にどんなモンスターが出現するかは知らされていない。それはダンジョンボスについても同様で、まずは《気配遮断》で様子見に徹する必要があった。

『ここのボスは強力らしいから、ちーと苦戦するだろうけどな。この数日で伸ばした盗賊《シーフ》系スキルを上手く活用すりゃどうにかなるから安心して挑んでこい』

前情報のないボスに正真正銘一人で挑む僕にリオーネさんが耳打ちしてくれた言葉もある。

「……よし」

そうして頼もしい新スキルを中心に可能な限りの準備を整えた僕はボス部屋へと足を踏み入れた。

そこはまるで鍾乳洞《しょうにゅうどう》のようにいくつもの石柱がそびえる大部屋で、その幻想的な光景に少しばかり目を奪われる——瞬間。

「……っ！」

ダンジョン最下層を満たしていた静謐《せいひつ》な空気が一瞬で霧散。

大部屋の奥に鎮座する迷宮核が発光し、膨大な魔力を凝縮させた。

ダンジョンボス——迷宮核と魔神の遺産を守護する門番の生成だ。

先の修行で何度も目にした現象を前に、僕は《気配遮断》を発動させた状態で岩陰に身を潜めた。一体どんな強力なモンスターが出現するのか身構える——のだけど、

「……あれ？」

僕はそこで首を捻《ひね》る。

なぜなら、いつまで経ってもボスモンスターが出現しなかったからだ。

魔力は凝縮しきってるはずなのに、大部屋の中央はがらんとしたまま。

（なんだ……？　魔神の遺産を守るダンジョンっていうくらいだからなにかあってもおかしくないとは思ってたけど、これは一体……？）

と、常時発動させている《気配探知》へさらに意識を集中させた——そのときだった。

背後から凄《すさ》まじい勢いで迫るなにかの気配に気づいたのは。

「――っ⁉　《緊急回避》！」

咄嗟《とっさ》に回避スキルを発動させた直後。

ブオン！　ドゴオン！

耳元を凄まじい風音がかすめ、攻撃を避けた僕の代わりに石柱が木《こ》っ端微塵《ぱみじん》に弾け飛ぶ。

一体なにが――⁉　地面を転がり立ち上がれば、いままさに僕の頭を砕こうとしてきたそいつらの姿が目に飛び込んできた。

「なんだこれ……⁉　触手⁉」

それは地面、天井、石柱――様々な場所から生える数本の触手だった。

それもただの触手じゃない。

僕の胴体くらいはありそうな太さ。毒々しい濃緑の体色。そしてなにより異常なのは――すべての触手の先端に不気味な眼球がぎょろりと蠢《うごめ》いていたのだ。

（……⁉　気配を消してる僕の居場所がバレたのはあの目玉のせいか……⁉）

いくら《気配遮断》スキルが優秀でも、様々な角度から視覚的に捉えられては意味がない。

（まさかこんな形でいきなり気配遮断が破られるなんて――っ！）

と、面食らう僕に体勢を整える間も与えず、触手たちが再び突っ込んでくる！

「く――っ⁉　《身体能力強化》！　《緊急回避》！」

不意打ちからの連撃をどうにか強引に避ける。

石柱をも砕く触手のパワーは凄《すさ》まじく、一撃でも食らえば大ダメージは間違いない。

けどそんな一切気の抜けない攻防の中にあって——僕の意識は別の場所に向いていた。

なぜなら、

「この触手はボスモンスター本体じゃない……！」

僕は触手を避けつつ大部屋の中央へと目を向ける。

それは本来ならボスモンスターが生成されるはずの場所。

そして先ほど《気配探知》に全力で意識を集中させた際、ほんの微《かす》かに大きな気配を感じた場所でもあった。恐らく、この触手を相手にし続けても時間と体力の無駄。

「——《トリプルウィンドランス》！」

迫る触手の攻撃を捌《さば》きながら完成させた魔法を大部屋中央へ叩き込む。

ドゴオオオオオオオン！

魔法の命中した地面が大きく抉《えぐ》れ吹き飛んだ——その瞬間。

「キイイイイイイイイイイイイッ！」

怒りのこもった怪物の声が鳴り響き、舞い上がった砂塵《さじん》の向こうで大きな影が揺らめいた。

恐らく、地中で生成されると同時に僕と同じような気配遮断系のスキルを使ったのだろう。

潜伏状態を見破られたダンジョンの守護者が、砂塵を軽く吹き飛ばしてようやくその姿を現した。

地面から這《は》い出してくるのは、ぎょろりとした一つ目でこちらを睨《にら》む巨大な球根。

あれは――、

「バトルランパディーネ……！」

推定レベル43。魔法耐性と物理攻撃力に秀でた、危険度《リスク》5に分類される強力な植物型モンスターだ。

弱点は本体中央でぎょろつくその巨大な目玉で、恐らくはそれを隠すために地中に潜んでいたんだろう。《気配探知》と《トリプルウィンドランス》で本体を地表に引きずり出したいま、狙うべきはその剝《む》き出しの弱点一択だ。

けど――風魔法によって地上へと出てきたのは本体だけじゃなかった。


ボゴゴゴゴゴゴゴオオオオン！


「な――!?」

気配を消して地中に潜む必要がなくなったからだろう。

地面、天井、石柱、あらゆる場所から極太の触手が次々と生えてきた。

それも半端な数じゃない。二十、三十。いやもっとか。

数えるのも億劫《おっくう》になるほどの触手たちが先端についた小さな目玉をぎょろつかせる。

そしてその眼球が僕を捉えた次の瞬間、一斉に襲いかかってきた！

「ぐ――っ！《気配探知》！《身体能力強化》！《緊急回避》！」

四方八方あらゆる角度から迫る高速の触手。

それらの気配を必死に探知し、視界外からの攻撃もかろうじて避ける。

けどそれが限界。

触手の猛攻は凄《すさ》まじく、僕のステータスでは避けるのが精一杯だったのだ。

バトルランパディーネ本体に近づけば近づくほど触手の密度も速度も増すようで、弱点への道のりはあまりにも遠い。

《重傷自動回復》と《痛覚軽減》の併用で強引に近づこうにも、恐らく一度触手に絡め取られてしまえば抜け出せなくなって終わりだ。ヤツを倒すにはこの猛攻を完璧にすり抜ける必要があり、そのためには触手の先端で光る無数の目玉が邪魔だった。

あれさえなければ、《気配遮断》で岩陰に隠れながら本体に近づけるはず――っ！

「我に従え満ち満ちる大気　手中に納めし槍撃　その名は暴竜――」

方針を定めた僕は風魔法の旋律を紡ぐ。

途端、その詠唱を止めようと触手たちが僕の頭に殺到した。

こちらの狙い通りに！

「三連――《中級クロスカウンター》！」

どこを狙うかわかりきっている攻撃にはカウンターが極めて決めやすい。

先の決闘で練度が上昇していることもあり、立て続けに決まったカウンターが相手の目玉を一気に叩き潰《つぶ》した。

それと同時、

「――《トリプルウィンドランス》！」

詠唱を続けていた魔法が顕現。

バトルランパディーネ本体目がけて風の槍《やり》が突き進む。

強烈な魔法攻撃で本体が狙われれば、当然相手は防御に回らざるを得ない。

「キイイイイイイイイイイッ！」

高速で動き回る厄介な触手が一箇所に固まり、風の塊を受け止めた。

数本の触手が一度に吹き飛び、ランパディーネの悲鳴が響く。

「よし！」

魔防ステータスが高いこともあってか最大威力の魔法攻撃を簡単に止められたのは少しショックだけど、それでも相手の被害は甚大。あと何度か同じ事を繰り返せば触手も減って簡単に近づけるようになるはず、と再び詠唱を開始したそのときだった。

グジュジュジュジュジュジュ！

おぞましい音を立て、破壊された触手が瞬く間に回復したのは。

「え――!?」

一瞬、なにが起きたのかわからなかった。

破壊した触手が、その先端の目玉が、完全に復活してる!?

「な、なんで……!?」

それは明らかな異常だった。

確かに植物型モンスターは回復力の高い種が多いとはされているけど、バトルランパディーネはその手のスキルを持っていないモンスターだったはず。

それなのにどうして――と瞠目《どうもく》した僕はそこでようやく気づく。

その場からぴくりとも動かないランパディーネが、地面に太い根を張っていることに。

そしてそこから膨大な魔力を吸いあげていることに。

まさか――、

「ダンジョンの魔力を吸って回復してるのか!?」

聞いたこともない特性。

けどそれは実際に目の前で起きていて、

「キイイイイイイイ!」

僕の疑問を肯定するかのような金切り声をあげながら、ランパディーネが回復した触手で猛攻を再開する。

「ぐ――っ!?　いくら魔神の遺産を守る特殊ダンジョンだからってこんなのアリなのか!?」

恐らくその回復力はダンジョンの魔力が続く限りほぼ無限。

このランパディーネの推定レベルは43なんてものじゃ済まないだろう。

そこで僕は戦略を切り替える。

「魔防が高い相手、それも本体から遠い触手に当ててどこまで効くかわからないけど――っ！」

紡ぐ詠唱は邪法の唄。

「中級邪法スキル――《スピードアウト・バースト》！」

襲い来る触手に速度低下の黒い霧が直撃する。が、その直後。

ブチィ！

「は――!?」

眼前で再び信じがたいことが起きた。

黒霧を食らった触手を、別の触手が即座にちぎり取ったのだ。

まさか、と呆気《あっけ》にとられる僕に不意打ちのごとく迫るのは、まるで速度の落ちていない触手の群れ。

「な、うあああああっ!?」

完全に虚を突かれ、触手が直撃。

かろうじて《身体硬化》は間に合うも、壁に叩きつけられた全身に凄《すさ》まじい衝撃が走る。

《重傷自動回復》がなければ間違いなくそれで終わっていただろう一撃だ。

けど自動回復で致命傷を免れたところで、

「こんなのどうすれば……!?」

ガードアウトを自切によって防ぎ、そのうえ即座に回復した触手を見て掠《かす》れ声が漏れる。

すべてのスキルを潰《つぶ》され、魔神の遺産を守るにふさわしい特殊ボスにどうすれば勝てるのかまるでわからない。どう考えても師匠たちからもらった脱出アイテムを使って仕切り直すべき場面だった。

けど——そんな状況だからだろうか。

「ま、だだ……!」

喧嘩《けんか》祭で感じた研鑽《けんさん》をぶつけ合う高揚。ギムレットとの真剣勝負。そこで感じた熱が再び胸に灯《とも》る。師匠たちの授けてくれたスキルをいかに使えばこの試練を乗り越えられるか、頭が勝手に回り出す。反射的に浮かぶのは、スキルとは別に師匠たちから授けられた様々な口伝だ。

『戦いっていうのはいかに相手の嫌がることをするかだからね～』

『様々なスキルが使える君の強みは頭抜けた応用力と対応力だ。そこに使い道の多い風魔法は相性がいい。常に使い道を模索するように意識しておくといい』

『ここのボスは強いらしいが、まあ上手いこと盗賊系《シーフ》スキルを活用すれば勝てんだろ』

そうして刻み込まれた言葉に、僕の脳裏で火花が爆《は》ぜる。

「……そうか」

なにも相手の目を潰す方法はひとつじゃない。目玉が回復しようが関係ない。死角がないなら作ればいい。うまくいくかはわからないけど……とにかくまだ手はある。

「《身体能力強化》！」

叫び、僕は回復した身体《からだ》を叩き起こすように剣を握った。

トドメを刺そうと迫る触手を避け、再び大部屋内を走り出す。

そうして紡ぐのは先ほど防がれた風の調べ。けど今回は少し違う。

「――《トリプルウィンドランス》封印《ロック》」

遅延魔法による魔法発射の遅延。続けて僕はまた同じ呪文を口にした。

「我に従え満ち満ちる大気　手中に納めし槍撃　その名は暴竜――」

それは《遅延魔法《マジックストッカー》》の福次効果。

ギムレット戦で《スピードアウト・ブレイク》を封印したまま《トリプルウィンドランス》を詠唱したように、ひとつの魔法を保持したまままさらに魔法の詠唱を重ねる。

触手の猛攻をボロボロになっていなしつつ、どうにか二度目の長い長い詠唱を終えた直後。

右手と左手。僕の両手それぞれから、暴風の槍《やり》が解き放たれた。

「二連――《トリプルウィンドランス》!!」

ガガガガガガガガガガ!

ダンジョンの地面を大きく削り、合計6つの竜巻が砂塵《さじん》を巻き上げランパディーネ目がけて走る。

「キィ!?」

予想外の攻撃だったのか、ランパディーネが小さく吠える。けど、
ドゴオオオオオオオッ!

通じない。呪文の詠唱にあわせて防御態勢に入っていた触手が同時発射された風の槍《やり》を完全に防ぎきったのだ。凄《すさ》まじい魔防性能。

「キイイイイイイイッ!」

ランパディーネが勝《か》ち鬨《どき》のように吠え、その触手がみるみるうちに回復していく。

けど――これでいい。

いくら二連とはいえ、一度防がれた魔法が通じるなんて思っちゃいない。

狙いは十分すぎるほどに舞い上がった!

だがまだ足りない。確実に敵を仕留めるには、さらに畳みかける必要がある。

「まとえ羽衣　かいなの空隙《くうげき》――」

ランパディーネの触手が回復しきる前に、僕は間髪容れずに次の呪文を紡いでいた。

それは殺傷能力ゼロであるがゆえに、詠唱も極々短い必殺の風魔法。

「──《風雅跳躍》！」

瞬間、僕の周囲に風が逆巻く。

風の力で高い機動力を付与してくれる強力なスキルだ。

けど、この魔法で直接ランパディーネに近づいたりはしない。

《風雅跳躍》は高い機動力を付与してくれるけど、それはあくまで直線的なもの。

多少の方向修正は効くものの、本体に近づけば近づくほど速度も精度も増す複数の触手をすり抜けるような動きは不可能なのだ。

だから僕は《風雅跳躍》を纏《まと》ったまま──大部屋の中をデタラメに駆け回った。

「あああああああああ！」

《トリプルウィンドランス》に吹き飛ばされて一時的に数の減った触手の合間を縫ってとにかく走る。

それでも触手が手足にかすり何度も吹っ飛ばされるけど、決して止まらない。

風を纏ったまま走り続け、ボス部屋の空気をひたすら掻《か》き回した。

合計3発のトリプルウィンドランスがダンジョンの床を破壊して生み出した大量の砂塵が、僕の纏う強烈な風の力で部屋中に立ちこめるように！

「ッ!? キッ!?」

砂塵《さじん》がもうもうと舞い上がり、触手の先端で瞬く目玉が索敵能力を失いはじめた段階で、ようやくランパディーネが異変に気づいた。それまで僕をいたぶっていた強靱《きょうじん》な触手をデタラメに動かし、砂塵を払おうと必死にもがく。

これが中途半端な量の砂塵なら、それですぐ打ち払われていただろう。

だけどすでに部屋中に満ちた砂塵は、どれだけ強力な膂力《りょりょく》で払おうと簡単には収まらない。むしろ触手を振り回せば振り回すほど砂塵は立ちこめ——僕の姿を覆い隠す。

「キ……ギイイイイイイイイイイイ!」

瞬間、ランパディーネが凄《すさ》まじい咆哮《ほうこう》をあげた。

僕の狙いに気づいたのだろう。

数本の触手をがむしゃらに動かしつつ残りの触手で身体《からだ》を覆い、弱点を守る完全防御状態に移行する。けど、

「——もう遅い」

《気配遮断》を発動させた僕はすでに必殺の間合いへと踏み込んでいた。

立ちこめる砂塵で視界が制限されるなか、《気配感知》で敵の位置と弱点を正確に把握し、

「《身体能力強化》! 《剣戟《けんげき》強化》!」

全身全霊を込めた僕の一撃が、まだ不完全だった触手の防御ごとその巨大な目玉を刺し貫く！

「ギ――イイイイイイイイッ!?」

瞬間、響くのはダンジョンの魔力を吸って力を増したボスの断末魔。

弱点を貫かれたランパディーネはもう傷が回復することもなく、枯れ落ちるようにして動かなくなった。

それでも僕はその回復力を警戒してしばらく剣を握り続けていたのだけど――ガコンッ。

ボスの敗北を証明するかのように、迷宮核の奥で扉が開く。

それはソルティさんから事前に聞いていた宝物庫への扉そのもので。

「……や、やった～～っ」

強力なボスを倒せた安堵《あんど》。ダンジョンを正真正銘一人で攻略した達成感。

そしてなにより――ほかのスキルと組み合わせ応用した盗賊《シーフ》系スキルの強力さに打ち震えるように、僕はその場に尻餅《しりもち》をつくのだった。

このスキルの有用性を考え、これ以上ない修行場所を提供してくれた師匠たちに改めて尊敬と感謝を抱きながら。

《気配遮断Lv4》　↓　《気配遮断Lv6》

《気配感知Ｌｖ5》→《気配感知Ｌｖ7》
《体外魔力感知Ｌｖ7》→《体外魔力感知Ｌｖ8》
《体外魔力操作Ｌｖ7》→《体外魔力操作Ｌｖ8》
《トリプルウィンドランスＬｖ7》→《トリプルウィンドランスＬｖ8》
《身体能力強化【中】Ｌｖ16》→《身体能力強化【中】Ｌｖ17》
《中級剣戟《けんげき》強化Ｌｖ7》→《中級剣戟強化Ｌｖ8》
《風雅跳躍Ｌｖ5》→《風雅跳躍Ｌｖ6》
《緊急回避ⅡＬｖ14》→《緊急回避ⅡＬｖ15》

5

隠し部屋の奥にはいくつかの宝箱が無造作に置かれていた。

ソルティさんいわくこの宝箱もアイテムボックスの一種で、魔神の遺産はその中に保管されているとのこと。

さらにソルティさんから渡された布袋状のアイテムボックスはほかのアイテムボックスも収納できるというちょっと意味のわからない性能を持っていて、僕はその小さな布袋の中に宝箱を放り込んでいく。

そうして目的を果たした僕が成長した盗賊系《シーフ》スキルを使ってダンジョンから無事帰還すると、

「クロス君よく頑張ったね～！」

「わあああっ!?　テロメアさん!?」

身体《からだ》全体を柔らかい感触に包まれて悲鳴をあげる。

テロメアさんが真正面から抱きついてきて、全力の各種回復スキルで僕を癒やしまくってくれたのだ。と、そんなテロメアさんを凄《すさ》まじい魔力のこもった手が引き剝《は》がす。

「遠視アイテムを通してばっちり見てたぜ。もうちょい手間取るかと思ってたが、よく初挑戦であのボスを攻略したな！　さすがはあたしの弟子だ」

「うむ。私の教えがしっかりと身についている証《あかし》だな。ただスキルに頼るのではなく、上手く組み合わせて活用する下地がしっかりできている。素晴らしい」

リオーネさんが僕の頭をわしゃわしゃと搔《か》き回しながら、リュドミラさんがこちらを真っ直ぐ見つめながら手放しで褒《ほ》めてくれた。

そんな師匠たちの賞賛に「ありがとうございます！」と照れていると、師匠たちの後ろでぴょんぴょんと跳ねる影があった。ソルティさんだ。

「おいお主ら、それよりもじゃ！　回収してきたブツを早く見せるのじゃ！」

「あ、それもそうですね。今回の依頼の主目的ですし」

言われて僕はソルティさんから預かっていた布袋を手渡した。

途端、ソルティさんは「おお！　しっかり持ち帰っておるの！」と布袋から宝箱を取り出し、おもちゃ箱をひっくり返す子供のように次々と中身をぶちまけていった。

その結果——目の前にとんでもない光景が出現する。

「な、なんですかこれ!?」

「うわはははははは！　これじゃこれじゃ魔神の遺産は！　まさに宝の山じゃな！」

宝箱から飛び出してきたのは、文字通り山のようにうずたかく積み上がる金銀財宝だったのだ。そしてその中でもひときわ異常な存在感を放つのは——様々な武器や防具の数々。

剣、盾、鎧《よろい》、杖《つえ》、弓——あらゆる種類がありつつ、その多くが異常な魔力を放っている。

審美眼に欠ける僕なんかでも一目で国宝級とわかる装備がゴロゴロしていて、なんだか変な汗が出てくるほどだった。

（ま、魔神の遺産って聞いてたから色々と凄《すご》いんだろうなとは思ってたけど、実際に目の当たりにするとこれはちょっと、凄すぎない……？）

本当に回収してきてよかったんだろうか……という極めて当然の懸念が僕の中で改めて湧《わ》き上がる。そうして僕が自分の回収してきた品々に圧倒されていると、ソルティさんが満面の笑みを浮かべて声を張った。

「よくやってくれたなお主ら。特に人の子よ。それでは約束通り、報酬として好きな品をもっていくがよい！」

「っし。そんじゃクロスにぴったりの新装備でも選ぶとすっか」

「え、僕の装備ですか？」

ぱしっと拳《こぶし》を打ち鳴らしながら当然のように言うリオーネさんに僕は目を丸くする。

「魔神の遺産を持ち帰れたのはほとんどクロス君の功績だしね～。それくらいのご褒美《ほうび》はないとだよ～」

「うむ。それにこれからは上級職との戦闘が続くと想定される以上、生半可な武器では戦いについてこられなくなる可能性が高い。いずれにせよ相応の武器に新調する必要はあったのだ。いい機会だと思って遠慮なく選んでいこう」

驚く僕にテロメアさんとリュドミラさんがそう言ってくれる。

確かに戦闘のレベルが上がればそれについていける強度の武器も必要になってくる。

ギムレットさんの剣なんかも、細く軽い材質にもかかわらず信じられない強度のある名刀だった。あれもギムレットさんが貴族だからいい武器を所持していた――というだけではなく、彼の戦闘レベルにあわせて必要だからという側面が強かったはずだ。

これからの戦いに備えるなら、僕だけでなく武器もレベルアップしなきゃいけないのは間違いない。

（本当に魔神の遺産をもらっちゃっていいのかとか、気になることはいくつかあるけど……）

自分の成長にあわせて武器を新調していくのも冒険者にとっては重要なこと。

そういうわけで僕は師匠たちと一緒に譲ってもらう武器を探すことにしたのだった——けど。

「あー……なんつーか、思ったより強力な装備ばっかだな」

「だね～。いちおう国宝級ほどじゃないそこそこの等級の装備も結構あるけどぉ……」

「それでもまだ強力すぎるか……。あまりレベルにそぐわない武器を手にしても振り回されて終わるだけ。今回は縁がなかったか……？」

リオーネさんたちが言うように、ダンジョンに保管されていた装備はあまりに凄《すご》すぎるものばかりだったのだ。少し魔力を込めるだけで異常な炎熱を生み出す剣、一発の魔法を同じ消費魔力で数発分に増幅する杖《つえ》、致命傷を代替わりしつつ傷と体力を自動回復する鎧《よろい》、自動追尾機能のある弓など。物語の中でしか聞いたことのないような魔法装備ばかりで僕の身の丈にあってないことこの上なかった。

さらに僕が使い慣れているショートソード型となると触るのも畏《おそ》れ多い国宝級のものばかりで、どうにもちょうどいい武器が見つからないのだった。

（うーん。ちょっと残念だけど、いま持ってる武器もジゼルに選んでもらって思い入れがあるし。ここで急いで決めなくてもいいのかな）

そうだ。どうせならここで武器じゃなくて宝物をひとつもらって換金。ジゼルに紹介してもらったあの武器屋さんで相応の武器を購入するなんて手も……とショートソードの柄に触りながらお宝の山を眺めていたそのときだった。

「ん……？」

日差しを受けて光り輝く財宝や国宝級装備の中に、異質なものを見つけたのは。

それは、光が反射しないほどボロボロに朽ちたショートソード。

使えなくなったからと捨てられそのまま雨風に晒《さら》されていたかのような有様の一振りだった。

（なんだ……？　ほかの武器もそれなりに使い込まれた痕はあったけど、こんなにボロボロの装備なんて……魔力も全然感じないし、ただの壊れたショートソードみたいだけど……）

なんでそんなものが紛れ込んでるんだろう、と不思議に思って手に取ってみた――その瞬間。

朽ち果てたショートソードがまるで生き物のように蠢《うごめ》いて、僕のショートソードを飲み込んだ!?

「うわっ!?　なんだ!?」

驚いて振り払おうとしたときにはもう遅い。

その朽ちた剣はまるで捕食するかのように僕のショートソードの刃を侵食。

ジゼルが選んでくれた柄の部分を残し、完全に一体化してしまっていた。

ど、どうなってるんだこれ!?

「おいどうしたクロス!?」

と、慌てて駆け寄ってきてくれたリオーネさんたちに事情を説明してみれば、

「朽ちていた武器が一体化した……？　ほかの武器を贄《にえ》に自動修復するタイプの魔剣か？」

「それにしては魔力の薄い普通の武器に見えるけどぉ。ちょっとソルティちゃん、この武器一体なんなのかな～」

師匠たちも武器の正体がわからないようで、魔王ソルティさんを引っ張ってくる。

するとソルティさんは「ん～？　朽ち果てたショートソード～？」と首を捻《ひね》りながら僕の剣に目を向ける。そしてその目がなにかを感知するように怪しく光ったかと思えば、

「あ～。これは恐らくアレじゃな。〝無価値の宝剣〟ヴェアトロス。妾《わらわ》が旧魔王城の隠し部屋で見つけた宝物目録にも明記されておったし、間違いないじゃろ」

「無価値の、宝剣……？　それって一体……？」

矛盾する二つの単語を組み合わせたその異名に僕は思わず訊《たず》ねる。

するとソルティさんは「うーむ。なんと説明したもんか」と腕組みしてから、

「ま、一度その目で見てもらうのが早いじゃろ。ほれお主ら、これを持って適当なスキルを使ってみい」

言って、僕の握っていたヴェアトロスをリオーネさんに手渡した。

「ああ？　なんだっつーんだ一体。まあ別に構いやしねえけど……そんじゃ適当に、《崩拳》」

と、リオーネさんが凍りついた海水の壁に向けて拳《こぶし》を振りかぶったその瞬間。

「え!?」

目の前で信じがたいことが起こった。

ヴェアトロスが、その姿を瞬時に変えたのだ。リオーネさんの拳を覆う無骨な手甲《ガントレット》に。

しかも変わったのは姿形だけじゃない。

ヴェアトロスの纏《まと》う魔力が、異常なほどに増大している。

それこそ周囲に転がっている国宝級の装備と遜色《そんしょく》ないほどに――そして、ドゴオオン！

リオーネさんが氷の壁を吹き飛ばしてなお、ヴェアトロスは傷一つない状態でリオーネさんの拳を補助していた。

「こいつぁ……」

リオーネさんもその性能に目を丸くしつつ、ヴェアトロスをリュドミラさんに渡す。

そしてリュドミラさんが「これはまさか……《アブソリュートゼロ》」とスキルを使えば――

ヴェアトロスの姿は氷を削り出したかのような長杖《ロッド》に変化。さらにテロメアさんが「《オールグランドヒール》～」と回復魔法を使えば、様々な装飾の施された短杖《ワンド》へと姿を変えた。

いずれも国宝級の魔力を帯び、師匠たちのスキルの効果を増幅、補助するように。

そして最後に僕がヴェアトロスを握りながら「《中級剣戟《けんげき》強化》！」とスキルを発動させて

みれば——ヴェアトロスは見慣れた柄のショートソードへと姿を変えた。

国宝級とはほど遠い、けれどいままで僕が使っていたものより一回り上等な剣に。

これってもしかして……。

「ま、これで大体その武器の性質はわかったじゃろ」

ヴェアトロスの七変化に目を丸くする僕たちにソルティさんが告げる。

「見ての通り、その宝剣は使うスキルにあわせてあらゆる武器防具に姿を変えるんじゃ。律儀にも使用スキルのＬｖにあわせて性能まで自在にな。さらには鍛冶《かじ》スキルが無意味なほどに破損してもほかの武器を食らって自動修復する機能もある。数ある国宝級装備の中でも間違いなくトップクラスに希少で〝凄《すご》い〟変幻自在の魔法武器なんじゃや」

魔王ソルティさんはそう言って、ほとんど手放しでヴェアトロスを褒《ほ》め称《たた》える。

確かにソルティさんの言う通り、この剣は凄い武器だ。

けどだったらなんで……。

「なんでこんな凄い武器に〝無価値〟だなんて……」

「そりゃまあ、そんなに姿や性能を変えられても大して意味がないからの」

ソルティさんがばっさりと、そして端的に断言した。

「基本的に誰もが扱えるスキルの種類をある程度固定されておる以上、使用スキルによって剣だの杖《つえ》だのに変化されてもの。どう扱えっちゅーんじゃ。使えるスキルの種類が比較的多い

《職業《クラス》》でも、基本的には愛用の武器にあわせてスキルを集中的に伸ばし、特定の戦闘スタイルを確立しとるもんじゃし。確かにヴェアトロスの性能は凄いが、凄いだけなんじゃよ。実力を超えた姿に変化してくれるでもないからほかの優秀な魔法武器に比べて戦闘力の劇的な底上げも望めんし、真の意味で使いこなせる者などいない持ち腐れの宝にしかならん。ゆえに無価値の宝剣というわけじゃな」

ま、妾《わらわ》ならこれは選ばんなー。とソルティさんはその宝剣が無価値と言われる理由を締めくくった。

「……」

話を聞き終えて、僕は改めて手元の武器を見下ろす。

僕のショートソードと一体化したその宝剣、ヴェアトロスを。

確かにこれは、数ある国宝級装備の中でも飛び抜けて〝無価値〟な品なのだろう。人によっては……というかほとんどの人にとってはなにかしらの機能に特化した上級装備のほうが戦闘で役立つに違いない。

けれどその、誰からも価値を見いだされずに朽ち果てようとしていた姿はまるで、

（僕みたいだ……）

仮にも宝剣と称される武器に対しておこがましいかもしれないけれど。

《無職》を授かり、冒険者学校も退学になって途方に暮れていたときの僕。

そんな過去の自分と〝無価値の宝剣〟ヴェアトロスを重ねてしまったからだろう。

僕はどうにもその武器を手放す気にはなれなかった。

それに、多くの人にとって使い物にならないとされているこの武器は――。

「使えるな」

ヴェアトロスを見下ろしていた僕のすぐ隣でリオーネさんがぽそりと呟《つぶや》いた。

その真剣な横顔に僕がドキッとしていると、リュドミラさんとテロメアさんもヴェアトロスをまじまじと見つめ、

「うむ。《職業《クラス》》の枠を超えて複数のスキルを習得できるクロスなら最大限活用できるだろう。扱いは難しいだろうが、それを補って余りある潜在能力がある」

「それに武器が変化したときの性能がスキルＬｖとリンクしてるってのがいいよね～。クロス君の成長にあわせて変化してくれるから武器の性能に振り回されるってことがなさそうだし、この先もずっとこれ一本で戦っていけるし～」

「……っ。ですよね！」

僕がぼんやり考えていたことを師匠たちがはっきりと言語化してくれる。

それは僕の考えが間違っていないというなによりの証拠で、迷いはなにひとつなくなった。

僕はソルティさんに改めて向き直る。

「決めましたソルティさん。今回の報酬にはこれをいただきます」

「ほう。ま、お主のような無茶苦茶な存在にはこのくらいヘンテコな武器が似合うかもしれんの。もっていけもっていけ。今回は誠に大義じゃったな」

「はい！　こちらこそありがとうございます！」

そうして。

僕は今回の短期遠征合宿にて、ジゼルが選んでくれた柄と一体化した宝剣――ヴェアトロスを報酬として受け取るのだった。

たくさんの可能性に満ちた、《無職》専用とも言えるその武器を。

第三章　拠点蹂躙実習と精霊の家

1

週末を利用した短期遠征合宿――レベル制限ダンジョン攻略から帰還したあと。

冒険者学校に通いながらの数日は奇襲対策も兼ねた盗賊《シーフ》系スキル常時発動で熟練度を伸ばしつつ、師匠たちのもとで〝無価値の宝剣〟ヴェアトロスの扱い方を検討、練習。

そうして常時修行とも言える日々を過ごせばあっという間に次の週末が訪れ、僕は学校の講義が終わると同時に急いで荷物を片付けていた。

「おいクロス」

と、そんな僕を呼び止める声があった。ジゼルだ。

「この前の実技講習から思ってたんだけどよ……お前それ、もしかして武器新調したか？　柄は私が選んでやったやつみてーだけど、なんか雰囲気が違うっつーか」

言ってジゼルが指さすのは、レベル制限ダンジョン攻略の報酬として僕が受け取ったショートソード、ヴェアトロス。そういえば言ってなかったっけ、と思いつつ僕は笑顔で頷《うなず》く。

「うん。いい機会があって新調することになったんだ。色々と変わった戦い方ができるようになってるから、見たら驚くと思うよ」

「はーん……じゃ、じゃあアレだ。週末は久々に自主練でもすっか」

なぜかジゼルが明後日《あさって》の方向を向きながら意を決したように言う。

「新しい武器に早く慣れるためにもいろんなヤツと戦ったほうがいいだろ。あとアレだ。格上相手に連携して立ち向かう訓練とか、あの化物師匠たちのとこじゃできねえだろうし。ひとまず奇襲の心配の少ねえ孤児組の訓練場辺りで私と組んで、ギムレットをボコる二対一の模擬戦でも――」

「あ、それなんだけど。ごめんジゼル」

なにやら早口で言い訳するみたいに提案してくれるジゼルに僕は手を合わせる。

「実はしばらくの間、週末は実力アップのために**師匠たちとつきっきり**の遠征合宿を最優先することになってて」

「え」

「心配して誘ってくれたのにごめん。けどありがとう。これ以上心配かけないよう、僕、**師匠たちとみっちり濃い時間を過ごして**強くなるから！」

「ちょ、おま、濃い時間って――」

そうして僕は荷物を担いで。

提案してくれた連携訓練はしっかり実力が身についたあとにやろうと約束し、急いで教室を飛び出すのだった。

「……チッ。なんなんだよクロスのヤツ。平日も奇襲を警戒して午後の依頼《クエスト》には参加しねぇし。化物どもとの修行優先だっつーし。そりゃあクロス自身が地力をつけるのが一番だろうが……誘うのにどんだけ頑張ったと思って……」

「ふん。なにをイライラする必要がある。貴様の回りくどい気持ちなどよりクロス様が力をつけることを優先するべきだろう。やはり貴様は主様の伴侶《はんりょ》を担う器ではないな」

「っ!?　うるせえてめえはいつの間にこっちの教室きやがったギムレット！　適当なこと抜かしてる暇があったら大人しく上位クラスに戻って半端な立ち位置になってるカトレアの説得でもしとけや！」

なにやらまた言い争いをしているジゼルとギムレットさんを「だ、大丈夫かな……？」と少し心配しながら。

＊

「よし、それでは出発しよう」

学校から帰ると、準備を終えていた師匠たちに連れられ早速バスクルビアの街を飛び出すことになった。リュドミラさんの風魔法による高速移動。冗談みたいな速度で流れていく眼下の街道を見下ろしながら僕は口を開く。

「今回はどんな依頼なんですか？」

「ちょっとした素材集めだな」

リュドミラさんの飛行魔法と当たり前のように〝併走〟しながらリオーネさんが言う。

「古い知り合いが特A級素材をいくつか欲しがっててな。まあ手分けしてとっとと納品しちまおうって程度の依頼だ」

「と、特A級素材ですか……」

それは危険度《リスク》8のモンスターや魔力溜まりの奥地でしか採れないような特級素材。それこそ前回の遠征で目にした国宝級装備の材料になるような代物だ。それを「軽いおつかい」のようなノリで言うリオーネさんに戦《おのの》いていると、リュドミラさんの杖《つえ》に掴《つか》まっていたテロメアさんが補足するように言う。

「と言っても、全部が全部特A級素材ってわけじゃないけどね～。そのうちのひとつは特定の魔力溜まり周辺でしか採れない特産品だけど、普通に街で買える水晶だし。依頼人のおうちに顔を出す前にまずはそれを買いに行く予定だよ～」

そうして規格外の師匠たちの高速機動によって巨大な山や街を超えること数十個。

早くも夕暮れ時には目的の街に到着していた。

大陸最大国家アルメリア王国の端に位置する辺境領。

その中でも五指に入るらしい大きな街だ。

（え、ええと……地図によればバスクルビアからこの辺境都市に来ようと思ったら上級風魔法輸送でも二週間かかるみたいなんだけど……リュドミラさんたちってどれだけ速いんだろ……）

いやまあ、バスクルビアから片道七日かかるギムレットさんの実家を一晩で壊滅させて戻ってくる師匠たちを見てるから今更ではあるんだけど。

「よし。では早速依頼の品、『境界水晶』を買いに行くとしようか。依頼人の家はこの街と同じ辺境領内にある。急げば今日中に顔を出せるだろう」

短期集中合宿の時間を無駄にするつもりはないのか、リュドミラさんが率先してメインストリートを進んでいく。師匠たちは高度な共通気配遮断スキルを使っているのか、その美貌《びぼう》に反して周囲の注目を集めることなく人混みの中をすいすい歩いていった。

僕もそれに続いて《気配遮断》を活用しながら雑踏に身を躍らせるのだけど……そこでふと違和感を抱く。

（なんだろう……この街、どこか活気がないような……）

街の大きさの割に人通りが少ない気がするし、夕暮れ時から賑《にぎ》わい始めるはずの酒場もいまいち盛り上がりに欠けているように見えた。

それとも僕が冒険者の聖地であるバスクルビアの喧噪《けんそう》に慣れちゃってるからそう感じるだけで、これくらいが普通なんだろうか。

首を捻《ひね》りながら僕はそう自分を納得させていたのだけど——その違和感が勘違いでもなんでもなかったとすぐに知ることになった。

「閉店前に失礼。境界水晶を売っている店がどこにあるか聞きたいのだが」

メインストリートに軒を連ねる屋台。そこで店じまいしようとしていたヒューマンのおばさんにリュドミラさんが声をかける。するとおばさんは師匠たちの美貌に目を丸くしたあと、

「境界水晶？　あー、残念だったね。今年の分はもう入荷しないよ。輸送中の街道で盗賊どもにみーんな奪われちまったからね」

「なんだと……？」

予想外の返答にリュドミラさんたちが眉根《まゆね》を寄せ、僕もその物騒な話に目を見開いた。冒険者の聖地バスクルビアでは滅多に聞かない大きな被害だ。

僕が面食らう傍らで、リュドミラさんがおばさんに重ねて訊《たず》ねる。

「もう入荷しないとはどういうことだ。境界水晶のような高級品をみすみす奪われたうえに奪還討伐の目処も立っていないということか？　街の駐屯兵や冒険者はなにをしている」

「なにって……あなたらドラゴニュートにエルフ？　ってことは旅の冒険者かなんかだろ？

道中で領内の様子に気づかなかったのかい？」

「あー……あたしらはそこらの山も街も飛び越えてきちまったからな」

「はぁ？　……あっはっは！　情報収集サボってた言い訳にしちゃいい線いってるね。まあいい。もう店じまいだし教えてあげるよ」

リオーネさんの言葉にそう言って笑い、おばさんは話してくれた。

盗賊が半ば野放しになっているその理由を。

「いまこの辺境領の領軍は疲弊しきっちまっててね。ならず者を取り締まる余裕がないんだよ。でもってそうやって弱った領地の噂《うわさ》を敏感に嗅ぎつけてくるのがゴミどもの特技でね。領地全体で火事場泥棒が増えてんのさ。この辺りは特に酷《ひど》い。噂じゃ大盗賊団が森のどこかにでかい拠点まで作ってるって話で、誰も手出しできないんだよ。おかげさまで商隊の往来も滞っちまってこの有様さ」

言われておばさんの屋台を見れば、閉店間際というのを差し引いても品物が少なかった。

リュドミラさんは情報料とばかりに屋台に残る果物を購入しながら、

「この辺境領は《深淵樹海》ほどでないにしろ、それなりに強力な魔力溜まりを有する土地だ。軍も屈強だろう。そこまで堂々と盗賊が活動できるほど領軍が疲弊するとは思えないが……なにがあった」

「その魔力溜まりが原因なのよ」

おばさんは大きく溜息《ためいき》を吐《つ》く。

「この辺りは魔力溜まりの影響で特殊ダンジョンも多いんだけど、そのうちのひとつが崩壊して十数年に一度規模の魔物暴走《スタンピード》が起きちまったのさ。いちおう領主様のお力で掃討はできたんだけど、第一都市を中心に街道やら周辺地域やらが結構な被害を受けちゃってねぇ。疲弊した軍の回復や被害地域の復興に人手と予算を割かれちゃって大変なの。この街の兵や冒険者も結構な数が駆り出されちゃってね。領主様も隣の領から援軍を呼んでくれちゃいるけど、到着するころにゃあ盗賊も盗品ごと消えてるだろうさ。まあ、誘拐だの殺人だの人的被害がまだ出てないのが救いかね……」

まったく、商品もろくに流通しないんじゃ商売あがったりなうえに街全体が辛気くさくて仕方ないよ――とおばさんが逼迫《ひっぱく》している街の状況を締めくくったそのときだった。

「誰かあああああ！　強盗だあああああ！」

ガシャアアアアン！　ガラスの割れる音とともに、薄闇《やみ》の広がりはじめたメインストリートに悲鳴が響き渡った。

え!?　とそちらを振り返れば、

「バーカ！　この薄闇で盗賊系《シーフ》の《職業《クラス》》がそう簡単に捕まるか！」

「悔しかったら駐屯兵でも呼んでみな！　ま、手が足りねえって知ってるけどな！」

「俺たちギルデモ盗賊団を舐《な》めんじゃねえ！　ギャハハハハ！」

黒装束に身を包んだ男が三人、背の高い建物から飛び出してきた⁉

（な⁉　盗賊が街中でこんな堂々と⁉）

一体どれだけ周囲一帯の治安が乱れているのか。

突然の事態に僕は面食らい、事情を説明してくれたおばさんも「あいつら……！　商隊の往来が減ったからって、街道沿いだけじゃなくこんな街中にまで！」と声を張り上げる。

そんな中、盗賊三人組は人通りの多いメインストリートを避けて路地裏に飛び込もうとするのだけど、

「邪魔だクソガキ！」

「え――ひっ⁉」

その進路には小さな女の子がいて。

信じられないことに盗賊たちはその子を避けようともせずそのまままっすぐ突き進む。

まさか――危ない！　と僕は考えるより先に走り出していた。けど彼我の距離はかなり離れていて……どう考えても間に合わない！　と唇を噛《か》んだ次の瞬間。


周囲に突風が逆巻いた。

かと思えば、

「おうにーちゃん。盗賊団の一員なんだってな？　ちょうどよかった。ちょっと話聞かせてくれよ」

「「「え……？　は？　あれ？」」」

僕のすぐ隣で、リオーネさんが盗賊団三人組をまとめて踏みつけていた。

「「「え？」」」

突き飛ばされそうになっていた女の子、周囲の人たち、果物屋のおばさん、盗賊たち。その場にいた全員がなにが起きたかわからず目を丸くする。

リオーネさんが異常な速度で盗賊たちを捕縛しこの場に戻ってきたのだと一応は理解している僕でさえ言葉をなくすなか、テロメアさんが盗賊たちに手をかざした。

「それじゃ、ちょっとこっちに来てくれるかなぁ。はい、《パワーアウト・ブレイク》～」

「「「え、ちょっ、一体なに――がっ!?」」」

混乱のままに叫んでいた盗賊たちが、強力な筋力低下スキルを食らい沈黙。

「クロス君はそこでちょっと待っててね～」となぜか僕に待機指示を出したテロメアさんは動かなくなった盗賊たちを摑《つか》むと、そのままずるずると路地裏へと引きずっていった。

それからしばし。

「それじゃ、筋力低下で悲鳴は封じたし～。クロス君に引かれる心配もなくなったところで遠慮なく……尋問用邪法聖職者スキル《猛毒無限回復《ポイズングランドヒール》》～」

「「「～～～っ!?!?!?!?!?!?」」」

なにやらくぐもった声が微《かす》かに聞こえてきたかと思えば、テロメアさんはわりとすぐに戻ってきて、

「森の中にあるっていうアジトの場所はわかったよ～。あと境界水晶やほかの盗品もまだアジトにあるって～」

盗賊団から聞き出したらしい情報をにこやかに知らせてくれた。

ただ、情報を吐いたらしい盗賊三人組はといえば……、

「「「……あ……が……なんでも喋《しゃべ》ります……なんでもやりますから……」」」

身体《からだ》こそ怪我《けが》ひとつないように見えるのに、三人が三人とも二十年くらい時間が経ったかのように髪は白く染まり憔悴《しょうすい》しきったうえ、異常なほど従順になっていて……。

「あ、あのテロメアさん？　一体この人たちになにを……？」

「え～？　（身体が崩壊するレベルの激痛と回復を繰り返して心を折ってから）猛毒《かる～くなご》やか～に話を聞いただけだよ～？」

返ってくるのはいつかどこかで聞いたような言葉。

あ、これあんまり踏み込んで聞かないほうがいいやつかな……と僕はなんとなく直感。そ

してテロメアさんから情報を得たリオーネさんとリュドミラさんはといえば、

「そんじゃ依頼の品を取り返しに行くか」

「うむ。善は急げだ。店主、事情を教えてくれて感謝する。礼はすぐに届けるとしよう」

当たり前のようにそう宣言。

あ、あんたら一体……と果物屋のおばさんをはじめ周囲の人々が驚愕《きようがく》するなか、規格外の師匠たちは僕の手を引き、凄《すさ》まじい速度で街を飛び出すのだった。

何度間近で見ても唖然《あぜん》とするしかないS級冒険者のスピード感と行動力で。

2

盗賊団のアジトにはあっという間に到着した。

辺境都市から西にいった先にある街道沿いの深い森林。

木の陰に身を潜めて気配を殺しながら、僕は森林の中にいくつもそびえる岩山のひとつを見上げて思わず声を漏らした。

「あれが盗賊団のアジト……!?」

大規模な拠点を作っているらしいと果物屋のおばさんから聞いていたにもかかわらず、想像を遥《はる》かに超える光景に僕は息を飲む。

なにせそのアジトはそびえ立つ岩山のひとつをくりぬいて丸ごと拠点に改造したものだったのだ。優秀な《土石魔導師》の手によるものか。その威容はまるで要塞《ようさい》。見張りらしき影が周囲にいくつもあり、微《かす》かに光の漏れる拠点からはかなりたくさんの気配が感じられた。

ただでさえ見つけづらいうえに大規模な軍隊を送りにくい鬱蒼《うっそう》とした森の中でこんな要塞を作られては、確かにおいそれと手出しできないだろう――と僕が圧倒される一方、

「そんじゃ、ただアジトをぶっ潰《つぶ》すだけじゃ時間の無駄だしな。この機会に拠点攻略の勉強もしとくか」

『今日は野草の採取について教えるぞ』くらいの軽いノリでリオーネさんが優しい笑みを浮かべる。そしてそれはリュドミラさんたちも同様で、講義するように解説してくれる。

「拠点攻略というのは敵の領域に踏み込むということ。数でも地の利でも圧倒的に不利だ。そのうえ準備万端で待ち受けられれば強者でも相応の苦戦を強いられる。城を攻める側は守る側の十倍の戦力が必要と言われるほどにな。つまり正面突破は下策中の下策。気配を消し、まずは見張りから少しずつ敵の戦力を削っていくのが絶対の基本だ」

「って、口で言われてもいまいちピンとこないと思うから、まずは実際にやってみようね～」

「は、はい！」

言われて僕は剣を握る手に力を込めた。

モンスター戦ともバスクルビアでの対人戦とも違う、本物のならず者との対峙《たいじ》。

慣れない戦闘を前に緊張で汗が滲《にじ》む。けど、

（こんな拠点を作れるだけの力があってやることが犯罪なんて……！）

信じられないし許せない。

それに、この拠点攻略も盗賊《シーフ》系スキルの習熟にちょうどいいという師匠たちの判断なのだろうと、拠点突入に備えて《気配遮断》に意識を集中させた。

そのときだった。

笑顔のリオーネさんが耳を疑うようなことを口にしたのは。

「そんじゃ、まずは悪い例からな」

「え？」

聞き間違いかな？　と思った次の瞬間、

「拠点攻略講習その一。敵拠点に真正面から突っ込むとどうなるか、だ！」

ドボゴオオオオオオオオオオオオオン！

「ちょ、リオーネさあああああああああん!?」

盗賊団のアジトを前にして僕は盛大に大声をあげていた……けど関係ない。

なにせリオーネさんがデコピンで盗賊団アジトの分厚い鉄扉を吹き飛ばし、僕の大声なんてまるで問題にならないほどの爆音を轟《とどろ》かせていたから……。

そしてそんなことをすれば当然のように大騒ぎだ。

「な、なんだいまの爆音は!?」

「駐屯兵の連中が《爆撃魔導師》でも連れてきやがったか!?」

「見張りはなにしてやがんだ!? おい酒飲んでる場合じゃねえぞてめえら! 戦闘だ!」

「っ!? なんだありゃ!? ガキと女がたった数人で!? ええいとにかくやっちまえ!」

カンカンカンカン!

警鐘が鳴り響き、盗賊たちの怒声がアジトを揺らす。

一瞬で臨戦態勢に入った敵拠点を見上げて僕は顔をこわばらせた。

「あ、あのリオーネさん!? 正面突破は愚策中の愚策なんじゃあ……!?」

「おう。けど口で言っただけじゃ身につかねえだろ」

「だからまずは正面突破したらどうなるか、実際にやってみるよ～」

実際にやってみようってそっちなんですか!?

と僕が盛大に冷や汗を流すと同時――正面突破の結果が空から降り注いだ。敵拠点に設置されていた巨大な弩《いしゆみ》から大量の矢が射出されたのだ。けど、

「な? 正面突破は危ねえだろ?」

「拠点に設置されるような大型弩は強力なものが多く、《レンジャー》による魔力強化なしでもかなりの威力を発揮する。むしろ魔力をまとっていないほうが攻撃を感知しづらく厄介とさえ言えるだろう。撃たせないに越したことはないと肝に銘じておくといい」

「まあけど撃たれちゃったら仕方ないから、避けたり撃ち落としたりして対処しようね～」

ガガキンガガキン！　リオーネさんは防御の素振りもスキル発動の気配さえ見せず、当たり前のように矢の雨をはじきながら前進。リュドミラさんは纏《まと》った風で矢を蹴散《けち》らし、頂点職はそもそも肉体のレベルが違うのか、邪法聖職者のテロメアさんまでもが矢を空中でキャッチして回復スキルさえ使用していなかった。その様子はまるで朝の散歩。

ぼ、僕なんてリオーネさんたちが大幅に減らしてくれた矢を避けるのが精一杯なのに……!?

必死に師匠たちの後ろをついていけば、あっという間にアジトの内部へ。

そしてその中でも師匠たちの進撃は止まらない。

狭い通路に放たれる魔法を風圧で吹き飛ばし、設置型の捕縛罠《わな》を魔力の放出だけで強引に破壊。要所要所に仕込まれている罠や待ち伏せの解説までしながら当たり前のように拠点内部を侵攻していった。

「な、なんなんだあのバケモンども!?」

「かなうわけねえ！　とっとと逃げるぞてめえら！」

と、盗賊たちが当然のように逃げだそうとするのだけど、

「ああ、あと拠点攻略で気をつけねえといけねえのは敵の取り逃がしだな」

「これについては探知スキルを使って拠点全体の様子を把握することである程度は防げるが、こちらの頭数が少ない場合どうしても手が回らないこともある。まあこの程度の拠点規模なら

問題なく全員制圧できるが……今回は手っ取り早くこうする――最上級土石魔法《天地創造》」

リュドミラさんが魔力を放出した瞬間――ズゴゴゴゴゴ！　激しい地鳴りが拠点を揺らす。

な、なんだ!?　と拠点の窓から外を見れば……地面からせり上がった分厚い土の塊が拠点全体を完全包囲。鼠《ねずみ》一匹逃げ出せない鉄壁と化して盗賊たちの退路を完全に塞《ふさ》いでいた。

ち、力業すぎません!?　と僕は唖然《あぜん》とするのだけど……そうして呆けていられる時間などほとんどなかった。

「な、なんなんだよ！　なんなんだよこれぇ!?」

「ふ、ふざけやがって……こうなったら玉砕覚悟で突っ込んでやらぁ！」

「え、わあああああ!?」

絶望と恐怖が限界を超えた盗賊たちがヤケクソでこっちに突っ込んできたのだ。

（しかもなんか、僕のほうに向かってくる人が多くない!?）

慌てて《気配探知》を全力発動。不意打ちを防ぎつつ、師匠たちが羽虫を払うように盗賊たちをなぎ倒す傍らで僕も何人かの《中級盗賊《シーフ》》らしき人たちを撃退する――そのときだった。

ざわっ。首筋に怖気が走ったのは。

「――っ!?」

咄嗟《とっさ》に《緊急回避》を発動した瞬間、さっきまで僕の首があった空間をブオンッ！　凄《すさ》まじい衝撃と風圧が駆け抜ける。

「……っ!?　てめえ……！　その年でうちの連中を捌《さば》くだけじゃなく俺の不意打ちまで避けるたぁナニモンだ……!?」

言って僕を睨《にら》みつけてきたのは、剣を振り抜いた状態で目を見開くヒューマンの大男だ。

その立ち居振る舞いが目に入った瞬間、剣を握る手に自然と力が増す。

（この人、強い……！）

まだ鑑定スキルのない僕でも装備や構えでなんとなくわかる。

そうして大男と対峙《たいじ》する僕に背後から声がかかった。

「気ぃつけろよクロス。わかってるとは思うが盗賊団つっても《盗賊《シーフ》》ばっかとは限らねえ。特に幹部級は普通に戦闘職が多いからな」

「ふむ。レベル48。上級職一歩手前の《中級撃滅剣士》か。副団長クラスといったところだな。まぁその程度の雑魚なら問題ないだろう。い、あの武器を手にした君ならな」

「わたしたちは捕まえた人たちを拷も――詰問して盗品を回収しておくから、クロス君はそのお手頃な練習相手で色々と試してみるといいよ～」

なぎ倒した盗賊団構成員から身ぐるみを剝《は》いだり盗品の場所を聞き出したりしながら、師匠たちがまったくなんの緊張感もない調子で言う。

そしてそれを聞いていた《中級撃滅剣士》の大男はといえば、

「こん、のバケモンどもが……っ！　拠点をめちゃくちゃにしたうえにどこまでも舐《な》めくさりやがって……！　せめてこのガキだけでも道連れにしてやらぁ！」

「ちょっ⁉　八つ当たり⁉」

完全にバカにされたと感じたのか、大男は顔を真っ赤にしながら全力で突っ込んできた！

その剣幕に思わず気圧《けお》される。

けど、これまで色々な相手と戦ってきたからだろう。

狼狽《ろうばい》は一瞬。僕の意識はすぐに切り替わる。

すなわち、その武器を手にしてからはじめて相対する強敵に、《無職》の新しい戦術がどのくらい通用するかという高揚に！

「死にさらせクソガキがぁ！　《膂力《りょりょく》強化》！　《踏み込み強化》！　《剣戟《けんげき》速度強化》！」

「《身体硬化》！」

スキルを重ねがけされた必殺の一撃が僕を狙う。

瞬間、僕が発動させたのは回避ではなく防御のスキルだった。

普通だったら速度と膂力に秀でた《中級撃滅剣士》の攻撃をただの中級防御スキルで止めるのは難しい。オール０のステータスを補正スキルで強引に底上げしているだけの《無職》ならなおさらだ。けど――ガギイン！

僕がスキルを発動させると同時、一瞬で姿を変えたその武器が敵の攻撃を完全に受け止めていた。

僕の防御スキルに反応して大盾に変化した宝剣、ヴェアトロスだ。

「なっ⁉　盾⁉　んなもんどこに隠してやがった⁉」

攻撃を受け止められたばかりか、突如出現した盾に大男がぎょっと目を見開く。

そして当然、その狼狽を見逃す手はない。

「《下段蹴り》！」

大盾で敵の剣を逸らしながら次に発動させるのは近接スキル。

瞬間。大盾が一瞬で消失し、鉄靴《ソルレット》となって僕の足にまとわりついた。

「なっ⁉」

盾がいきなり消失したことでバランスを崩した大男の足首に、鉄靴で格段に威力の増した蹴りが叩き込まれる。

「ぐあああああっ⁉」

盾の消失と足への攻撃で大男が倒れ込み、そこで僕はさらに畳みかけた。

「《気配消失》！」

発動するのはここ最近で急速にＬｖのあがった盗賊《シーフ》系スキル。

すると今度は鉄靴が短剣へと姿を変えた。

消音の特殊効果を持った下級魔法武器だ。

その短剣を手にした僕は倒れ込む大男の死角へと飛び込み、暗殺者《アサシン》のように刃を振るう。

刹那《せつな》、

「っ!!　バカがぁ！　仮にも盗賊、共通感知スキルくらいはもってんだよぉ！」

死角からの攻撃に気づいた大男が強引に体を引いて短剣のリーチからギリギリで逃れた。

けど――、

《中級剣戟《けんげき》強化》！」

僕が近接スキルを発動させた刹那、短剣の姿がまた変わる。

すなわち、僕の手にもっともなじむショートソードへと！

「な――!?　があああああああ!?」

いきなりリーチの変わった武器が大男のこめかみに炸裂《さくれつ》した。

完全に見切ったと気を抜いていたこともあってか、大男が盛大に吹き飛んで壁に激突。

そのままぴくりとも動かなくなった。

「……っ。やった……！」

ヴェアトロスを見下ろしながら僕はぐっと拳《こぶし》を握る。

この一週間、師匠たちと一緒に煮詰めていた新しい戦術が完全に決まった瞬間だった。

それなりの強敵をあっさりと沈められた破壊力に改めて胸が高鳴る。

周囲に情報が広まるのはよくないから多用はできないけど……、

「戦略の幅が広がるし、各スキルの威力が底上げされる。ヴェアトロス……やっぱり凄《すご》い武器だ……！」

「よーし、上手いこと決まったな！　上出来だぜ」

「まだ連撃に魔法攻撃を組み込めていないのは癪《しゃく》だが……うむ。上手く実力の底上げができているな」

「練習の成果がしっかり出たねクロス君～♡」

僕の戦闘をしっかり見守ってくれていたらしい師匠たちから声があがる。

見ればテロメアさんたちも僕の戦闘中に盗賊《シーフ》たちへの取り調べを終えていたようで、その傍らには回収した盗品がうずたかく積まれていた。は、早い……。

「よし。境界水晶も頼まれたぶんは確保したし、あとは拠点の中に残ったバカどもを全員ボコってギルドに引き渡せば終わりだな」

と、リオーネさんが手の平に拳を打ち付けた——そのときだった。

「てめえら動くんじゃねえ！」

ドスの効いた声が拠点の中に響く。

驚いてそちらを見れば、

「なにが全員ボコるだ……！　これ以上妙な真似してみろ、こいつの喉笛《のど》かっきるぞ！」

「た、助けてくれぇ！」

「え!?」

目に飛び込んできた光景に僕はぎょっとする。

先ほど倒した《中級撃滅剣士》よりずっと強そうなヒューマンが気の弱そうなおじさんを後ろから羽交い締めにし、首筋に短剣を突きつけていたのだ。

（人質⁉　まさかこの盗賊団、品物だけじゃなくて人も攫《さら》ってたのか⁉）

「へへ、人質の命が惜しけりゃいますぐあのふざけた土壁を解除しろ。俺が逃げ切るまでその場から動くんじゃねえ！」

動揺した僕を見て盗賊団のリーダーらしき男が口角をつり上げる。

人質にされたおじさんも「お願いだ、助けてくれぇ」と怯《おび》えきっており、迂闊《うかつ》に動けないその状況を前に「なんて酷《ひど》い真似を……！」と僕は歯がみした――んだけど。

「あ～。出たねぇ。人質作戦」

テロメアさんが微笑《ほほえ》ましいものを見るような声をあげた。え？

「そう硬くならなくても大丈夫だぞクロス。人質をとられたらぎょっとするだろうが、慌てるこたぁねえ。人質を取るようなヤツは人質を失えば負けるって確信してっから、意外と人質は殺さねえんだ。それにこういう連中にとって、人質は苦労して攫ってきた商品だからな。できるだけ傷つけたくねえっつー心理もある。その隙《すき》や迷いを突いて一気に攻め潰《つぶ》せば問題ねえぞ」

リオーネさんが緊張感のまったくない調子で言う。

そんなリオーネさんたちを見て「お、おいてめえら聞いてんのか⁉」と盗賊団のリーダーらしき男が困惑した声をあげるのだけど、師匠たちは一切揺るがない。それどころか、

「迷わず突撃する以外にも手はある。精密さが要求されるためやや難易度は高いが、速度重視の無詠唱魔法で狙撃すれば人質を盾にされても関係ない。まだ無詠唱の使えない君の場合は《遅延魔法》を常に用意しておくのもいいだろう。そうすればこういった事態にも即対処できる。こんな風にな――《ストーンバレッド》」

言って、リュドミラさんが凄《すさ》まじい速度で土石魔法を発射。

「「な――ぎゃあああああああっ!?」」

人質を取っていた男を容赦なくぶっ飛ばした――人質ごと。

えええええええええええ!?

「ちょっ、なにしてるんですかリュドミラさん!?」

い、いやいまはそれより人質のおじさんを早く治療しないと！　と反射的に駆け寄ろうとしたそのとき、

「な、なぜわかった……人質の俺が頭とグルだと……」

ふぇ!?

全身ボッコボコになりながらかろうじて意識を保っていた人質おじさんの掠《かす》れ声に僕は固まる。一方、リオーネさんは当たり前のように、

「そりゃお前、あたしらが聞いてた被害に人攫いはなかったからな。さっき尋問した盗賊《シーフ》どもも品物のことばっかで人攫いなんて一言も吐いてねーし」

「い、いやでも、万が一ってこともありません……？」

リオーネさんの言葉に僕が恐る恐る声をあげると、今度はテロメアさんが笑いながら、

「あはは、クロス君は優しいな～。でもね？　そういうときのために回復ポーションや回復魔法があるんだよ～？」

い、いやまあ確かにそうですけど!?

「つーかそもそもの話。女子供ならまだしも、『俺に構わず』じゃなくて『助けてくれ』なんてほざいてこっちの足を引っ張ろうとする男だったしな」

「うむ。もし本物の人質だったとして、手加減してもらっただけありがたいと思えという話だな」

呆れたように言うリオーネさんに、リュドミラさんも即座に同意する。

な、なるほど……。まあ甘いことを言ってられる状況じゃないし、命の懸かった現場においてはリオーネさんたちの方針は間違ってないのだろう。ちょっと無茶苦茶だけど、実際正解だったわけだし……。

こうして——。

S級冒険者の凄《すさ》まじい戦闘力や判断力に圧倒されつつ、僕はその日しっかりと拠点攻略の勉強やヴェアトロスの試運転をさせてもらうのだった。

「……しかしまあ、この規模の盗賊団が辺境領全体で増えてるってんなら、依頼された素材集めも少し急いだほうがいいかもな。領軍が態勢を立て直すのも時間がかかんだろーし」

リオーネさんが少し真面目な調子でぽつりと呟《つぶや》くのを、その傍らで聞きながら。

3

一網打尽にした盗賊団と大量の盗品を地元の冒険者ギルドに預けたあと。

「少し遅い時間になってしまったな。今日は適当な宿で一泊して、依頼主のもとへは早朝から向かうことにしよう」

そう言うリュドミラさんたちに連れられ、僕たちは人目を避けられる高級宿に一泊。

朝早くに宿を出て、戻ってきた盗品やら盗賊団の壊滅やらで大騒ぎの街を尻目《しりめ》に依頼主の元へと向かっていた。師匠たちいわく、感謝されたりするのは目立つし面倒、とのことだ。

（きっと疲弊してる街からお礼を受け取るわけにはいかないからそういう言い方をしてるだけなんだろうな……）

そんな尊敬すべき師匠たちの移動速度は相変わらず異常で、目についた盗賊団のアジトを潰《つぶ》しながら進んでいるにもかかわらず、目的の場所にはまだ朝と言える時間のうちに辿《たど》り着いた。

「こ、こんなところに依頼主さんが住んでるんですか……？」

リュドミラさんの風魔法で上空からその景色を眺めて僕は息を呑む。

そこは辺境領の中でもさらに辺鄙《へんぴ》な場所にある広大な森だったのだ。

休憩がてら立ち寄った街で聞いたところによると、この辺りはモンスターこそ少ないものの魔力が偏った土地が多く、特殊なダンジョンも多く点在しているという。

「色々と事情があって人目を避けないといけない人でね～。〝迷いの森〟って言われてるここ《深淵樹海》ほどじゃないにしろ、人が住むにはかなり不便というか危険な気がするけど……。で隠居してるんだ～」

「ま、詳しい話は到着してからだな」

と、最低限の説明とともに降り立った師匠たちと森の中をしばらく歩いていたのだけど、そこで困ったことがあった。

「あ、あのすみません……少しトイレに」

早朝からずっと移動していたため、僕のあっちが限界を迎えてしまったのだ。

気恥ずかしさでもじもじしながら言うと、師匠たちも少し慌てたように、

「う、うむ。そういえば忘れていたな。気にせず済ませてくるといい」

「あ、でもあんまり遠くに行っちゃダメだよ～。この森で迷うとしたらもっと奥のほうだけど、モンスターもいないわけじゃないから～」

「は、はい」

テロメアさんの忠告に返事をしつつ僕は草木を分け入っていく。

とはいえ……、

（リオーネさんたちの共通感知スキルって下手な《盗賊《シーフ》》よりずっと広範囲かつ高性能だから、あんまり近い場所だとちょっとよくない気がするんだよね……）

僕は少しだけ離れた場所で用を足そうと、モンスター対策に《気配遮断》を発動させながら鬱蒼《うっそう》とした森の中を進んでいく。

そこでふと、いきなり視界が開けた。

「わ……なんだここ？」

それは森の中にぽっかりと現れた花園だった。

日当たりや地面に流れる魔力の影響だろうか。

黄色の頭花と白い花弁が特徴的な花が咲き乱れている。

「これは確か……カモミール？」

薬草の授業でも出てくるその可憐《かれん》な花の群生地に思わず見惚《みと》れていた、そのとき。

「お母さん……」

酷《ひど》く頼りない、可憐な声が微《かす》かに聞こえてきた。

声のしたほうへ目をやって……僕は思わず息を呑む。

花園の端に倒れている大木。

その上に、この世のものとは思えないほど美しい女の子が座っていたのだ。

まだ《職業《クラス》》も授かっていないだろう、八、九歳くらいの小さな女の子。

その雰囲気は人とは思えないほど神秘的で美しくて。

透き通るような黄色の髪と真っ白な肌もあわせて、まるでこの花園に咲き誇るカモミールが人の形をとったかのようだった。

けれどその現実離れした美しさ以上に目を引いたのは――女の子の頬《ほお》に流れる涙。

小さな手に何本ものカモミールを握りしめ、すんすんと鼻を啜《すす》っている。

「あの、君、大丈夫？　もしかして迷子？」

僕は咄嗟《とっさ》に声をかけていた。

テロメアさんの言っていた〝迷いの森〟というこの森の名称。

本当に危ないのはもっと奥のエリアらしいけど、これだけ広大な森なら奥に行くまでもなく迷うこともあるだろう。そう思い、《気配遮断》を解きながら声をかけたところ、

「……っ！」

女の子がばっと顔を上げた。

けれどその顔に浮かんでいたのは安堵《あんど》でも、いきなり声をかけられた驚きでもなく——攻撃的な怒りの表情だった。

「見たな……っ」

と、女の子がこちらを睨《にら》みつけた次の瞬間——バチィッ！

「わっ⁉」

突如、なにかが弾けるような音とともに僕の視界を閃光《せんこう》が埋め尽くした。

一瞬だけ目の眩《くら》んだ僕が慌てて目を開けると……そこにはもう、先ほどの女の子は影も形もなくなっていて。

「え、あれ……⁉」

一体どこに⁉　と目を擦って辺りを見回す。

さらには《気配探知》で必死に周囲を探るも、探知範囲には一切なんの気配もなくて。

花畑を誰かが歩いた形跡もなく、ただただその場から忽然と女の子が消え去っていた。

「な、なんだったんだろういまの……幻……？」

女の子の現実離れした容姿とあまりの不可解さに自分の正気を疑うしかなく……用を足したあと、僕は首を捻《ひね》りながら何事もなかったように師匠たちと合流するしかないのだった。

そんな不思議な出来事はありつつ師匠たちについて森の中をしばらく歩いていくと、

「ここだな」

ふと、なにもない場所でリュドミラさんが立ち止まった。

「え？　ここが目的地なんですか？」

本当になにもない場所で歩みを止めた師匠に僕は声を漏らす。

そこは本当にいままで進んできた獣道となんら変わらない森の奥という感じで、とても人が住んでいるような場所じゃなかったのだ。《気配探知》に引っかかるものもない。

「まあ見てな。おもしれぇ体験ができるぞ」

荒々しく笑うリオーネさんが懐《ふところ》から取り出したのは、依頼人さんから事前に預かっていたという金属製のプレートだった。それをなにもない空間にかざした瞬間――周囲の景色がぐにゃりと歪《ゆが》む。な、なんだ!?

と僕がはじめての感覚に戸惑っている一瞬のうちに、鬱蒼《うっそう》とした森が消失。

いつの間にか、眼前には広い芝生と大きな洋館が出現していた。

「な、なんだこれ……!?　……え!?」

困惑して周囲を見回す。

するとその広い空間にはいまのいままで《気配探知》でまったく感知できなかったたくさんの気配が出現していた。慌ててそちらに目を向けたところ。

「……子供？」

洋館の玄関口に、たくさんの子供が固まってじっとこちらを見つめていた。

年齢は僕より上の人からやっと歩けるようになったような子まで様々。

あれだけの人数が一体いままでどこに、とさらに困惑を深めていれば、

「「ロザばあああああ！　誰か入って来たあああああああ！」」

「っ⁉」

まるで警鐘のように、一部の子供たちが声をそろえて叫ぶ。

「クロス。少し下がりなさい」

と、リュドミラさんたちに手を引かれて後方へ引いた直後、

ドッゴオオオオオオオオオオオオオオン！


「っ⁉　うわあああああああああああああああっ⁉」

数瞬前まで僕たちのいた地面が爆発した。

いや、爆発どころじゃない。

大地が大きく陥没し、衝撃だけで吹き飛ばされそうになる。

なにかの魔法攻撃かと思ったのだけど――違う。

クレーターの真ん中で、ゆらり。地面から拳《こぶし》を引き抜く影があった。

（なんだ⁉　まさかあの人が地面を殴ったのか⁉）

そんなのまるでリオーネさんみたいな……⁉

衝撃に固まる僕の目の前でさらに信じられないことが起きる。

パチンッ。地面を陥没させた何者かが指を鳴らした瞬間、生き物のように蠢《うごめ》いた地面が目にもとまらぬ速度で師匠たちを拘束したのだ。

それはまるで無詠唱の土石魔法。

（……⁉　素手で地面を陥没させる身体能力に無詠唱魔法⁉）

そしてその畳みかける事態に僕が啞然《あぜん》とする間もなく――急襲してきたその影がリオーネさんに殴りかかった⁉

「リ――」

と、僕が悲鳴をあげるより先に――ドゴシャアアアアアアアア！

地面を陥没させた拳がリオーネさんの顔面に叩き込まれ、僕の全身から血の気が引く。

けど、その直後。

「よぉ。相変わらずガラの悪い出迎えだな、ばーさん」

額を少し赤くしたリオーネさんが荒々しく笑い、

「そっちこそ。弟子をとったと聞いて丸くなったんじゃないかと思ってみれば、わざわざ拘束されたままあたしの拳をヘッドバッドで迎撃とはね。生意気は健在でなによりだ」

「……え？」

その気心知れたやりとりに僕はぽかんと口を開く。

リオーネさんの顔面に殴りかかった人物――修道服に身を包んだおばあさんは一息つくように煙管《キセル》を咥《くわ》えて煙を吐きながら、

「よく来たね悪ガキども。依頼品の一つ《境界水晶》もちゃんと持ってきてるようだし……まあゆっくりしていきな。うちの孤児院のガキどもも外の人間には飢えてるからね」

普通に拘束を振りほどく師匠たちに向けて、ニッと豪胆な笑みを浮かべるのだった。

な、何者なんだこの人……!?

4

「色々と説明が後回しになってしまったからな。まずは紹介しておこう。いま私たちに挨拶《攻撃》を仕掛けてきたこの媼《おうな》が素材集めの依頼主にして、ここ迷いの森で秘密の孤児院を営む慈善家、ロザリア・アルコバレーノ氏だ。私が知る限り最高峰の司祭系《職業《クラス》》を持つS級冒険者でもある」

「え、S級冒険者!?」

リュドミラさんの口からさらっと語られた情報に今度こそ愕然《がくぜん》とする。

魔王の次は世界に9人しかいないS級冒険者って……。と僕が言葉を失っていると、

「おいおいリュドミラ。大げさに言うのはよしな。S級はS級でも、元S級だよ」

修道服姿のおばあさん――ロザリアさんが煙管《キセル》から煙を吐きながらリュドミラさんの言葉を否定した。

「現役だったのなんて何十年も前の話さ。百を超えた辺りから身体《からだ》のガタがシャレにならなくてね。いまじゃ最上級職のひよっこを殴り殺すのがせいぜいの引退ババアだよ」

ひ、ひよっこって……。

最上級職は冒険者でいえばA級に分類される国家最高レベルの戦力なんだけど……。それに百を超えた辺りからって、いまは一体お幾つなんだ……？　いちおう種族はヒューマンみたいだけど、とても百歳を超えているとは思えない気迫だ。

いやまあその辺りもかなり気になるところではあるけど、それより……。

「あ、あの、ロザリアさんが元S級冒険者っていうのはわかりましたけど……司祭系《職業《クラス》》ってどういうことなんですか？　なにかの間違いじゃあ……」

僕はいまの会話の中で一番気になっていた部分を訊《たず》ねていた。

司祭といえば、主に儀式系魔法を専門にする《職業《クラス》》だ。

決闘で使われる致命傷回避の戦場を作ったり、いま僕たちが暮らしているお屋敷に遮音の加護を授けてくれるなど、特殊な〝場〟を作ることに特化していることが多い。

いくらS級冒険者認定される人が人知を越えているとはいえ、リオーネさんの額が赤くなるような打撃を繰り出したり、無詠唱土石魔法が使えるような《職業《クラス》》じゃない。なのにさっきの戦闘は一体……と訝《いぶか》しんでいると、

「ああ、それかい。なに簡単な話さ。この周囲一帯があたしの《司祭》スキルで作った、あたしの思いどおりの空間ってだけの話さね。こんな風に」

と、ロザリアさんが指を振った瞬間、先の戦闘で陥没した地面や壊れていた洋館の一部が元に戻った!?

「地面は自在に動かせるし、建物の修繕も改装も自由自在。食べ物もある程度は生やせるし、あたしの身体能力や回復力だけを底上げするなんてルールも付与できる。加えて、あたしの魔力の込められた金属プレートがなきゃ出入りはおろか、感知すらできない隠匿空間にするってのも可能さね。それが極限まで鍛えた《司祭》の権能さ。ま、あたしの場合は司祭スキルの効力を高めるユニークスキルの影響もあるがね」

な、なんだそれ……!?

つまりさっきの多彩な戦闘は全部ロザリアさん一人の能力で、まさかこの辺りが迷いの森扱いされてるのもロザリアさんの空間支配能力の影響ってこと……!?

今日何度目になるかわからない驚愕《きょうがく》に目を丸くする。

けどその一方、どうしてそんな凄《すご》い人がわざわざ素材集めを依頼してきたのだろうと、ソル

ティさんのときと同じような疑問が湧《わ》き上がる。

するとロザリアさんは「それなんだがね」と肩をすくめ、

「さっきも言った通り、あたしも寄る年波には勝てなくてね。ほぼ無制限に空間を好き勝手できたのは昔の話。いまじゃ高級素材をいくつも触媒に使わなきゃこの孤児院の隠匿結界維持にも苦労する有様なのさ。実際、この結界にも色々とガタが来ててね。本来ならあたしが自分で素材を取りに行くところなんだが……」

言って、ロザリアさんがちらりと洋館のほうへ視線を向ける。

そこには僕たちの来訪を叫んで知らせた子供たちがまだいて、興味津々といった様子でこっちを見つめていた。落ち着いてよく見ると、たくさんいる子供たちの中には妙に高貴な雰囲気を持つ子や、見慣れない真っ白な毛を持つ獣人、珍しい顔立ちの子なんかがいて……特異な雰囲気を感じる子の多さに目を引かれていたところ、ロザリアさんが「気づいたかい？」と煙を吐いた。

「元S級のあたしが趣味でやってるこの孤児院にはなにかとワケありのガキが流れ着くことが多くてね。できれば家を空けたくないのさ。あたしが離れりゃガタがきてる隠蔽《いんぺい》結界の維持に支障が出るし、最近は辺境領もなにかと治安が悪いからね」

それでいっそのこと引っ越しも視野に入れたうえで最高級の素材を集めてもらおうと、師匠たちに依頼を出したとのことだった。

なるほど……そういう事情だったのか。

「なら素材集めのほう、急がないとですね！」

ロザリアさんの話を一通り聞いた僕は彼女の活動を尊敬するとともに、やる気満々で拳《こぶし》を握っていた。

まあ僕は基本的に師匠たちの素材集めを手伝うくらいしかやれることないんだろうけど……なんにせよ冒険者らしい人助けの依頼となれば張り切ってしまうのも仕方ないのだった。

するとなぜかロザリアさんは意外そうに目を丸くして、

「……この悪ガキ三人組に育てられたにしちゃあ、ずいぶんと真っ直ぐな性根の小僧じゃないか。くくっ。それとも、そういう青臭い部分に惚《ほ》れ込んだってことかい？」

「おい余計なこと言うなよクソババア」

なにやら楽しげに口角をつり上げたロザリアさんにリオーネさんがやたらと動揺したように詰め寄る。

ど、どうしたんだろう……。

「それにしても」

リオーネさんを軽くあしらうようにしつつ、ロザリアさんが鋭い視線でこちらを見る。

「事前に少し話は聞いちゃいたが、この身のこなしに秘めた魔力の強さ……いくらS級三人に育てられたとはいえ、本当にただの《無職》なのかい？　この坊主も相当ワケありな気配がするが……まあなんにせよ、リオーネたちにだけ話したもうひとつの依頼をこなしてもらうには都合がいいか」

「……？」

と、ロザリアさんがなにやら値踏みするかのように僕のことを見つめてきた――そのときだった。

「リオーネお姉ちゃん！　リュドミラお姉ちゃん！　テロメアお姉ちゃん！　来てくれたんだ！」

突如、洋館とは反対の方向から黄色い声をあげて師匠たちに飛びつく小さな影があった。かと思えば、
ゴロゴロゴロピシャアアアアアアアア!!

「わあああああああああああああああ!?　なんだ!?　か、雷!?」

その小さな人影――駆け寄ってきた女の子が満面の笑みで師匠たちに抱きついた瞬間、凄《すさ》まじい音と光が爆発するように弾けた。

なにが起きたのか本気でわからなかった。

だってその音と光の爆発は、普通なら遠い空の彼方で発生するはずの雷そのもので。

しかも上級職くらいなら一撃で倒せるようなその膨大なエネルギーが、師匠たちに飛びついた小さな女の子の身体《からだ》から放出され続けていたから。

そんな非常識極まりない光景に唖然《あぜん》とする僕をよそに、雷を浴び続ける師匠たちは平然とした様子でその少女に応じる。

「おーシルフィ。久しぶりだな。元気してたか？」

「うん！　ロザばあのおかげですごく身体の調子がいいの！　それよりお姉ちゃんたちはどのくらいこっちにいるの!?」

「今回は素材集めのためにしばらくここを拠点にするつもりだ。少なくともこの二日と来週末には顔を出すことになるだろうな」

「えー？　もっといようよー。お話ししたいことも一緒に遊びたいこともたくさんあるのに！」

「う～ん。そうだねぇ。いままでは結界の存在が少しでも周囲にバレないようあんまり出入りしないようにしてたから、今回は少し滞在時間を延ばしてもいいかもね～」

「ホントに!?　やった！」

リオーネさんは雷を受けてもまったく動じず、リュドミラさんは魔力操作かなにかで電撃を受け流し、テロメアさんは焦げる側から回復してニコニコと笑っていた。

師匠たちに抱きついてバリバリバリィ！　と凄《すさ》まじい電撃を放出し続けるその女の子も輝く

ような笑顔を浮かべていたのだけど——僕はその顔に見覚えがあった。

「あの子、もしかして花畑の……!?」

電撃の光が激しいせいで気づくのが遅れたけど……間違いない。あの現実離れした容姿と透き通るような黄色の髪は、先ほど花畑で泣いていた女の子だった。

（いやけど、だったらどうやって僕たちより早くこの場所に戻ってきたんだ……!?）

放出され続ける雷といい、師匠たちに凄《すご》く懐いてる様子といい、一体なんなんだこの子!?

と、僕がたくさんの疑問や驚きとともにその子の横顔を凝視していたからだろう。

「……っ!?　お前、さっきの覗《のぞ》き……!?」

向こうもこちらに気づいたようで、なんだか虫を見るような目で睨《にら》み返された。

え……とその落差に僕がまた別の意味で戸惑っていたところ、

「なんだ二人とも。道中で気配がしたからもしやとは思っていたが……やはり先ほど顔を合わせていたようだな。ならついでに紹介を済ませておこう」

言って、リュドミラさんがその女の子の正体を口にした。

あまりにも信じがたいその素性を。

「この子はシルフィ・ステラコット。極めて特殊な生い立ち故に正式な種族名はついていないが……強いて言えば精霊族のハーフだ」

「精霊族!?」

出てきた名前にぎょっとした。

精霊族といえば、誰も本物を見たことがないとまで言われる幻の種族だ。お伽噺《とぎばなし》なんかでは人族との間に子供をもうけたって話もあるからいちおう人族に分類されてはいるけど、基本的に肉体を持たず自我も希薄な彼らは自然現象に近い存在とされている。

そんな種族とのハーフなんてにわかには信じがたいけど……その神秘的な容姿と放出されるエネルギーはむしろ精霊の血を引いていると言われた方が納得できて。

まさかそんな子がいるなんてワケありどころの話じゃないぞ……と僕は目を丸くするのだけど、本当に驚くのはそこからだった。

「それもただの精霊族じゃないんだよ～。どうもお父さんとお母さんそれぞれの遠い先祖に火と風の精霊がいたみたいでね～。普通、精霊族は基本属性の火、水、土、風の四種しかいないんだけど、この子は人の血を媒介に二つの属性が隔世遺伝的に混ざって、発展魔法属性の「雷」になれるユニークスキルを発現しちゃってるんだよねぇ」

「……？　雷になれる？」

「要するにこういうこった」

リオーネさんがシルフィの柔らかそうな頬《ほお》をぷにっとつつく。

けどリオーネさんがその指先から魔力を消した途端――ずぶっ。バチバチバチ！

シルフィの顔にリオーネさんの手が貫通し、激しい電撃が弾けた!?

それはまるで、シルフィという子供のかたちをとった雷魔法にリオーネさんが手を突っ込んで感電したかのようで。

啞然《あぜん》とする僕を見て、リュドミラさんが補足するように語る。

「つまりこの子は普通の人間と同じ肉の身体《からだ》はありつつ、精霊のごとく雷撃魔法そのものにもなれる、恐らく世界唯一の存在ということだ。通常の物理攻撃はもちろん、生半可な魔力攻撃では一切のダメージを受けない身体に雷の移動速度と攻撃力。まだ《職業《クラス》》を授かっていないにもかかわらず、上級職程度なら一方的に倒せる力を持っているのだ」

「……っ!?」

それって、下手したら勇者の末裔《まつえい》エリシアさんが同じ歳だったときより強かったりするんじゃあ……!?

あまりに無茶苦茶なユニークスキルに最早言葉も出ない。

「ただ、その強力無比なユニークスキルにも色々と欠点があってね」

師匠たちの説明を引き継ぐように、ロザリアさんがシルフィの頭を撫《な》でながら口を開く。

「通常の精霊種がそうなんだが……精霊の血が濃いこの子は、魔力溜まり並みに魔力が濃い土地でしか健康に成長できないのさ。普通の空気に長く触れてると酷《ひど》く体調を崩しちまう」

「え……」

「それもあって、この子は体調を崩してたところを帝国の第二都市に捕まって研究対象にされてた時期があってね。そこをあんたの師匠たちが助けて、あたしのとこに預けたってわけさ。隠匿結界で追っ手をかわせて、なおかつ精霊が健康に生育できる空間を作れるあたしにね」

「帝国……!?」

次から次へと飛び出すとんでもない情報に最早処理が追いつかない。

唯一理解できるのは、ワケありな子供たちが集まるという孤児院の中でも、このシルフィという女の子がとびっきり大変な境遇なのだろうということくらいで。

けど……なるほど。

「それは師匠たちのことを慕うわけですね」

僕自身、師匠達に救われた身だからシルフィの気持ちはよくわかる。

ましてやあの評判の悪い軍事大国から救いだされ、健康に暮らせるこの孤児院まで送ってもらえたとなれば慕うのも当然だった。

けれど、

「……ああそうだね。慕いすぎなくらいさ」

ロザリアさんがどこか物憂げに煙を吐く。

？　なんだろう。なにか問題でもあるんだろうか。

その表情に少し引っかかりを覚えていたそのとき。

「……ねえお姉ちゃん。師匠ってどういうこと？　あの人、お姉ちゃんたちのなんなの？」

それまでじっと僕の方を見ながら話を聞いていたシルフィが、リオーネさんたちの服をぎゅっと握りながら口を開いた。

あ、そういえばシルフィのもの凄《すご》く濃い紹介を聞くのに精一杯で自己紹介を忘れてた……と前に出れば、リオーネさんたちがなぜか少し気恥ずかしそうに、

「あー……とな、こいつはクロス・アラカルト。まあなんつーか、あたしら三人で育ててんだよ」

「うむ。《職業《クラス》》は《無職》ながら、ひたむきに修行に打ち込みメキメキと力を伸ばしている自慢の弟子だ」

「それでいまは冒険者の聖地バスクルビアで一緒に暮らしてるんだよ～」

「…………………………は？」

途端、シルフィが目を丸くする。

けどそれも当然だろう。

S級冒険者の三人が《無職》なんかを弟子にとって一緒に育てているなんてあまりに非常識だし、僕だって未だに夢かなにかじゃないかと疑うくらいなんだから。

……でもなんだろう。ただ驚いてるにしては僕を見るシルフィの目つきがどんどん鋭くなっていってるような……と思っていたところ、

「すごーい！」

シルフィが目を輝かせて声を張り上げた。

「お姉ちゃんたち三人の弟子なんて凄《すご》い！　お花畑で最初にあったときは怖くてちょっと警戒しちゃってたけど、勘違いだったんだ。よろしくねクロスお兄ちゃん！」

「お、お兄ちゃん？」

いきなりそう呼ばれて面食らう。

シルフィはそんな僕に可愛《かわい》らしい笑顔を浮かべたまま、

「だってお姉ちゃんたちの弟子ってことは、私のお兄ちゃんみたいなものだもん。仲良くしてくれると嬉しいな。……あ、そうだ。お兄ちゃんもお姉ちゃんたちと一緒で、しばらくここを拠点にするんだよね？　だったらこの孤児院で私が一番好きなとっておきの場所を教えてあげる。ついてきて！」

シルフィがいきなり洋館のほうに向けて走り出す。

え、ちょっと!?

「おー、あたしらに構わず行ってこい行ってこい。仕事についてはあとで説明すっから」

「わ、わかりました」

小さな子に特有の唐突な行動に少し面食らいつつ、僕はリオーネさんに背中を押されてシルフィについていく。

(花畑の件もあって少し警戒されてる気がしてたけど……これなら大丈夫そうかな)

素材採取の依頼をこなすにあたってこの孤児院でお世話になる時間も増えるみたいだから、師匠たちに助けられた者同士、仲良くできればそれに越したことはない。

と、僕は安心してシルフィのあとについていったのだけど、

（……？　ここがとっておきの場所？）

シルフィが立ち止まったのは特になにもない洋館の裏手だった。

ただの資材置き場といった感じで、ちょうどリオーネさんたちから死角になるという点を除けばほかに特筆することもないスペースに僕は首を捻《ひね》る。

「あの、シルフィ？　ここがとっておきの場所っていうのは一体――」

「おい、調子に乗るなよ覗《のぞ》き野郎」

「……え？」

突如として聞こえてきたその低い声に、僕はぎょっとして言葉に詰まった。

なぜならその声の主は、先ほどまでの笑顔が嘘《うそ》のように敵意マンマンで睨《にら》みつけてくるシルフィだったから。

「え、ちょっ、シルフィ!?　いきなりどうし――」

「うるさい！　喋《しゃべ》んな！」

僕から逃げるように距離を取りながら、シルフィが威嚇《いかく》めいた声を張り上げる。

途端、バチバチバチバチ！　上級職くらいなら一瞬で黒焦げにするだろう雷がシルフィの肌

を走り、まるで僕への敵意を表明するかのように光を放つ。

シルフィは親の敵でも見るような目で僕を睨《にら》みつけ、

「弟子だかなんだか知らないけど、あんたみたいなへなちょこの《無職》、お姉ちゃんたちからすぐに愛想尽かされるに決まってるんだから！　お姉ちゃんたちと一緒に暮らしてるからって調子に乗るなバーカ！」

「……っ⁉」

「しばらくお姉ちゃんたちと一緒にこの孤児院をうろちょろするみたいだけど、正直言って目障り！　徹底的にイジメ抜いてやるから覚悟しろ！　あんたみたいなヤツにお姉ちゃんたちはぜーったい渡さないんだから‼」

一息にまくし立てると――バチィ！

あの花畑での出来事を繰り返すように激しい音と光が弾け、シルフィの姿はその場から一瞬で掻《か》き消えるのだった。

あまりにも苛烈《かれつ》な宣戦布告を残して。

「え、ええ……」

ま、まさかロザリアさんの言う「慕いすぎ」って……そういうことなの⁉

シルフィのあんまりな豹変《ひょうへん》っぷりに僕はしばらくその場に立ち尽くすしかなくて――数多《あまた》の困難が待ち受ける隠れ孤児院での短期集中合宿は、そんな風にして幕を開けるのだった。

5

「テロメアお姉ちゃん、ロザばあが作ってくれたこのオヤツ一緒に食べよ～♥」

「シルフィちゃんは甘えん坊さんだねぇ。それじゃ、あ～んしてあげるね～」

「わ～♥ お姉ちゃん大好き！ 私もあ～んしてあげる！」

シルフィの宣戦布告に頭が追いつかず、少しの間呆然《ぼうぜん》としてから孤児院の正面広場のほうへ戻ったところ、そこにはバチバチッと軽く電撃を放出しながら師匠たちに抱きついて甘えるシルフィの姿があった。ほっぺをすりすりバチバチこすりつけながら幸せそうな笑顔を浮かべるシルフィは物語に出てくる可愛《かわい》らしい精霊そのもので。

（や、やっぱりさっきのアレは僕が見た幻か、なにかの間違いだったんじゃあ……）

半ば本気でそう思っていたところ、僕が戻ってきたことに気づいたリュドミラさんがシルフィの頭を撫《な》でながら今回の依頼について口にした。

「さて。それでは早速素材採取に向かおうと思うのだが……クロス、君はこの孤児院に留守番だ」

「え？」

「本来は私たち三人の行き先へ順番に付き合ってもらうつもりだったのだがな。君にはこの孤児院に残って別の仕事を頼みたいとロザリア氏から言われたのだ。それに、あの海の一件から痴女どもと君を二人きりにするのはあまりに危険と判明したしな……」

「おいふざけんなてめぇが一番危険だっただろうがクソエルフ」

「リュドミラちゃんは一度自分を客観視したほうがいいんじゃないかなぁ？」

「え、ええと。それでその、孤児院に残っての仕事っていうのは……？」

なにやらリュドミラさんに詰め寄るリオーネさんとテロメアさんに戸惑いながら僕が疑問を口にすると、それに答えてくれたのは元Ｓ級冒険者の依頼主ロザリアさんだった。

「あんたに頼みたいのは孤児院で一番大変な仕事……子守さ」

「子守？」

「ああ。新しい刺激に飢えてるあの子らの遊び相手になってもらう」

言われてロザリサさんの視線を追えば、先ほどから引き続き興味津々と言った様子でこちらを窺《うかが》っている子供たちの姿が目に入った。確かに孤児院というのはなにかと娯楽に飢えがちな面がある。外界から隔離されているこの特殊な孤児院ならなおさらだろう。

そんな退屈の解消に僕が協力できるなら喜んで引き受けようと思う。ただ、

（いちおうこの短期集中合宿は師匠たちの依頼を手伝うことによる地力アップが目的だったはずなんだけど……遊んでて大丈夫なのかな？）

と、そんな僕の疑問を見透かしたかのように、

「安心しな。子守は子守でも、当然ただの子守じゃないさ」

ロザリアさんがふっと煙を吐いた——その瞬間。

ズゴゴゴゴゴゴッ！

目の前に、いきなり街が生えてきた⁉

その街は明らかにさっきまで孤児院があった空間の面積を超えていて、どこまでも続くような広さだった。さらに、

「あ、あれ⁉」

いきなり僕の身体《からだ》が重くなる。それは体調が悪いとかではなく、まるで水中に投げ出されたような違和感。

けどそれは僕だけに起こった異変のようで、

「わー！　ロザばあの追いかけっこ空間だー！」

こちらの様子を窺っていた孤児院の子供——真っ白な毛をした獣人の男の子が軽い足取りで駆け出した。かと思えば——その姿が巨大な狼に変身した⁉

さらにはほかの子供たちもロザリアさんの能力とは関係なくなにか特殊なユニークスキルを持っているらしく、巨大な武器を持ったり空を飛んだりと、いきなりとんでもない戦闘態勢に

入る。

子供たちの多くはまだ《職業《クラス》》を授かっているように見えないけど……各々のユニークスキルを研ぎ澄ませているのだろうその身のこなしは油断できないレベルに洗練されていた。

「ここはあたしの作った戦闘用仮想空間。ダメージ緩和と致命傷回避の効果に加えて、あんただけの身体能力を下げる呪いを付与してある。本職《テロメア》に比べれば効果は微々たるものだがね」

ロザリアさんは目を白黒させる僕にニヤリと口角を吊《つ》り上げる。

「あんたにはその状態で、元気の有り余ってるウチの子たちと追いかけっこをしてもらう。スキルも武器もなんでもありで、一度もタッチされずにこの仮想市街地を脱出できればあんたの勝ち。ただそれだけの簡単な遊び《修行》さ。ああけど――」

ロザリアさんは早く遊びたくてうずうずしているらしい子供たちを振り返り、

「遊びとはいえ賞品がないと面白くない。クロスの脱出を阻止するたびにとっておきのオヤツを全員にふるまってあげるからね。全力でやりな」

「「「！」」」

途端、子供たちの目の色が変わる。

単純に見慣れない人と遊びたいという好奇心に加え、絶対に僕の脱出を阻止してやるという強い意志が宿る瞳《ひとみ》だ。

こ、これはちょっと本気で一筋縄じゃいかなそうだぞ……!?

「ま、心配することたぁねえよ」

リオーネさんが僕の肩を叩く。

「あたしら三人のうち同時に素材採取にいくのは二人だけ。交代で一人はここに残ってアドバイスしてやっからな。今週か来週か、まああたしらが依頼の品を集めきるまでにはクリアできんだろ。その頃にはお前の地力もだいぶ上がってるはずだぜ。市街地《バスクルビア》でバカに絡まれても大丈夫なくらいにな」

「！」

「そんじゃ、ひとまず行ってこい」

「は、はい！」

そうして僕は遊びという名の修行のため、仮想市街地のど真ん中に放り込まれるのだった。

「……」

――追いかけっこには参加する素振りすら見せず師匠たちに抱きついているシルフィが、じっと僕を睨《にら》み続けていることには気づかないまま。

「改めて見ると本当に広いや……」

仮想市街地のほぼ中心に位置する高い鐘楼。

追いかけっこのスタート位置であるその場所に放り込まれた僕は、元S級冒険者ロザリアさんの作り出したその広大な空間に改めて圧倒されていた。

バスクルビアと同じくらい——とはいかないまでも、間違いなく一区画分はある。空間の出口まで行こうとすれば、普通に走ってもかなりの時間がかかるだろう。

「それに加えて……」

僕は自分の手足を試しに動かしてみる。鉛のように重い。

ロザリアさんの司祭スキルで僕だけが大きく機動力を削がれていることを考えると、大勢の子供たちに一度も触れられず出口まで向かうのはかなり難易度が高いと言えた。

そうなってくると……やっぱり鍵になるのはこのスキルだ。

「Ｌｖ８——《気配遮断》。Ｌｖ９——《気配探知》」

ここしばらくの修行で重点的に鍛え、さらにＬｖが上がった二つの盗賊《シーフ》系スキル。

それらを利用した僕は自らの気配を消して建物の陰に身を潜めつつ、周囲の気配を慎重に探る。僕が放り込まれた鐘楼を中心に、三十近い気配が数人単位のパーティを組んで周囲に点在していた。

その包囲網の隙間を縫うようにして、僕は建物の中を横切り物陰を利用しながらこっそりと市街地を進んでいく。このまま隠密《おんみつ》行動を続けていけば、追いかけっこはかなり楽に進むだろう。

ただ——「これをクリアする頃には地力もだいぶ上がってるはず」というリオーネさんの

言葉。それから多種多様な能力を持っていた子供たちのことを考えるとそう簡単には——と僕が思考を巡らせていたそのときだった。

「見つけた！」

「っ!?」

心臓が破裂するかと思った。

なぜならその甲高い声は僕のすぐ近くから聞こえてきて——加えてその声の主は、巨大な白狼だったのだから。

な、んでこんな巨体の気配を見落として——!?

「兄ちゃんの盗賊《シーフ》スキル凄《すご》いね！　鐘楼からスタートならこの辺りを通るだろうってわかってたのに、見つけるのに思ったより時間がかかっちゃった！」

目を見開いて距離を取ろうとする僕に、白狼がワクワクしたような声を漏らす。

「けど俺たちはここで遊び慣れてるし——気配の消失と探知が得意な俺の神狼化《ユニークスキル》があればすぐ捕まえちゃうもんね！」

言って、白狼がその巨体を活かして突っ込んできた！

「ぐっ!?」

直撃すれば追いかけっこにいきなり敗北——どころか大ダメージは確実な白狼の突進をかろうじて避ける。

そのまま白狼が入って来れないだろう建物の中に窓をぶち破って突っ込み、速効で反対側の道路に飛び出した。

(あの白狼化《ユニークスキル》の変身速度がどのくらいかわからないけど……こうやって建物の出入りを繰り返すルートをとれば、あの巨体のまま追ってくるのは相当難しいはず……！)

と、恐らく野生の獣以上の狩猟能力を持つのだろう白狼を最優先でまこうとしたそのときだ。

『いたーっ！　私たちの真下、中央地区Bの辺りだよーっ！　みんなで囲って！』

「なっ⁉」

直上からの大音声に顔を上げれば、そこにいたのはふわふわと空を飛ぶ男の子。

そしてその背中に乗って音響魔導師もかくやという大声を上げる女の子が、僕の居場所を周りに知らせていた。

途端、周囲の気配が一糸乱れぬ怒濤の勢いでこっちに向かってくる！

(……！　やっぱり、身体《からだ》が重いのを差し引いてもかなり手強い！)

レベル制限ダンジョンをもクリアした僕に、リオーネさんがあんな言葉をかけた理由。

それはこの追いかけっこがモンスター戦とはまったく異なるものだから。

より高度な連携と未知の能力に対処する必要のある対人戦の特訓だからだ！

「だったら――っ！」

こっちも使える手札は最初から全開だ。

バスクルビアで上級職パーティに襲われたときのように……けどあのとき以上に成長したスキルを使って！

「《身体能力強化》！　遅延魔法《マジックストッカー》　解放《リリース》！　《トリプルウィンドランス》！」

「「「っ!?　うわあああっ!?」」」

ドゴオオオオオオオン！

こちらを包囲しようと迫る気配をギリギリまで引きつけ、僕はあらかじめ用意しておいた風魔法を地面に向けて放った。地面が砕け、周囲に砂塵《さじん》が吹き荒れる。

そうして集まってきた子たちの目をくらますと同時、僕は全力をこめた身体強化で地面を蹴る。

風魔法の反動も利用し、僕の身体が空中へと飛び出した。

けどまだこれだけじゃない。

「――《風雅跳躍》！」

子供たちを引きつけている間に詠唱を終えていた機動力特化の魔法を発動。

空中でほぼ直角に軌道が変わり、僕は子供たちから一気に距離を取った。

途端、僕を捕まえる気満々だった子供たちから驚愕《きょうがく》の声が上がる。

「なんだあのにーちゃん!?　《盗賊《シーフ》》じゃなかったの!?」

「風魔法と身体強化も使ってる！　なんで!?　ロザばあと同じってこと!?」

「違う！　全部ちゃんと別々の《職業《クラス》》スキルだよアレ！」

「なにそれ!?」

「変態！」

「すげー変態スキル構成！」

なんだか誤解を招く言葉が飛び交っているけど……それだけ混乱している証拠だ。

このまますぐに脱出とはいかないだろうけど、この混乱を利用すれば出口まで一気に近づけるはず！

地面に降り立った僕は再び風雅跳躍を発動しよう魔力を込める。が、そのときだった。

『南南西！　距離二百！』

空を飛んでいた女の子の大声が響くと同時――ドゴゴゴゴゴゴン！

「っ!?　なんだ!?」

凄《すさ》まじい破壊音がとんでもない速度で接近してくる――そう察知した刹那《せつな》、近くの壁をぶち抜いて巨大な斧《おの》が飛んできた!?

（っ!?　これ、さっき身体《からだ》より大きな武器を軽々持ってた女の子の――!?　まさかぶん投げたの!?）

そう考えると同時、咄嗟《とっさ》に「《身体硬化》！」とスキルを発動。盾に変化したヴェアトロスでかろうじてクリーンヒットは防いだのだけど、次の瞬間。

「ばあ！」

「なっ⁉」

斧とほぼ同じ速度、そして斧の影に隠れるようにしてすっ飛んできたのは、エルフの女の子だ。斧をかろうじて防いだ僕には避けるどころか構えた盾を解除する余裕さえなくて。

あ、危ない！　と叫ぶ間もなく盾と女の子が激突した――と思った次の瞬間。

スカッ。

「え⁉　ぐふああああああっ⁉」

エルフの女の子が盾をすり抜けた⁉

と同時、盾を透過したはずのその細い身体が容赦なく頭から僕に突っ込んできていて。

僕はそのままの勢いで地面にぶっ倒されていた。

「よっしゃあああ！　リンリーの馬鹿力と私の透過のコンボでワンタッチだ！」

『ちょっと！　私たちが空から索敵したおかげでもあるでしょ！』

エルフの子が僕を押し倒すようにしながら勝ち鬨《かどき》をあげ、空から抗議の声が降ってくる。

そんななか、いきなり追いかけっこに敗北した僕はいましがたの出来事に混乱しっぱなしだった。

（な、なんだったんだいまの……⁉　というかまさかとは思ってたけど、ここの子供たちって全員なにかしらのユニークスキル持ちなんじゃあ……⁉）

一筋縄じゃいかないだろうと警戒はしてたけど、いくらなんでもここまで強いなんて……。

僕がいろんな意味で面食らっていると、その頭上からこちらを労《ねぎら》うような笑い声が聞こえてきた。

「ははは、派手にやられたなクロス」

素材採取をひとまずリュドミラさんとテロメアさんに任せ、修行の監督役として残っていたリオーネさんだ。抱っこしたシルフィの頬《ほお》をぷにぷにしながら、リオーネさんが総評を語る。

「ま、でも初見殺しな連中ばっかなのを考えりゃいい線いってたと思うぞ。敗因を挙げるとするなら、相手が子供だからって〝目〟を潰《つぶ》そうとしなかったことだな」

言ってリオーネさんが指さすのは、空中で僕の位置を知らせていた飛行コンビだ。

「遠慮はいらねーぜ。この空間ならある程度ダメージ軽減されるってのは説明した通りだし、そもそもここのガキどもは普段からばーさんの指導でもっと過激な訓練してるだろうからな」

た、確かにこの子たち、まだ《職業《クラス》》を授かってないような年にしてはやけに戦い慣れてるというか勇ましいというか……。

「むしろ容赦なくやってくれたほうが助かるくらいさ」

と、リオーネさんの言葉を引き継ぐようにロザリアさんが言う。

「ユニークスキル持ちのガキってのはいくら口で言っても慢心しがちでね。生まれ持った強さの割に早死にする率が高い。だからぱっと見弱そうで、実際に最弱職であるあんたが遠慮なくぶちのめしてくれたほうがあの子らのためになるのさ」

なるほど……この子守依頼にはそういう側面もあるのか。

「よし、じゃあもう一回だ。あたしの弟子がやられっぱなしじゃいられねえもんな？」

「……！　はい！」

と、僕は荒々しく笑うリオーネさんやロザリアさんの言葉を胸に、再び中央の鐘楼へ放り込まれる。

「あのにーちゃん次はなにすんだろ!?」「何気に武器もヘンテコだったよね!?」「変態スキルと変態武器の変態にーちゃんだ！」と目を輝かせてやる気満々な子供たちを相手に、何度も何度もその真剣な遊び《修行》を繰り返すのだった。

6

隠れ孤児院の子たちと行う追いかけっこは、思った以上に手応えがあった。

強力なユニークスキルを持ち、なおかつ元S級冒険者ロザリアさんの指導を受けているらしい子供たちの戦略は多彩で、攻略はまったく一筋縄ではいかない。けどそのぶんスキルの使い方や立ち回りを工夫する必要があり、回数を重ねるごとに力が身についていく実感があったのだ。子供たちも僕との追いかけっこに全力で、子供特有の元気さもあってかテロメアさんの力を借りずとも疲れ知らず。滞在中のほとんどの時間をその遊びに費やし、僕は少しずつ少しずつ仮想市街地の出口に近づくことができていた。

――と、孤児院に残って行われるその子守修行自体は苦戦しつつも上手くいっていたのだけど……そんななかでひとつ、大きな問題があった。

なにかの間違いじゃないかといったん保留にしていたあの出来事。

洋館裏での宣言通り――シルフィの恐ろしいイジメがはじまったのだ。

「っ!?　げほげほげほっ!?」

それはたとえば、飲み物の中に辛子が入っていたり。

「な、なんだこれ!?」

それはたとえば、僕の装備にうんちの落書きがしてあったり。

「わあああああっ!?」

それはたとえば、着替えの下着が破廉恥なピンク色に染まっていたり。

情け容赦のない嫌がらせが次々と僕を襲ったのだ!

……うん、まあ、なんというか……可愛《かわい》いものだ。

少なくともジゼルにいびられていたときに比べれば雲泥の差がある。

多分、こういう意地悪になれていないのだろう。

思いつく悪戯《いたずら》にも限度があるみたいだった。

ただ……。

「くすくす。思い知ったかバカ《無職》！」

「ほら、さっさとお姉ちゃんたちの弟子なんてやめて、いますぐどっか行っちゃえ！」

悪戯が成功するたび、師匠たちの目を盗んで顔を出す彼女が僕に向ける敵意は本物で。

師匠たちのことが大好きらしいシルフィが僕を敵視すること自体はわかるのだけど、ただの嫉妬にしては少し苛烈《かれつ》すぎる気がしたのだ。

「う、うーん。意地悪自体はそんなに気にならないんだけど……僕はよくてもシルフィがずっと嫌な気持ちでいるわけだし。あんまり放置しておくのもよくないよね……」

そこで僕は修行の合間を縫ってシルフィとお話ししてみることにした。

せめて話が聞ければ、なんであそこまで怒っているのかわかるかもしれないと思ったのだ。

「《気配探知》《体外魔力感知》」

隠れ孤児院滞在二日目。追いかけっこを何度か繰り返したあとの休憩時間。

僕の修行を監督するために交代で孤児院に残っていたリュドミラさんも食料調達に出かけていて、シルフィと二人で話ができそうなタイミング。そこで僕は二つのスキルを発動させた。

師匠たちがいないときシルフィはどこかに姿を消してしまうため、それなりに広い敷地内を探す必要があったからだ。そしてその気配はすぐに見つかった。

（精霊の血が流れてるせいかな……シルフィの気配はほかの子とちょっと違うから、目立って探しやすいや）

そうして僕が辿《たど》り着いたのは、洋館の裏手にある広い林だった。

そこには孤児院の普段の食料を確保するための広い農園があり、子供たちの声で賑《にぎ》やかな洋館と違ってほとんど人気《ひとけ》がない。ロザリアさんの司祭スキルでほとんど自動で手入れや収穫が完了してしまうからだ。そしてそんな林の中で、一本の木にもたれかかって座る人影があった。

バチチチチッ！

じっと手の平を見つめながら激しく電気を放出するシルフィだ。

けれどその顔はなんだか酷《ひど》く思い詰めていて。

「シルフィ？　どうしたの？　大丈夫？」

僕は話を聞くとか以前に、ただただ心配で声をかけていた。

けれど、

「っ⁉　お前いつの間に⁉」

僕に気づいたシルフィがばっと顔を上げる。

と同時、彼女は僕から逃げるように駆け出していた。

「あ、ちょっと待ってシルフィ！　少し話がしたくて――」

「っ！　近づかないで！　私に触らないで‼」

「っ!?」

僕がシルフィを止めようと咄嗟《とっさ》に手を伸ばした瞬間、シルフィが大声で叫んだ。

その声はなぜか、あまりにも切実で。切羽詰まっていて。

もともと強引に引き留める気はなかったとはいえ、僕は思わずその場で動きを止めてしまっていた。途端、

「……っ！　あれだけ意地悪してやったのに、なんで私に近づこうとするの!?　最悪！　うざいんだよお前！　さっさと消えろバーカ！」

バチィ！

僕から一定の距離を置いたシルフィは癇癪《かんしゃく》を起こすように叫ぶと、まともに話をする間もなく雷の速度でその場から消えてしまうのだった。

「シルフィ……単に僕を嫌ってるにしてはなんだか……」

彼女の様子に釈然としないものを感じる僕だけを残して。

僕はその後も二人で話せそうなタイミングを見つけてはシルフィに接触を試みた。

けれど結果は語るまでもなく全敗。まともに会話が成立する間もなく逃げられ、僕への悪戯《いたずら》はむしろ激しさを増す一方だった。ダメだ。逆に嫌がらせみたいになっちゃってる……。

なので僕はシルフィと直接話すことを諦《あきら》めて、ほかの子たちにシルフィのことを尋ねてみた

のだけど、

「わかんない！　あの子ずっとムスっとしてて喋《しゃべ》らないし、ロザばあ以外が近づくと意味わかんないくらいキレるし！」

「それより兄ちゃんさ、早くまた追いかけっこしようぜ！　今度は俺が兄ちゃんの変態スキル攻略してタッチしてみせるからさ！」

と、そんな具合であまり有効な情報は得られなかった。

(そういえばシルフィって師匠たちやロザリアさんにくっついてるとき以外は大体一人で、洋館にもあまり近寄らないんだよね……)

まるで人との接触そのものを嫌っているような。

けれどそれ以外は特にシルフィについてわかることはなく、彼女が僕に対して異常に攻撃的な理由もさっぱりわからなかった。

ロザリアさんや師匠たちに聞いてみればなにかわかるかもしれないけど、

「それはなんだか、告げ口みたいであんまり気が進まないしなぁ……」

いざとなればそうも言っていられないんだろうけど……そうして悩んでいても打開策は思いつかず、僕は師匠たちから課せられた子守修行に専念するしかないのだった。

*

そうしてクロスが小さな精霊との関係をどう改善するか頭を悩ませ、シルフィがさらなる悪戯《いたずら》を仕掛けようと孤児院で暗躍していた頃。

そんな二人の様子に、最初からずっと気づいている三つの影があった。

洋館の屋根に腰掛けシルフィたちの動きを感知しているS級冒険者三人組だ。

「おいどうする？　そう簡単に事が運ぶとは思ってなかったけどよ……想定以上にシルフィがよくねえ方向に突っ走ってんぞ。クロスと会わせるのはやっぱまだ早かったんじゃねえの？」

素材採取からいったん戻ってきてクロスたちの様子が変わっていないことを確認したリオーネは悩ましげに眉根《まゆね》を寄せながら口を開く。

「けどまあ、ばーさんから頼まれた〝もうひとつの依頼〟もやるなら早いほうがいいってのは確かだしな。もう少し続けてみるしかねえか」

「うむ。だがこのまま同じ状況を繰り返したところでなにも変わらないだろう。ロザリアの嫗《おうな》に言われた〝あの方法〟はあまりに慎みがないので避けたかったが……シルフィの奮起と独り立ちを促すためだ。仕方あるまい」

「う～ん、私もロザリアおばあちゃんの提案したアレはちょっとどうかと思うんだけど……シルフィちゃんを助けてここに預けた責任もあるし、ほかにいいやり方も思いつかないしねぇ」

そうして三人はなにやら少しばかり頬《ほお》を赤らめてそわそわしつつ――ロザリアから頼まれ

た〝もうひとつの依頼〟のために心の準備を整えるのだった。

＊

ロザリアの隠れ孤児院がある迷いの森。

そのすぐ近くにある街に、荒れた酒場があった。

もともと客層の良い酒場ではなかったが、ここ最近の辺境領の治安悪化によってさらに客層が悪化し、ガラの悪い者たちが連日のようにたむろするようになっていたのだ。

今日もあちこちで皿の割れる音や喧嘩《けんか》の音が響き、客と同じかそれ以上に人相の悪い店主が怒声を張り上げる。

そんななか、店の一角を堂々と占拠する十人ほどの集団があった。

人数に対してかなりの席数を占めているのだが、誰も文句をつけはしない。

その理由はただひとつ。

一団の中心に位置する男の纏《まと》う凶悪な気配が明らかにカタギのものではなく――その実力が頭ひとつ抜けていると容易に感じ取れたからだ。

「いいかお前ら。今回の儲け話はとっておきだ。成功すりゃ、人生を何度やり直したって使いきれねえ額の金が入ってくる」

ドンッ！　酒のグラスをテーブルに叩きつけるようにしながら、荒くれ者の長を務める男が低い声を漏らした。三十代前半。筋肉質な体軀《たいく》と顔の火傷痕が特徴的な目つきの鋭いヒューマンだ。周囲を睥睨《へいげい》しながら男は話を続ける。

「もちろんリスクはある。今回のターゲットはそもそもが上級職程度じゃ相手にならねえ化物なうえに、世界でも指折りの怪物がそいつを匿《かくま》ってる可能性が高いって話だからな。だが幸い……ここは特殊ダンジョンの多い辺境領。俺たちでもやりようはある。力に劣る俺たちだからこそ、な」

言って火傷の男が取り出したのは周辺の地図と、異様な魔力を纏うマジックアイテムだった。

ざわっ。それを見た部下たちは火傷の男が語った荒唐無稽《こうとうむけい》な計画が決して非現実的なものではないと悟り、にわかに色めき立つ。

火傷の男が言う「ターゲット」は存在からして信じがたいものではあるが……迷いの森に妙な子供が〝出る〟という曖昧《あいまい》な噂《うわさ》はこの街に入ってから何度か聞いたことがある。火傷の男が見せた超希少マジックアイテムの存在もあわせ、夢を見るには十分なものがあった。

その興奮も合わさってか、部下の一人が酒を勢いよく煽《あお》りながら口を開く。

「さすがお頭《かしら》！　毎度毎度いい話をもってきてくれるもんだ！　しっかし前々から疑問だったんですが、一体どこからそんな情報やアイテムを引っ張ってきてんです？　特にこんな希少マジックアイテム、それこそアルメリア王国やウルカ帝国みてえな大国の上層部と繋《つな》がりでもな

「きゃあ――」

ボギィ！

瞬間、機嫌良く話していた部下の声がぶつりと途絶えた。

火傷の男の放った拳《こぶし》が、顔面を陥没させる勢いで部下の顔にめり込んだのだ。

周りの構成員が「バカ……！」と漏らすがもう遅い。

「おい、なあ、入団時に、聞いたはずだよな。俺への詮索は、禁止だ、ってよ」

バキ！　ドカ！　ベキ！　グチャァ!!

言葉を句切りながら、火傷の男が無表情で部下の顔面に拳を叩き込み続ける。

レベル50。上級職の全力でだ。

それからほどなくしてピクリとも動かなくなった部下を床に転がし、血の滴る拳を不愉快そうに拭いながら火傷の男は周囲を睨《ね》めつけた。

「こいつは一番の新入りだったたな？　うちのルールは説明してなかったか？」

「い、いやそりゃもちろんしてたさ！　けどこいつが止める間もなく……っ」

「次はもっと賢いヤツを勧誘してこい」

言って、火傷の男は震え上がる部下たちを引き連れて席を立つ。

「店主、迷惑かけたな。アレ片付けといてくれや」

ついさっきまで部下だった肉塊を指さし、火傷の男はカウンターに大量の金貨をばらまく。

店主は突如起きた惨劇にほかの客と同様に言葉をなくしていたが……これ以上関わり合いになるのを避けるため無言で金貨を受け取り男たちを見送るのだった。

「ったく。盗賊団なんかに入るヤツはバカが多くていけねえ。まあ大仕事の前に足を引っ張りかねねぇカスを処分できたと思っとくか。なんせ今回のターゲットは……この世に二人といねえ雷の精霊なんだからな」

万全を期すに越したことはない。

人攫《ひとさら》いを専門とする盗賊団の頭――ローベルト・ヴァイルは自らの火傷痕を指先でなぞりながら、その顔に凶悪な笑みを浮かべた。

7

上級職と戦う力を付けるための短期集中合宿は、冒険者学校が休みになる毎週末に計画されている。

ロザリアさんから課された子守という名の修行は、やはりというかなんというかたった二日の滞在でクリアできるようなものではなく、僕は一度バスクルビアに帰還。

いつも通り学校に通いつつ常に探知スキルを発動することで熟練度を集中的に伸ばし、次の週末に再びロザリアさんの隠れ孤児院を訪れていた。

そうして僕は再度子供たちとの追いかけっこに邁進《まいしん》していたのだけど……シルフィとの関係が一向に改善されないなかで、さらに困ったこと（?）が起きていた。

追いかけっこの様子を見守り適宜助言をくれていた師匠たちの様子が、明らかにおかしいのだ。それというのも、

「お、おうクロス。今回の追いかけっこもいい線いってたぞ。毎回真剣に攻略の糸口を模索してるからだろうな。端から見ても挑戦のたびに成長してるのがよくわかる。……その、アレだ、そういう修行にひたむきなところ、あたしは、す、好きだぜ」

「ふぇ!?」

「《無職》だからと腐らず努力を続けてきたことで、何事にも全力で取り組むクセがついているのだろう。君のその鍛錬に対する姿勢は非常に……その、こ、好ましく思う」

「ふぁ!?」

「ク、クロス君のことは前から、す、好きだったけど～、そうやって頑張ってるとことを見てたらもっともっと、だ、大好きになっちゃうな～」

「……っ!?」

普段からよく僕のいいところを褒《ほ》めてくれる師匠たちの言葉選びが、その……とっても際どいのだ。そのうえ師匠たちはなぜか本当の告白みたいに顔を赤らめ、どこか気恥ずかしそうに言うものだから本気で勘違いしてしまいそうになる。

弟子として、というのはわかっているのだけど、それでもその甘い言葉が耳に響くたびに顔を真っ赤にしてなにも言えなくなってしまうのだ。

……正直、大好きな師匠たちにそう言われること自体は困ったことでもなんでもない。

というか、凄《すご》く照れてしまって心臓が痛いくらいドキドキするのを除けばむしろかなり嬉しいことだったのだけど……。

「……っ!!」

（っ！　シルフィが、シルフィが凄い顔でこっちを睨《にら》んでる……！）

問題は師匠たちにはずっとシルフィがくっついていて、師匠たちの際どい褒め言葉を近くで聞いているということだった。

師匠たちはシルフィの様子に気づいていないのか、彼女のことを撫《な》で撫でしたりオヤツを与えて甘やかしながら繰り返し僕のことを褒めてくる。

そしてそのたびにシルフィは「調子に乗るなよこの《無職》が……！」とばかりに怒気を増すのである。

かといって師匠たちに「褒めるのをやめてください」なんて変なことを言えば理由を説明しなきゃいけないし……。

「ど、どうすれば……」

と、僕は師匠たちの甘い言葉とシルフィの殺気の板挟みにあいながら隠れ孤児院での追いかけっこを続けていたのだけど――。

「ほお、こりゃ驚いた。うちの子たちを相手にした追いかけっこだ。もっとかかると思ってたが……本当にもう脱出しちまいそうじゃないか」

「ま、あたしの弟子だからな。このくらい当然だぜ」

「うむ。私の弟子だからな」

「わたしのなんだよねぇ」


隠れ孤児院、再訪二日目。

素材採取を終えた師匠たちも全員揃った、夕方最後の追いかけっこ。

ロザリアさんが目を丸くして言うように、僕は仮想市街地脱出を目前にしていた。

追いかけっこを繰り返すことで劇的に伸びたスキルの効果はもちろん、（我ながらどうかと思うけど）師匠たちの甘い言葉が上手くパフォーマンスに作用したのだろう。

ロザリアさんのスキルの影響で身体《からだ》が重いのも関係ないとばかりに、スキルを駆使して幻の市街地を駆け抜ける。

（シルフィのことはどうしていいかわからないままだけど……こっちはどうにか師匠たちの素材集めが終わるのと同時に達成できそうだ……！）

子供たちの追跡を逃れて角を曲がる。

すると視界に飛び込んでくるのは、ここにきて初めて目にする仮想市街地の出口だ。

「あとはここを突っ切れば……っ！　《中級気配探知Ｌｖ３》！　《中級体外魔力感知Ｌｖ３》！

《中級気配遮断Ｌｖ２》！」

ここしばらくの集中的な修行で一段階上の領域へと飛躍した盗賊《シーフ》系スキルと感知スキルを全力で展開。

僕を止めようと迫る子供たちの位置を把握して不意打ちを避けつつ、《身体能力強化》も発動して一気に勝負を決めにかかる。ただ、成長を遂げた探知スキルを併用してもいまだに捉えきれないものはあって、

「まだだあああ！　俺が兄ちゃんを止めてやる！」

巨大な白狼に変身できる獣人のケニーが気配を殺したまま、凄《すさ》まじい身体能力で死角から飛び出してきた。

けどそれも対策済みだ！

「遅延魔法《マジックストッカー》　解放《リリース》！　《トリプルウィンドランス》！」

このときのために温存しておいた中級風魔法を発動。

かなりギリギリのタイミングではあったけど、どうにかケニーに触れられる前に手の平をかざすことができた――けど、そのときだった。

バチィッ！

「わっ!!」

「――っ!?　えっ!?」

突如。いきなり。なんの前触れもなく。

僕のすぐ近くの建物の中にまったく想定外の気配が出現し――大声とともに激しく窓を叩いた。

それはギリギリの戦闘の中、感知スキルを全力発動して鋭敏になっていた僕の意識を逸らすのに十分すぎるイレギュラーで。

（……!?　シルフィ!?）

目前に迫るケニーから目を逸らしてしまった僕の視界には、窓の向こうでニヤニヤと笑うシルフィが映り込んでいた。追いかけっこの最中はずっと師匠にくっついてるはずなのに!?

そんな混乱のただ中で、僕の手の平が強力な風魔法を放つ。

「ぎゃっ!?」

少し狙いの逸れた風の槍《やり》が地面を抉《えぐ》り、巻き上がる砂塵《さじん》でケニーの鋭敏な目や鼻を封じた。

それ自体は《トリプルウィンドランス》を放った狙いのひとつだったからいいのだけど――

問題はケニーだけでなく僕の体勢まで崩れていたことで。

「くっそー！　これくらいじゃ止まらないぞー！」

「ちょっ、ケニー!?　わあああああっ!?」

そこから先は滅茶苦茶だった。

五感を封じられたまま凄《すさ》まじい速度で突っ込んでくるケニーと、それを変な体勢でどうにか避けようとする僕。けれどそんな状態で狼の巨体を避けきれるわけもなく――ケニーの爪が僕のズボンに引っかかり、とんでもない速度で吹っ飛ばされる。

仮想市街地のゴミ捨て場に頭から突っ込んだ僕の耳に響くのは、押し殺すようにケラケラと笑うシルフィの声だ。

「ぷぷっ、いい気味。お姉ちゃんたちに好き好き言われて浮かれてるからそうなるんだ、ざまあみろ！」

バチッ！

愉快そうに言い放って消えるシルフィの気配。そしてそれと入れ替わりに、修行の様子を見守ってくれていたリオーネさんの声が聞こえてきた。

「シルフィがトイレに行くっつーから少し目を離してたら、惜しいとこで終わっちまったな。おいクロス大丈夫か――っっ!?　ぎゃあああああああっ!?」

「っ!?　な、なに!?」

いままで聞いたことのないようなリオーネさんの悲鳴が響き、僕は慌ててゴミ山から顔を出す。すると今度はテロメアさんとリュドミラさんの珍しく動揺しきった声が聞こえてきた。

「ク、クロス君……♥」

「ク、クロス、早く服を着なさい……っ」

「え……？　っ!?　わあああああああああああっ!?」

指の隙間からこっちを凝視して固まるテロメアさん。そして耳の先まで赤くなって顔を逸すリュドミラさんの指さすところを見てみれば――僕のズボンはズタボロに引き裂かれていて。見えちゃいけないものが見えまくっている惨状に、僕は顔から火が出る思いをしながら下半身を手で隠す。正直隠し切れてないけど！

（う、うぅ……。いくら予想外の不意打ちがあったとはいえ、集団戦で大事なのは不測の事態への対応力なわけで……これはシルフィのせいじゃなくて完全に僕の実力不足だ……もう少しでクリアできるところだったのに……）

リオーネさんたちが「あ、あたしらはいったん遠くに行っとくから服の用意しとけ！　なっ！」とその場から逃げるように飛んでいき、子供たちが「変態にーちゃんが本物の変態になってるーっ！」といままでで一番盛り上がるなか。

シルフィとの関係改善どころか追いかけっこ修行のほうまで締まらない結果に終わり、僕はがっくりと肩を落とすのだった。

＊

本日最後の追いかけっこも終わり、すっかり日が落ちた頃。

燭台《しょくだい》の炎が照らす薄暗い洋館の中を、シルフィは一人で歩いていた。

リオーネたちがなにやら心を落ち着かせるため（？）にどこか遠くへ行ってしまい、ロザリアも追いかけっこ空間の片付けに手を取られていたため、先ほどまで林のほうで時間を潰《つぶ》していたのだ。

一人の時間は寂しくて退屈で、ふとした瞬間に昔のことを思い出しそうになるから嫌いだけれど……今回のシルフィはずっとご機嫌だった。

いまもその整った顔に「にひひ」と笑みを浮かべ、足取りも踊り出しそうなほどに軽い。

先ほど仕掛けた《無職》への修行妨害があまりにも上手くいったからだ。

「ぷふっ、あーあ、何度思い出しても傑作。ちょっと邪魔してお姉ちゃんたちからがっかりされちゃえばいいって思ってたけど、まさかあんなに間抜けなことになるなんて」

下の服がビリビリになった状態でゴミの山に頭から突っ込んで……あまりの情けなさにお姉ちゃんたちの前で笑いを堪《こら》えるのが大変だった。

「あんな無様に失敗した様を見れば、さすがにお姉ちゃんたちも愛想が尽きるでしょ！」

なんだったらもうすでに師弟関係なんて解消されて《無職》はどこかに捨てられてるかもしれない。なんて想像し、シルフィはさらに笑みを深める。

けどそうしてご機嫌に足を進めるなか……ふと、シルフィの顔に影が落ちた。

「そうだ……捨てられちゃえばいいんだ」

ぽつりと漏れたのは、行き場のない感情を吐き出すような低い声だ。

「だってあの《無職》は、お姉ちゃんたちじゃなくたっていいんだもん。私と違って、なにも気にせず、誰にでも触れるんだもん……！」

バチバチバチバチッ！

その強い感情に呼応し雷そのものである身体《からだ》の輪郭が揺らぐなか、シルフィは諦観《ていかん》と鬱屈《うつくつ》に満ちた目で、膨大なエネルギーを放出し続ける自らの手の平を見下ろす。

だがそこで「はっ」としたようにぶんぶん頭を振り、

「せっかくお姉ちゃんたちが来てるんだから、こんなこと考えてる時間がもったいない」

なんだかよくわからない理由で孤児院を飛び出していったお姉ちゃんたちも、さすがにもう戻ってきてるはずだ。食堂のほうからは良い匂いがして、ロザばあが今日も美味《おい》しい晩ご飯を作ってくれているのがわかる。

「えへへ。今日の晩ご飯はなんだろう」

あの《無職》に一泡吹かせられたし、今日のご飯はきっといつにも増して美味しいはず。

お姉ちゃんたちも独り占めできて、久しぶりにとびきり楽しい時間を過ごせるはずだ。

そんな予感にワクワクしながら、駆け足で食堂へと向かおうとしたときだった。

「……？」

食堂の手前にある談話室から騒がしい声が聞こえてきた。

その部屋は夜や雨の日に孤児院の子供たちが集まって遊んでいる部屋で、普段からそこそこ騒がしい。

けれどいま漏れ聞こえてくる声はいつにも増して騒がしく、さらにはお姉ちゃんたちの声もするような気がして。明かりの漏れるその部屋をシルフィがドアの隙間から覗《のぞ》き込むと――、

「そうだな。確かにクロスが自省してる通り、探知スキルに頼りすぎると不意打ちへの対応力が知らず知らず下がってたりするもんだ。その辺りは常に意識しとくだけで結構変わるからな。訓練の最中に自分で気づけたのは儲けもんだ。その調子でまた次だな。……ぐっ、目が勝手に下半身のほうに……バレねえように全力で視線と気配を誤魔化《ごまか》さねぇと……っ」

「結界再構築のための素材集めはほぼ完了しているが、今回の追いかけっこもまた来週末に挑戦すればいいだろう。失敗のまま終わってもいいことはないし、そのほうが子供たちも喜ぶだろうからな。ひとまず時間をおいて心を落ち着かせたが……大丈夫か？　平静は装えているか？　ここでボロを出しクロスの下半身のことが頭から離れないとバレたが最後、品のない女だと思われてしまう……！」

「練習で失敗を重ねたほうが本番で同じ状況になったときすぐ対応できるようになるし、なんなら失敗の数を増やすために何回だって挑戦していいからねぇ。そうしたらまたアレが見られるかも知れないし……♥」

「は、はい！　ありがとうございます！　う、うぅ、リオーネさんたちは全然平気そうだけど、やっぱり下半身を見られたのは……また顔が赤くなっちゃう……っ」

そこには信じられない光景が広がっていた。

以前とまったく変わらず……いやむしろシルフィの目がないからか、ひときわ温かい声音でリオーネたちがクロスに指導の言葉をかけていたのだ。リオーネがクロスの頭を乱暴に撫《な》で、リュドミラが静かに寄り添い、テロメアが回復スキルを使いながら抱きつこうとしてぶっ飛ばされている。

今日の失敗でクロスに失望した様子など微塵《みじん》もなく、むしろその失敗を口実にクロスと話せるのを楽しんでいる節まであった。

そればかりか――、

「そうだよ兄ちゃん！　来週も来てあの変なスキル構成また見せてよ！　まだ使ってないスキルもあるって聞いたぞ！」

「てゆーか兄ちゃんスキルが強くなるの早くない!?」

「変態だ！」

「次は私がタッチするから！」

リオーネたちだけでなく孤児院の子供たちまでもがクロスに群がっていた。

一見弱そうに見えるクロスは子供たちに警戒心を抱かせず、なおかつあり得ないスキル構成と成長速度は子供たちの好奇心をこれでもかと刺激していたのだ。クロス本人の物腰が柔らかいのもあり、すっかりいい遊び相手として扱われている。

クロスも群がる子供たちに照れながら「ありがとう。じゃあまた来週もお世話になろうかな」と笑っていて。そんなクロスの表情を盗み見ているリオーネたちの表情も柔らかくて……少年はすっかり団欒《だんらん》の中心になっていた。

「…………なんで」

薄暗い廊下に立ち尽くし、服の裾をぎゅっと握って項垂《うなだ》れるシルフィの口から掠《かす》れた声が漏れる。

激情が溢《あふ》れるかのように、その大きな瞳《ひとみ》に水滴が溜まっていって――。

＊

師匠たちと目を合わせるのがまだ恥ずかしくて、ふと廊下へと続く扉へ目を向けたときだった。

「……シルフィ？」


少しだけ開いたドアの隙間から、薄暗い廊下に精霊の女の子が立っているのが見えた。

なぜかしばらく孤児院から離れていた師匠たちが戻ったことに気づいてやって来たのだろう。

けど……なにかがおかしかった。

いつまで経ってもシルフィが部屋に入ってこないのだ。

いつもなら僕と師匠たちの間に割り込むような勢いですぐに駆け込んでくるはずなのに。

師匠たちもなにかほかのことに気を取られているのかシルフィに気づいていないみたいで。

あまり僕のほうから話しかけないほうがいいかもしれないけど……とは思いつつシルフィを部屋の中に呼ぼうと腰をあげた。そのとき。

僕はようやくそれに気づく。

シルフィが泣いていたのだ。

項垂《うなだ》れたシルフィの顔は黄色の髪に隠れてよく見えない。けれどその白い頬《ほお》には大粒の涙がボロボロとこぼれていて。

「シルフィ!?　どうしたの大丈夫!?」

ついさっきまで下半身が丸出しになった僕の痴態を見てあんなにご機嫌だったのに！

なにがあったのかと僕は慌ててシルフィに駆け寄った。その瞬間、

「なんで……っ！」

シルフィが顔を上げ、震える声を漏らした。

涙で顔をぐしゃぐしゃにしたシルフィは、酷《ひど》く辛そうな表情でまっすぐ僕を睨《にら》みつけていて、

「――なんでお前ばっかり!!」

いままでずっと溜め込んできた激情が爆発するかのようにシルフィが叫んだ――次の瞬間。

ゴロゴロゴロピシャアアアアアアアアアアアアアアアアアッ!!

「え――うわああああああああああああっ!?」

眼前で凄《すさ》まじい音と光が弾けるのとほぼ同時、僕の身体《からだ》を凄まじい激痛が襲った。

なにが起きたかもわからないまま為す術《すべ》無く床に倒れ、指先一つ動かせない。

それがシルフィから放たれた電撃によるものだったと気づいたのはあとになってからのことで――。

「なっ!?　ちょ、大丈夫かクロス!?　おいテロメア治療急げ！　全身焼け焦げてやがる！」

「わあああああっ!?　クロス君死んじゃ駄目だよ～！」

「落ち着け二人とも！　私が鍛えた魔防ステータスの効果もあって致命傷には至っていない！

ほかの子らも怪我《けが》はないか！　くっ、私としたことがクロスの下半身が気になってシルフィの接近はおろか様

子がおかしいことにも気づくのが遅れるとは……っ！」

急速に薄れていく意識の中で僕が最後に見たのは大慌てで駆け寄ってくる師匠たち。

それから、

「あ……あ……っ!?」

床に倒れて動かない僕を見たシルフィが真っ青な顔で震えていて。

「ご、ごめ……なさ……ごめ……っ！」

バチッ！

混乱したように頭を掻《か》きむしるその幼い姿が雷速で掻き消えると同時、僕の意識も完全に途絶えるのだった。

「シル……フィ……」

真っ暗なはずの意識の中で、罪悪感と自責に押しつぶされたように震えるシルフィの泣き顔が、いつまでもこびりついて離れないまま。

8

「あ……う……？」

「っ！　気がついたかクロス！」

目を覚ますと、師匠たちが心配そうな様子で僕の顔を覗《のぞ》き込んでいた。

その距離の近さにドギマギしつつ、僕は寝かされていたベッドから身を起こす。

僕が気を失ってからまだほとんど時間は経っていないみたいで、晩ご飯の匂いがかすかに漂ってきていた。

「ええと……僕はなんで気絶して……」

「シルフィの電撃を至近距離で食らったのだ」

自分の身に何が起きたのかわからず、まだぼんやりする頭を押さえながら漏らすと、リュドミラさんが端的に口を開く。

「幸い、魔防補正スキルの効果もあって見た目ほど酷《ひど》い怪我《けが》ではなかったがな。シルフィが無意識に加減したのもありそうだが」

「でも油断は禁物だよ～！　痛いとことか違和感のあるところがあったら言ってね～！」

リュドミラさんに続き、テロメアさんが僕の頭を抱えながら言ってくれる。

ああそっか。

シルフィが泣いてて、どうしたのかと思って駆け寄ったら音と光が弾けて――アレはシルフィの電撃だったのかと気絶する直前の光景を思い出す。

けどそんな記憶の中で一番印象に残っているのは電撃を食らったことなんかじゃなくて……。

「痛い思いをさせてすまなかったね」

「ロザリアさん……？」

記憶を遡っていた僕に謝罪の言葉を告げたのは、ベッド脇の椅子《いす》に腰掛けているロザリアさんだった。元S級冒険者のおばあさんは火の入っていない煙管《キセル》を手慰みにしながら言葉を続ける。

「けどあんまりあの子を……シルフィを責めないでやっとくれ。あの子が嫌な思いをするとわかっててあんたをこの孤児院に長く滞在させたのは、ほかならぬあたしなんだからね」

それは、シルフィが裏で僕を邪険に思っていたのを完全に把握していたのだろう口ぶりで。

これまでずっと解消できなかった疑問を、僕はようやく尋ねることができた。

「……シルフィが僕をあんなに敵視するのは――師匠たちに過剰なくらい懐いてるのは、なにか事情があるんですか？」

「……」

ロザリアさんは静かに目を閉じる。

そしてどこか逡巡《しゅんじゅん》するように沈黙したあと「さすがにもう話さないわけにはいかないね」と端的に語るのだ。

シルフィの抱える事情を。

「あの子はね、自分の雷《からだ》を制御できないんだよ」

「制御、できない……?」

「ああ。肉の身体はあるんだが、基本的には常に雷状態になっちまってるし、出力もベタ踏み。感情が高ぶったり体調が悪いときなんかは特に顕著でね。そのせいで、あたしやそこの悪ガキ三人組みたいなS級冒険者並みの相手でないと、安心して甘えることもできないのさ。あの子の身体は上位の雷撃魔法そのもの。大抵の人間はあの子に触れただけで大怪我《おおけが》しちまうからね」

「……っ。それで……」

師匠たちにあれだけ強く好意を向けていたのか。

帝国から助けてくれただけでなく、世界でほぼ唯一、安心して甘えられる存在だから。

氷解した謎《なぞ》はそれだけじゃない。

思い起こされるのは、シルフィが孤児院の子供たちを避けているという話。そして不用意に近づこうとした僕を必死に威嚇《いかく》して遠ざけようとしていたときのこと。

あれは僕のことが嫌いだからってだけじゃなくて……自分の力で周囲が傷つかないようにしていたんだ。

「あの子もね、ここに来た当初は自分の身体を制御しようと必死に訓練してたんだよ。ユニークスキルである以上、コントロールは可能なはずだってあたしたちの言葉を信じてね。……でも、途中ですっかり心が折れちまった」

ロザリアさんが愁いを帯びた声で言う。

「身体《からだ》が発展属性魔法そのものなんてふざけた状態を制御する……そんなもんは熟練の《魔導師》でも手こずるだろう至難の業でね。出力調整の必要がない雷速移動の精度を少しあげるくらいがせいぜいで、まだ《職業《クラス》》も授かってない九歳の子供が「どうせ上手くいきっこない」って塞《ふさ》ぎこんじまうには十分すぎる無理難題だったのさ。……でもね、そうやって訓練が上手くいかないのはほかにも理由があるんだ」

ロザリアさんは煙管《キセル》に火を入れながら目を伏せる。

「あの子は自分の能力を酷《ひど》く忌避してた。授かった《職業《クラス》》を受け入れられない子が酷く伸び悩むように、自分の資質を否定した子が伸びないってのはよくある話でね。ただでさえ制御の難易度が高すぎるところにそんな要因まで重なっちゃあ、これまでたくさんの子を指導してきたあたしでもいよいよどうしようもなくなっちまう」

「自分の能力を忌避……？」

これまでの話からシルフィが自分の能力を好いてないことは十分にわかる。

けどあんなにも強くて凄《すご》い力を「忌避」なんて強い言葉を使ってまで否定することに《無職》の僕が不思議に思っていると、ロザリアさんは「思い出したくない話なのか、あたしもまだシルフィから詳しくは聞けちゃいないが……」と断りを入れてから、その理由を口にした。

「シルフィはね、あの子の体質を疎ましく思った母親に捨てられたのさ」

「え……!?　な、なんで……」

　思わず口にした僕に、ロザリアさんは「バカだね、理由はいくらでもあるだろう」と達観したように煙を吐く。

「制御できずに周りを傷つける雷の身体に、魔力の濃い場所でないと健康を維持できない子供精霊の体質。世界に二人といないその希少性は実力のある人攫《ひとさら》いにとって格好の獲物だし、魔力を好んで食べる特殊なモンスターも寄ってくるだろう。あの子の両親は精霊の血を少し引いていただけで強さはそこそこだったようだからね。いくら対処してもキリがない障害の多さに、どこかで限界が来たんだろうさ」

「そんな……」

　決して比べるようなことじゃないけれど……それは多分、小さい頃に両親を失った僕よりもずっと辛いことで。

　言葉をなくす僕に「……あんたは優しいね」と言いつつ、ロザリアさんはさらに言葉を重ねる。

「だからあの子は、自分の体質《ユニークスキル》が世界で一番嫌いなんだよ。誰にも甘えられず、親にも捨てられ、周囲の人間を傷つけるだけの過剰な力がね。でもそうやって自分の能力を忌み嫌ってちゃあ、いつまで経っても制御はできず、さらに自分の体質を呪う負の連鎖が続くだけ。だから……その忌避を塗りつぶすほどに奮起できるナニカがあればと思ったのさ。あの子がもう一度訓練に専念するようになる理由がね」

言って、ロザリアさんが僕を真っ直ぐ見つめた。

そうして口にするのは、僕をこの孤児院に長く滞在させた本当の理由だ。

「それはたとえば、大好きなお姉ちゃんたちを横からかっさらって可愛《かわい》がられてるヤツ。それはたとえば、《無職》なんて絶望的な《職業《クラス》》でも訓練次第で芽が出ると体現してくれるヤツ。……そんないけすかないライバルが修行に打ち込む様を褒《ほ》められてりゃ、あの子も自分の体質への忌避なんて忘れてまた訓練に打ち込んでくれるんじゃないかと……期待してたのさ。このままずっとあたしらだけに甘えさせてても、あの子のためにならないからね」

「ま、あたしらに懐いてくれること自体は別に良かったんだけどな。可愛いし」

と、ロザリアさんの説明を静かに聞いていたリオーネさんたちが口を開く。

「しかしそれも現状では私たちにしか触れられないからという側面が大きい。ほかにも多くの者と交流し、その結果として私たちを好いてくれるのであれば問題はなかったのだが……いまのシルフィをとりまく環境はいささか健全とは言いがたかったのでな」

「なによりあのユニークスキルをちゃんと制御できれば、そのうち授かる《職業《クラス》》とあわせて凄《すご》い自衛の力になるから。素材採取の依頼にあわせて、シルフィちゃんのやる気が出るように色々やってみることにしたんだよねぇ」

シルフィを帝国から救い出してここに預けたという師匠たちは一連の事情を当然のように把

握していたみたいで、ロザリアさんの説明を補足するように語る。

「だがまあ、そう上手くはいかなかったらしい」

ロザリアさんは電撃で焼け焦げた扉に視線を向けつつ、まるで懺悔《ざんげ》するかのように言葉を漏らした。

「けどよく考えてみれば当然だね。あたしらみたいな負けん気の強い冒険者《跳ねっ返り》と違って、シルフィは強力すぎるユニークスキル以外、まだまだ小さな普通の子供なんだから」

まったく。何百万のモンスターを殺せようが百を超えたババアになろうが、子供を育てるってのは一筋縄じゃいかないねと、ロザリアさんは自嘲《じちょう》するように話を締めくくる。

そして僕に頭を下げながらこう言うのだ。

「本当に悪かった。事情も説明せず損な役割を押しつけちまって。詫《わ》びと言っちゃあなんだが、あたしにできることならなんでもするから、あの子のことは許してやってあげてくれないかい」

「あ、あの、だったら！」

と、僕はロザリアさんの言葉を半ば遮るように声を張り上げていた。

「だったらもう一度だけ、シルフィと話をさせてもらえないでしょうか」

「え？」

僕のそのお願いに、ロザリアさんが目を丸くする。

僕は自分でも言いたいことの整理がつかないまま口を動かしていた。

勇者の末裔《まつえい》エリシアさんが、どこか辛そうに自分の話をしてくれたときみたいに。シルフィの身の上を聞いた僕はどうしても、じっとしていられなかったのだ。

「正直、なんて声をかけていいのかはわからないです。僕はきっと、あの子から見たらあまりにも恵まれすぎてて……なにを言ったって反発されて、彼女を頑《かたく》なにしちゃうだけなんじゃないかと思います。けど……」

けどそれでも、僕に電撃を食らわせたときのシルフィの顔があまりにも悲壮で。

自分の力を呪っているというその事実が、あまりにも悲しくて。

「せめて、電撃なんて全然大丈夫だったよって。それだけでも僕の口から伝えたいんです」

それは多分、いまのシルフィにとって気休めにもならないだろうけど。

それでもこのまま顔を合わせず帰るなんてできるはずないと、僕はロザリアさんに頭を下げていた。

「あんた……」

ロザリアさんはそんな僕を見て少しだけ啞然《あぜん》としたあと「ククク ッ」とおかしげに笑い、

「まったく……悪ガキ三人がつくづく面白い弟子を拾ったじゃないか。師匠の悪影響を受けないことを祈るよ。……シルフィのほうもこっちが長話してるうちに少しは落ち着いただろうし、あんたら師弟で迎えに行ってやりな。いまあの子の居場所を探るから」

言って、ロザリアさんは集中するように目を閉じた。

この隠れ孤児院はロザリアさんの支配領域であり、中の出来事はある程度把握できるらしい。集中すればシルフィがどこに隠れているかもわかるようで、僕たちはそれまでしばし待機する。

……が、なにか様子がおかしかった。

いつまで経ってもロザリアさんがシルフィの居場所を告げないのだ。

どうしたんだろう、と思った次の瞬間。

「……ない」

「え？」

「孤児院の結界内にシルフィの気配がない……！」

「え⁉」

ロザリアさんの言葉に僕だけでなく師匠たちもぎょっと声を漏らす。

途端、師匠たちが探知スキルを展開するために敷地内の各所へ散らばるのだけど、

「おいマジでシルフィのやつどこにもいねえぞ⁉」

「孤児院の子たちもシルフィちゃんがどこにいるか知らないって〜！」

リオーネさんとテロメアさんが叫び、それを聞いたロザリアさんがいよいよ顔色を失う。

「まさかあの子、雷光が目立つこんな夜中に孤児院の外へ⁉　結界を誰かが出入りしたら集中せずとも感知できるはずなのに、こんなときに結界のボロが出るなんて……！」

ここまで耄碌《もうろく》してたのかい、あたしは……！　とロザリアさんが唇を嚙《か》みしめるなか、リ

ユドミラさんが努めて冷静に魔力を漲《みなぎ》らせる。

「……っ。とにかく急いで探しに行こう。夜の森はただでさえ危険なうえに、現在この辺境領の治安はお世辞にもいいとはいえない。いまならまだあの子の魔力をたどれるはずだ」

「っ！　僕も行きます！」

即座に動き始めた師匠たちに抱えられ、僕も孤児院の結界を飛び出した。

——こういうのを、虫の知らせというのだろうか。

どうしても拭えない嫌な予感に、胸をざわつかせながら。

＊

バチバチバチバチッ！

星明かりすらない夜の森を、激しい閃光《せんこう》が駆け抜けていた。

クロスに電撃を浴びせてしまったすぐあと、ガタがきていた結界の探知をすり抜けて森に飛び出したシルフィだ。

絹糸のように滑らかな黄色の髪を振り乱して進むその頰《ほお》に、大粒の涙が幾筋も伝う。

「またやっちゃった……またやっちゃった……！」

雷化による連続高速移動で林を一気に突き抜け、能力発動の合間にはその小さな足で必死に走る。周囲の枝や葉を焦がし、息を切らしながら辿《たど》り着いたのは、森の中に点在する黄色の花畑のひとつだった。ロザリアの許可をもらい、昼間の極短い時間だけ通っていた場所だ。

息を整えることすらせず、シルフィは追い詰められた表情で花畑にしゃがみ込む。

「またこの身体《からだ》で、人を傷つけて……！　それもお姉ちゃんたちが大事にしてたあの《無職》を……でも、でも大丈夫、大丈夫……！」

お母さん言ってたもんね。

この黄色のお花が仲直りの気持ちを届けてくれるって。

お母さんとお父さんが喧嘩《けんか》したときはそれが仲直りの合図だったって。

私を捕まえようとする悪い人たちからずっと逃げてたとき、お母さんが私なんか産むんじゃなかったって言ったときも、このお花で仲直りしたもんね。

無理が祟《たた》ってお父さんが死んじゃってから、ずっと魔力の満ちた場所に行けなくて、体調を崩した私がお母さんを大怪我《おおけが》させちゃった次の日。お母さんが急にいなくなったときも、置いてあった手紙とこのお花で、私はお母さんのこと許したよ。

大変だったよね。私みたいに危なくて面倒臭い子なんかと一緒にいたくなかったよね。仕方ないよねって。こんなふうに生まれてごめんなさいって。

時間はかかったけど。

ずっとお母さんを探してたけど。

悲しかったけど。

頑張って許したよ。

だからきっと、たくさんお花を集めればお姉ちゃんたちも許してくれる。

仲直りできる。

もう捨てられたりなんかしない。

このお花を渡せば。捨てられる前に急いで集めて謝れば。

今度は手遅れになんかならない。今度はきっと大丈夫。だから、だから……！

ほとんどパニックを起こしながら、シルフィは思い出の花をかき集める。

けれど——バチバチバチッ！

「あ……あ……っ!?」

完全に平静さを失った雷の身体《からだ》はいつも以上に制御が効かなくて、手にした花はことごとく焼け焦げてしまう。

それがさらにシルフィのパニックを加速させ、何度も何度も同じ事を繰り返す。

「そ、そうだ……っ」

周囲に焼け焦げた花が積み上がった頃、シルフィはようやくそれを思いついた。

リオーネたちから昔もらった耐電性の特殊な魔法服。これで包み込むように摘めばきっと大丈夫なはずだ。そしてその予想は正解だった。

「これだけ集めれば……！」

スカート部分を持ち上げて、そこに溜め込まれた花を見てようやくシルフィは少しだけ安堵《あんど》の表情を浮かべる。あとはシルフィの雷化にも同調してくれるこの特殊な魔法衣で包めば花も一緒に移動できるはず、と孤児院へ戻ろうとした――そのときだった。


カサッ……。


「っ！」

花畑の周囲からほんの微《かす》かに葉のこすれる音がした気がして、シルフィは肩を跳ね上げる。

そこでようやく、自分が月明かりすらない夜の森に一人で出てきたことを思い出した。

急に心細さと、なにが潜んでいるかもわからない夜の闇《やみ》に恐怖が湧《わ》いてくる。

けど大丈夫だ。

「高速移動すれば、誰にも見つからずに戻れるもん」

そもそも雷そのものである自分に害をなせるものなどこの世にほとんど存在しないのだから
――と唯一まともに制御できる雷速移動を発動させたようとした、そのときだった。

キイイイイインッ！

「えーーきゃあああああああああああああああっ!?」

シルフィの特殊な魔力に反応するように花畑全体の地面が禍々《まがまが》しい音と光を放ったのは。

瞬間、シルフィの身体《からだ》を激痛が襲った。

それはまるで、彼女の身体を内側から引き裂くような痛みで。

高速移動どころか、身体をろくに動かすことさえできずにシルフィは地面に倒れ込む。

そしてそんな彼女に追い打ちをかけるように、地面から放たれた禍々しい光と同じ輝きを纏《まと》う縄が彼女を捉えた。雷化によって物理的な拘束はもちろん、生半可な魔法拘束さえも無効化する彼女の身体を。

「……っ!?　……な、んで……!?」

混乱と痛みで言葉を発することさえままならない。

そんな彼女の耳に——酷《ひど》く機嫌のいい男の声が響いた。

「怖いくらいに上手くいったな。花畑も一つじゃねえから長丁場になると思ってたんだが……まさか自分からバリバリ光って居場所を知らせてくれるたぁな」

一体いままでどこに潜んでいたのか。それは周囲に十人以上の仲間を引きつれた、全身から暴力の気配を発する男だった。

顔の火傷が特徴的なその男は当たり前のようにシルフィの身体を掴みあげ、凶悪な笑みを浮かべる。

「よしよし。精霊封じの魔道具もちゃんと作動してるな。まあちょっとばかし乱暴な魔道具だから体内の魔力回路はしばらくズタズタだろうが……こうなっちまえば上級職を瞬殺する精霊《バケモン》もただのガキだ」

火傷の男がなにを言っているのかシルフィにはなにひとつ理解できない。

だがいままで散々なくなればいいいと思っていた雷化の力が封じられたのは事実で。

目の前の男が獲物を見る獣の目で自分を見下ろしているのは紛れもない現実で。

「あ……あ……いや、いやだ……離して……！　ロザばあ、おねえちゃ……助け……むぐっ⁉」

恐怖で声を掠《かす》れさせながら必死に絞り出した声も途中で塞《ふさ》がれる。

火傷の男の周囲にいた手下たちが、共同で発動した精霊封じの魔道具を回収しながらシルフィの口を布で塞いだのだ。

彼らは鑑定水晶らしきものでシルフィを覗《のぞ》き込み、

「……っ！　すげえすげえ！　本当に精霊の血を引いてやがるぜこのガキ！」

「売り飛ばせばいくらになるやら……！　一生ついてくぜ、ヴァイルの頭《かしら》！」

「浮かれるんじゃねえバカども。予定通りさっさとあの場所にずらかるぞ。このガキを匿《かくま》ってるっつうバケモンがいつ探しに来るかわからねえんだからな」

火傷の男――ローベルト・ヴァイルが一喝した途端、場の空気が一気に引き締まる。

そして男たちはシルフィを抱えて即座に走り出した。

彼らは光源のない夜の森をかなりの速度で疾駆し、無駄口も油断もなくどんどん孤児院から離れていく。闇《やみ》のほうへ、闇のほうへと。

「……っ！　……っ！」

一切の抵抗を封じられたシルフィは恐怖に顔を歪《ゆが》めて……そこでようやく現実を思い出す。

ああそうだ。しばらく安全に暮らせていたから、すっかり忘れていた。

この身体《能力》はいつだって他人を遠ざけるくせに……ろくでもないものばかり引き寄せるということを。

第四章　たった一人の奪還戦

1

ゴオオオオオオオッ！

シルフィの残した魔力を追い、森の木々を吹き飛ばす勢いで師匠たちが空を駆ける。

そうして瞬く間に辿《たど》り着いたのは、森の中に点在するというカモミールの群生地だ。

シルフィが両親との繋《つな》がりを求めて時折通っていたらしい花畑のひとつで、彼女がわざわざ夜に孤児院を抜け出したとなれば行き先はここで間違いなかった。

けれど——そこには信じられない光景が広がっていた。

「……っ。なんだこれは……！」

手の平に保持した業火で周囲を照らすリュドミラさんが目を見開いて声を漏らす。

僕も、それからリオーネさんとテロメアさんも血の気が引いたように言葉を失っていた。

シルフィの姿だけでなく、そこには僕が以前目にした美しい花畑の面影さえなかったから。

焼け焦げた大量の花に、たくさんの人間が乱雑に踏み荒らしたような形跡。

そしてなにか妙な魔力の気配が残っていて、花畑の向こうにうっすらと続いているようだった。

「一体なにが!?　まさか……!?」

攫《さら》われた!?

頭をよぎるのは最悪の結論。

けれどあの強力無比なユニークスキルを持つシルフィの身にそうそうなにかあるわけが――

とシルフィの無事を信じたかった僕に、リュドミラさんの逼迫《ひっぱく》した声が現実を叩きつけてきた。

「……っ。焦げた花はシルフィの電撃によるもののようだが……まさかこの魔力の残滓《ざんし》、精霊拘束具か!?」

「……!?　な、なんですかそれ!?　そんなものが!?」

この状況においてもっとも聞きたくなかったマジックアイテムの存在に思わず叫ぶ。

リュドミラさんは残された気配が偽装されている可能性も考慮してか、全力かつ丁寧に魔力の残滓を探りながら口を開く。

「特A級の魔道具だ。本来なら大国の上層部クラスにしか用意できない代物だよ。精霊の能力を無効化し、常人でも捕縛できるようにする強力な品だ」

「それだけじゃねえ……!」

髪の毛を逆立てながらリオーネさんが言う。

「精霊拘束具ってのは、体内にある魔力回路をズタズタにして無理矢理能力を封じるっつーカスみてぇな魔道具だ！」

「な……!?」

言葉を失う僕に、リオーネさんが唸り声をあげるように続ける。

「ここに残った気配からして誘拐犯どもは大した使い手じゃねえ。せいぜいが上級職、なのにこんな魔道具が用意できて、しかもあんなガキに使うたぁまともな連中じゃねえぞ……！」

犬歯を剝《む》き出しにしたリオーネさんが全身に魔力を漲《みなぎ》らせる。

その怒りに満ちた様子が、シルフィの置かれた状況がどれだけまずいかを物語っていて。

「……っ！　早く追いかけないと!!」

「おう！　当然だ！」

手の平に拳《こぶし》を打ち付けると同時、リオーネさんがテロメアさんの襟首を摑《つか》む。

「テロメア！　シルフィはあたしらが追っかけるから、てめーは孤児院のほう戻ってろ！」

「当然だよ～！　これだけ周到に精霊誘拐を企てるような相手、もしかすると孤児院のほうも狙ってるかもしれなああああああああっ！」

リオーネさんにぶん投げられ、テロメアさんが衝撃波とともに空をすっ飛んでいく。

当然のように行われる非常識な移動法と一瞬で行われる判断に僕が目を剝くと同時、誘拐犯の気配を正確に補足した師匠たちが魔力を滾《たぎ》らせた。

「行くぞクロス！　しっかり摑《つか》まっていなさい！」

「はい!!」

「クソ野郎どもが舐《な》めた真似しやがって……！　骨の欠片《かけら》も残らねえと思え！」

世界で一番頼りになる師匠たちが、シルフィを救うべく全力で夜の闇《やみ》を突き進む。

——けど、僕たちはこのときまだ知らなかったのだ。

シルフィの誘拐を企てたならず者が、どれだけの勝算をもって事に及んだか。

その悪意に満ちた周到さを。

＊

「っ!?　……っ!?　な……んだこのデタラメな殺気は!?」

シルフィを攫《さら》って逃走を続けていた人さらいたちの頭、ローベルト・ヴァイルは漆黒の闇を振り返りながら掠《かす》れた声を漏らしていた。

逃走に際して追っ手を感知するために使っていた周辺探知系のスキルが、突如としてあり得ない魔力を感知したのだ。

それはたとえるなら、噴火する火山や地震そのものが雷のような速度で突っ込んでくる気配。

意志を持った天災が明確な殺意を持ってこちらを狙う絶対的な死の予感だ。

これまで幾つもの修羅場を超えてきたと自負しているヴァイルの全身から冷や汗が吹き出し、あまりに濃密な殺気に走馬灯さえ見え始める。

ヴァイルほどの探知能力がない周囲の部下たちも一息遅れて「な、なんだこれ!?」「殺される……!?」とほとんど錯乱しかけており、隠す気もないその膨大な魔力はそれだけでこちらの戦意を刈り尽くそうとしていた。

「ふざけろ……！　バケモンがいるかもしれねえとは聞いてたが、ここまでぶっ飛んだ怪物が出るとは聞いてねえぞ……！」

ヴァイルはイカれたように早鐘を打つ心臓を落ち着けようと頰《ほお》の火傷をなぞる。

その頰に消えない火傷を刻み込んだ者と同じかそれ以上の怪物のおでましに、思わず全力の恨み言が漏れていた。

だが――、

「ハッ、ははは っ！　ギリギリ間に合ったぜ……！　正直こんだけの化物が来たとあっちゃあ逃げ切れるかは賭けだが……もともと人外級を出し抜くつもりでやってんだよ俺ぁ！」

ヴァイルは九死に一生を得た高揚で高笑いしながら、部下たちとともに目的の穴蔵へと雪崩《なだ》れ込む。そして少しでも背後に迫る気配から離れられるように全力疾走を続けながら、

「残念だったなガキ、てめえを助けに来た怪物どもはもうまともに俺たちを追えねえよ」

「……っ⁉」

迫る膨大な魔力に希望を見いだしていたシルフィの心を砕くように、逃げ込んだ広大な洞穴が有する特殊な性質について囁《ささや》くのだった。

*

「あそこだ！　誘拐犯と精霊捕拘束具の気配は近いぞ！」

夜の森を突っ切ってリュドミラさんが降り立ったのは、大きな山の麓《ふもと》にある洞穴の前だった。

一足先に着地していたリオーネさんが「っしゃ！　全員ぶっ殺してやる！」と物騒なことを叫びながら、いの一番に洞窟へ突っ込んでいく。

シルフィが攫《さら》われてから少し時間が経っていたみたいで花畑からここまでそこそこの距離があったけど、その距離も師匠たちの反則的な機動力があればほどんどゼロみたいなもの。

洞窟前に残る魔力の残滓《ざんし》は僕でもどうにか感知できるほどで、犯人たちがここに逃げ込んだのはまず間違いなかった。

これでシルフィを助け出せる、と安堵《あんど》に近い確信とともに、僕とリュドミラさんもリオーネさんに続いて洞窟へと向かう――が、次の瞬間だった。

「あ……？」

凄《すさ》まじい勢いで洞窟に突撃しようとしていたリオーネさんが急に立ち止まったのは。

一体どうしたんだと思っていれば。

「……っ!?　おいおいおい……こりゃまさか……!?」

リオーネさんは愕然《がくぜん》とした表情で立ち尽くし、洞窟の入り口に手を伸ばす。

その瞬間——バチンッ！

リオーネさんの手が、不思議な力によって弾かれていた。

まるで洞窟への侵入を阻まれるように。

「え……!?」

その光景に、僕の全身から血の気が引く。

いま起きた現象を、つい最近見たことがあったから。

加えて僕の脳裏をよぎるのは、「特殊なダンジョンが多い」といわれるこの辺境領の特色。

つまり、濃い魔力を帯びたこの洞窟の正体は——、

「レベル制限ダンジョンか!?」

リュドミラさんが逼迫《ひっぱく》した声でその答えを口にする。

強さが意味をなさない、むしろ足かせにさえなってしまう特殊空間の名を。

「ゴミどもがどこまでもうざってぇ真似しやがって！　だがダンジョンに逃げ込んだっつーなら袋の鼠《ねずみ》だ！　見た感じこのダンジョンのレベル制限は60程度。ギルドに連絡とって上級職

パーティを十組くらい突っ込めば――」

「いや、誘拐犯どももそこまで愚かではないらしい。むしろ非常に周到かつ狡猾《こうかつ》だ」

大地が割れる勢いで地面を殴りつけるリオーネさんの言葉を、鑑定水晶らしきマジックアイテムを覗《のぞ》き込んでいたリュドミラさんが遮る。

「このダンジョンの特色はどうやらレベル制限だけではないらしい。とかく広大で地域一帯に根を伸ばしている。……私たちの《職業《クラス》》では把握しきれないほどの範囲にいくつもの脱出ルートを有する巨大ダンジョンだ。ここは無数にある出入り口のひとつに過ぎない」

「……っ！」

リュドミラさんの分析にリオーネさんが言葉をなくす。

さらにリュドミラさんはギリッと歯ぎしりさえしながら、

「しかも厄介なことに、広大すぎて出入り口の正確な数さえ不明だ。探知スキルで発見した出入り口に罠《わな》を仕掛けるなどの手もあるにはあるが……短時間ですべての出入り口を発見できる保証がない以上、どうしても取り逃がす可能性が高くなる……！」

「ぐっ……！　けどほかに手がねえってんなら、出入り口をしらみつぶしに捜しまくるっきゃねえか……！」

「うむ、分の悪い賭けだが現状では……」

師匠たちが必死に対策を講じる声が響く。

その様子はシルフィを救うための確実な手が存在しないと察するに余りある緊迫した声で。

普通なら弟子である僕が――レベル０の《無職》である僕が口を挟む余地がないほどのものだった。

けれど……ある。

攫《さら》われたシルフィの行き先を正確に補足し、助け出すための手はひとつだけあるのだ。

「リオーネさん！　リュドミラさん！」

迷っている時間も遠慮している時間もない。

だから僕は即座にその案を口にしていた。

この場で最も弱いレベル０にしかできないその方法を。


「僕がダンジョンに潜って直接シルフィを助けにいきます！」


「「っ!?」」

僕の言葉にリオーネさんとリュドミラさんが目を剝《む》いて振り返る。

「……っ。それはあたしも一瞬考えたが……わかってんのかクロス、敵の頭は十人以上の手下を従えてる上級職だぞ！　そのうえバスクルビアの冒険者と違って、最低限の加減も知らねえ犯罪者《カス》どもだ。あたしらの手が届かねえ場所で挑むのはいくらなんでも無茶だぞ!?」

「わかってます。敵が一筋縄じゃいかないのは。でも――」

リオーネさんの言うように、この策は危険極まりない愚行なのだろう。

怖くないと言えば嘘《うそ》になる。

モンスターとも違う人間の悪意を前に胃が締め付けられる。ダンジョン内で格上の犯罪集団へ単身挑む緊張に、手の平から汗が噴き出してくる。けど、

いま僕がこれだけ怖いなら、シルフィはもっと怖いはずなんだ……！

だから僕は、心底心配してくれているとわかるリオーネさんを真っ直ぐ見返しながら、

「――そんな上級職の脅威に立ち向かえるように、僕は今日までリオーネさんたちの集中合宿で鍛えてもらってたんです……！」

「……っ！　そりゃ、そうだが……っ」

「……わかった。ダンジョン内部での追跡はクロスに任せよう。現状確実にシルフィを救出するにはその手に賭けるしかあるまい」

「おいリュドミラ!?」

苦悩するように表情を歪《ゆが》めていたリオーネさんがぎょっとしたように声をあげる。

リュドミラさんはそんなリオーネさんを手で制止しながら、

「ただし、行くならせめてこれを持って行きなさい」

言ってリュドミラさんが懐から取り出したのは、布袋状のアイテムボックスだった。

中には以前、僕が一人でレベル制限ダンジョンに挑戦したときに渡されたアイテムが入っていた。遠距離でも僕の様子がわかる水晶や最高級ポーション、一人用のダンジョン脱出アイテムだ。

「本来ならもっとシルフィ救出に適したアイテムを持たせたいところだが、いまはそれしか準備がない。危ないと感じたらすぐに脱出しなさい。それが君を行かせる条件だ」

静かにそう告げるリュドミラさんは、けれど強く葛藤するように拳《こぶし》を握りしめていて。

「……ありがとうございます、リュドミラさん」

「～っ！　ああクソ、シルフィのことを考えりゃうだうだやってる時間もねえか！　おいクロス、あたしらも全力でダンジョンの出口を押さえる！　無理だけはすんじゃねえぞ！　魔力回路を傷つけられてるシルフィには脱出アイテムが使えねぇ可能性もあるから帰り道のことも考えてな！」

「はい！」

そうして僕はリオーネさんの檄《げき》とリュドミラさんの後押しを受けて、その特殊ダンジョンへと一人で足を踏み入れる。

「シルフィ……！　いま助けに行くから……！」

《中級気配遮断》！　《中級体外魔力感知》！　《身体能力強化》！

洞窟内に残る魔力の残滓《ざんし》を追い、僕は僕の出せる最大速度でダンジョン内を突き進んでいった。

＊

クロスがダンジョンに突入する少し前。

迷宮の最奥に、身体《からだ》を横たえて眠る影があった。

本来、迷宮の最奥は空の広間になっており、そこに巨大な力が生み出されるのは何者かがその聖域に足を踏み入れたときだけだ。

だが巨大な力が侵入者を返り討ちにした場合、生み出された力はしばらくの間その場に留まることがあった。

それが何日、何年になるかは迷宮によるが……少なくとも《彼》は前回の侵入者を返り討ちにしてから数年にわたってその場に眠り続けていたのである。

だがそのとき、覚めるはずのない深い眠りが唐突に覚める。

『……っ！』

鋭敏な触角が、《彼》の好物である魔力の気配を――あまりにも極上かつ特異な魔力がダンジョンに入ってきたことを察知したのだ。恐らく二度と出会うことはないだろう唯一無二の甘露の匂い。

次の瞬間、《彼》は動き出していた。

それは、《彼》自身想像だにしていなかった異常事態。

本来、生み出されたその場から動くはずのない巨大な力が、その聖域から移動を開始したのだ。

迷宮の最奥から、浅層へ、浅層へ。

迷宮の主としては小柄なその身体を引きずり、《彼》は極上の香りを追って岩窟を進み続けた。

迷宮のルールに逆らうほどの強烈な食欲に突き動かされるまま。

極上の甘露――精霊の魔力に引き寄せられるように。

2

魔力の影響で淡い燐光《りんこう》に照らされるレベル制限ダンジョン内を、クロスは立ち止まることなく疾走していた。

全力で発動し続けているのは、以前のダンジョンソロ攻略時よりも飛躍的に成長した《中級気配遮断》だ。スキルに呼応して短剣へと姿を変えた〝無価値の宝剣〟ヴェアトロスの遮音効果もあわせ、時折遭遇するレベル40近いモンスターにもほとんど認識されないまま洞窟の中を駆け抜ける。

それと同時に発動しているのは、攫《さら》われたシルフィを追うための《中級気配感知》と《中級体外魔力感知》だ。

（二つの感知スキルを併用しても、僕の追跡能力は師匠たちに大きく劣る。ただでさえ魔力の満ちたダンジョンの中、シルフィを縛ってる拘束具の気配を見落とさないようにするのがやっとだ……！）

時間経過でどんどん薄くなり、全力で集中しないといつ見失ってしまうかわからない微《かす》かな痕跡《こんせき》。しかしそれでもクロスは盗賊団の逃げた先へと正確に、迷うことなく突き進むことができていた。

「こっちか！」

その視線の先に転がっているのは、まだ新鮮なモンスターの死体。

シルフィを攫った盗賊団が道中で討伐したと思われるモンスターが、道しるべのように点々と続いていたのだ。恐らくはシルフィの気配を消すことができないため、ダンジョン内に跋扈《ばっこ》するモンスターを躱《かわ》しきれずに相手取る必要があったのだろう。

（これならまだ未熟な僕の感知スキルでも十分に追えるし、盗賊団の逃走速度も落ちる！）

しかしモンスターの死体もそう都合よく目視できる範囲に続いているわけではなく、時間経過でシルフィの気配がどんどん薄くなっていく以上、油断は絶対にできない。

「急がなきゃ……っ！」

とクロスが極限まで探知スキルに集中しながら、速度を落とすことなく疾走し続けていたそのときだった。

「「「――シッ！」」」

突如。ダンジョンの入り組んだ脇道から黒衣の男が三人、音もなく飛びだしてきた。

その手に握られた短刀が首、腹、目とそれぞれ別角度から一切の躊躇《ちゅうちょ》なくクロスの急所を狙い宙を奔《はし》る。

「死ねや正義の味方気取りが！」

「あのガキがいくらで売れると思ってやがる！」

「どこのどいつか知らねえが、あの化物みたいな気配の主じゃなきゃ速効で返り討ちだ！」

そう叫び凶刃を振るう男たちは、シルフィを攫った盗賊団の構成員だ。

曲がりなりにも《盗賊《シーフ》》としての技能を積んできた彼らはクロスの追跡に早い段階で気づき、息を潜めて待ち伏せしていたのだろう。

《中級気配遮断》を使っているはずのクロスの動きを正確に察知し、完璧とも言えるタイミングで少年に必殺の不意打ちを仕掛ける。

だが――《気配遮断》を使った相手の気配を感じ取れるのは、今日までひたすら探知系スキルを磨き続けてきたクロスも同じこと！

「遅延魔法《マジックストッカー》　解放《リリース》！　《トリプルウィンドランス》!!」

「「「な――!?　があああああああああああああああああっ!?」」」

男たちの待ち伏せを微《かす》かに察知していたクロスは、事前に用意しておいた魔法を即座に解放。特殊な杖《つえ》へと姿を変えたヴェアトロスによって威力を増した風の槍《やり》が、通路全体を飲み込む勢いで男たちを吹き飛ばした。

《気配遮断》の練度からして、三人の男たちは全員がレベル30前後の《中級盗賊《シーフ》》だったのだろう。暗躍に特化し魔防ステータスに劣る彼らはその一撃で完全な戦闘不能に陥る。

動きやすさと遮音性能重視の黒衣は強烈な風に引きちぎられ、装備のほとんどが吹き飛ばされていた。

クロスはその惨状を見下ろしながら、

「あなたたちが逃げ隠れに特化した《職業《クラス》》でよかったです。あとで加勢されないようにこうしても、ひとまずモンスターには襲われないですから」

言いつつ、短刀状に変化したヴェアトロスで《中級体外魔力感知》の効果を拡張。クロスは散らばった装備の中からポーションの類いを瞬時に見つけ出し、躊躇《ちゅうちょ》さえ時間の無駄とばかりに踏み砕く。

「て、めえ……!?」

かろうじて意識を保っていた盗賊たちが絶望したように漏らすが、いまのクロスにそんな声はほとんど聞こえていなかった。

「こんな人たちに絶対シルフィは渡さない……!」

小さな女の子を売り物扱いして悪びれる様子すらない犯罪者たちに怒りを燃やしながら、クロスは男たちの後処理にほとんど時間を割くことなく追跡を続行する。

そんな少年を同じような待ち伏せや罠《わな》が繰り返し襲うが――、

「邪魔だあああああああああああっ!!」

「「「ぎゃあああああああああああっ!?」」」

いくら気配を消せる盗賊《シーフ》の集団とはいえ、モンスターの跋扈《ばっこ》するダンジョンでは待ち伏せの程度にも限度がある。《中級気配探知》と《中級体外魔力感知》を有し、S級冒険者による拠点攻略実習を経験したクロスには足止めにすらならなかった。

そうしてほとんど立ち止まることなくダンジョンを駆け抜ければ――やがてクロスの探知スキルがはっきりとその気配を捉える。

いつ消えるとも知れない魔力の残滓《ざんし》などではない。

それは、特殊な魔道具によって拘束された少女の確かな生きる鼓動だ。

「シルフィ！」

助けに来たことを示すようにその名を叫びながら岩窟の角を曲がれば——そこに、いた。

これまで進んできた岩の通路とは比べものにならないくらい広い空間。

ダンジョンのボス部屋を思わせる大広間の真ん中あたりに精霊の女の子が投げ出されている。

魔力のこもった縄で縛られ、布で口を塞《ふさ》がれたシルフィだ。

「……っ!?」

大広間に駆け込んできたクロスを見て「なんであんたが……!?」とばかりに見開かれた目は泣き腫らしたように真っ赤。

しかしその身体《からだ》に怪我《けが》らしい怪我はなく、どうにか追いつけたことも含めてクロスは思わず安堵《あんど》の息を吐く。だが、それも束の間。

「おいおいマジか……！」

「……っ！」

地面に投げ出されていたシルフィを片手で軽々と摑《つか》みあげながら驚いた声を漏らす火傷の男に、クロスの意識は釘付けになった。

恐らく、寄ってくるモンスターを少しでも減らすために強力な《気配遮断》スキルを使っているのだろう。視界に入れてなお存在が希薄な、しかしそれでも消しきれない圧倒的な〝暴〟の気配を纏《まと》うその男に肌がビリビリと粟立つ。

「あのふざけた殺気と魔力のバケモンが送り込んでくるくらいだ。《中級盗賊《シーフ》》の手下《雑魚》どもがやられるのも不思議はねえと思ってたが……まさかてめえみてえなガキが……!?」

広範囲を探知できる盗賊《シーフ》系スキルで戦況を事前に把握していたのか、クロスを待ち構えるように立っていた男は信じがたいとばかりに瞠目《どうもく》する。

だがそんな驚愕《きょうがく》も、火傷痕の残るその顔からはすぐに消え去った。

「……いや、この世界、外見や年齢なんざあてにならねえか。その《気配遮断》の練度に体捌《さば》き、短時間でここまで辿《たど》り着いた事実。なんにせよタダのガキじゃねえな」

言って、火傷の男は握っていた大ぶりのコンバットナイフを油断なく構え直す。

その言動のひとつひとつが、火傷の男のほうこそタダ者ではないとクロスに突きつけていた。

これまで襲いかかってきた者たちとは迫力がまるで違う。

まだ鑑定スキルが使えないクロスから見ても、その立ち居振る舞いと隙《すき》のない身のこなしは別格と断ずるに十分だった。あのギムレットを彷彿とさせる、しかし遙《はる》かに凶悪な獣のごとき威圧感が安易に切り込むことを許さない。

(間違いない……あれがリオーネさんの言ってた上級職。人攫《ひとさら》いのリーダーだ……っ！)

ギムレットとの決闘とは違い、情報がほとんどない上級職《上格》とダンジョンで対峙《たいじ》するという状況に全身から汗が噴き出す。しかしそれでも一切怯《ひる》む様子を見せずにクロスは火傷の男へ剣を構えた。

「その子を――シルフィを返せ！」

「おーおー、やる気満々じゃねえか」

声を張るクロスに反し、火傷の男は不敵に口角を吊《つ》りあげる。

「だがこっちはてめぇとまともにやりあう理由なんざひとつもねえ。もたもたしてると化物どもにダンジョンの出口を押さえられる可能性があがるからな。っつーわけで――少しでも抵抗してみろ、このガキ殺すぞ……!!」

「ひぐ……っ!?」

「……っ！」

大ぶりのコンバットナイフがシルフィの柔らかい喉《のど》にぐっと押しつけられると同時。

火傷の男から質量さえ感じられるほどの圧と殺意がまき散らされた。

（これは――威圧スキル!?）

以前、喧嘩《けんか》祭りで食らったドワーフの威圧とは比べものにならない。

上級職から放たれる、魔力のこもった本気の威圧。

加えてあまりにも堂に入ったその脅しにシルフィが喉を鳴らし、クロスもほとんど反射的に身体《からだ》をこわばらせた。そのときだ。

「バカが！　死にさらせ！」

「ナイス脅迫っすヴァイルさん！」

「――っ!!」

クロスがなにか考えるより先に、背後の岩陰から二人の男が飛び出した。

クロスが広間に飛び込んでくる前から身を潜め、その隙《すき》をじっと窺《うかが》っていた《中級盗賊《シーフ》》だ。

火傷の男――ローベルト・ヴァイルの脅しによって動きを止めた少年へ、打開策を練る間もなく襲いかかる。実戦において致命的な迷いを生じさせているだろうクロスに喜々として凶刃が叩き込まれた。

だがその刹那《せつな》――ほとんど反射的に少年の頭をよぎるのは、つい最近授けられた師匠たちの物騒な教えだ。

『こういう連中にとって人質は苦労して攫《さら》ってきた商品だからな。できるだけ傷つけたくねえって心理がある。その隙や迷いを突いて攻め潰《つぶ》せば問題ねえぞ』

『あるいは無詠唱魔法の精密射撃で狙撃するという手もある』

僕に人質だけを狙いから外す精密射撃の腕はまだない……だったら――っ！

瞬間、クロスは正面を向いたまま自らの背後に手の平を突き出していた。

《中級気配遮断》を使っているだろう《中級盗賊《シーフ》》たちの位置を正確に捉え、道中で再度仕込んでおいた魔法を解き放つ。

「遅延魔法《マジックストッカー》　解放《リリース》！　《トリプルウィンドランス》！」

「「な……っ!?　があああああああっ!?」」

至近距離から暴風を食らった男たちが壁に叩きつけられ沈黙する。

と同時にクロスは走り出していた。

全力の《身体能力強化》、そして後方へ解き放った中級風魔法の反動さえ利用し、ゼロから瞬時にトップスピードへ。迷うことなく突き進む。

（シルフィを怖がらせちゃうことになるけど……！）

しかしこの状況においてはそれが最善。

シルフィを人質にとることでクロスに迷いを生じさせ、一気に片を付けようとしていた卑劣な盗賊《シーフ》へ、今度はクロスが〝動揺〟を叩きつける。

「……っ!?　盗賊《シーフ》スキルを使ってるヤツが風魔法に身体強化!?　いやそれより、この状況で突っ込んできやがった……!?」

それまで不敵な笑みを浮かべていたヴァイルの顔に何重もの驚愕《きょうがく》が浮かぶ。

だが、その動揺もほんの数瞬だった。

「ガキの判断力じゃねえな……っ！　だったら――てめえはもう邪魔だ！」

「あぐ――っ!?」

「な……!?」

瞬間、クロスは我が目を疑った。

シルフィの首筋からコンバットナイフを離したヴァイルが――シルフィを蹴り飛ばしたのだ。

その華奢《きゃしゃ》な身体《からだ》から鈍い音が響き、固い地面を力なく転がる。

「ひぐっ、うぇ……うえぇぇぇぇ……っ！」

身体中を貫く痛みでまともに息をすることさえ難しいのだろう。

蹴られた衝撃で枷《かせ》のはずれた口から掠《かす》れた泣き声が漏れる。その整った顔は恐怖と痛みに歪《ゆが》み、泣き腫らした目からはさらにボロボロと涙が溢《あふ》れていた。

瞬間――ブチィ！

クロスの頭が真っ白になり、その全身を激情が支配した。

なんで――、

「なんでそんなことができるんだ!!」

あまりにも理外の悪意と暴力に、喉《のど》が痛むほどの怒声が迸《ほとばし》る。

全身の血が沸き立つような怒りに突き動かされるまま、全身に魔力を漲《みなぎ》らせ剣を振り抜いた。

その刹那《せつな》の攻防のなか、

「なんでってそりゃお前――」

クロスは確かに、口の端をつり上げるヴァイルの声を聞いた。

「――まだまだケツの青いクソガキから冷静さを奪うために決まってんだろ！」

「っ!?」

瞬間、全力を込めたクロスの剣戟《けんげき》が――全力を込めすぎてブレた剣筋が、いとも容易《たやす》くヴアイルにいなされる。

そしてその勢いのままクロスの懐に入り込んだヴァイルのコンバットナイフが、深々と少年の急所を貫いていた。防具に守られていない腹部に大量の血が滲《にじ》む。

「……っ！」

「はっ！　バカが！　確かにあのガキは大事な商品だが、あんな精霊《バケモン》でもポーション飲ませりゃ多少の怪我《けが》は治るんだ。だったらこうやって有効活用したほうが得ってもんだろ？」

勝利を確信したヴァイルが獣の理屈を唱えながら悪辣《あくらつ》な笑みを浮かべる――が、そのときだった。

「あ？」

ヴァイルがさらに深く刺そうとしていたナイフが、彼の想定を超えて少年の腹部に深くめり込んでいったのは。

腹を刺された少年が、ナイフが貫通するのもいとわず前進し続けていることにヴァイルが気づいたのは。

「そんな攻撃で――」

まったく死んでいない少年の目が、失った冷静さを補ってあまりある気迫でヴァイルを真正面から睨《にら》みつけたのは！

「――誰が止まるかああああああああああああああ!!」

不完全――クロスカウンター!!

「は――!?　があああああああああああああああああああああっ!?」

刹那《せつな》、ヴァイルの顔面に叩き込まれたのは怒りに満ちた少年の硬い拳《こぶし》。

ゴシャアアッ!　骨が砕けるような音とともに、ヴァイルの身体《からだ》が大きく吹き飛んでいた。

3

それはあまりに強引な一手だった。

本来なら相手の攻撃をギリギリで躱《かわ》し、その勢いをも利用して放たれるスキルが《クロスカウンター》だ。だがクロスは《痛覚軽減》によって痛みを誤魔化《ごまか》し、それを攻撃に当たっていないものとして強引に解釈。相手がこちらを刺してきた勢いを殺すことなく前進を続け、躱された剣の代わりに拳を叩き込んでいた。

それこそクロス自身の拳が傷むほどの勢いで叩き込まれた一撃は上級職を吹き飛ばし、ダンジョンの壁に勢いよく叩きつける。岩壁の一部が崩れ、落下した岩石が追い打ちのようにヴァイルに降り注いでいた。

「シルフィ……！」

「ひぐ……うぇ……っ」

殴り飛ばした悪漢には目もくれず、クロスはいまだに痛みで嗚咽《おえつ》を漏らすシルフィの元へ駆けだした。

広間に突入する前に発動しておいた《重傷自動回復》が貫かれた腹と痛めた拳を癒やしきるのも待たず足を動かし、シルフィの痛みを一刻も早く癒やそうと《ケアヒール》を唱える。

が、そのときだ。

「この……イカれてんのかクソガキがぁ……！」

「……っ!?　なっ!?」

顔面に強烈な一撃を食らったはずのヴァイルが瓦礫《がれき》を吹き飛ばし、当たり前のように立ち上がった。ダメージは甚大。しかしそれは戦闘継続になんら支障がないようで、

「ぶっ殺してやる……！」

砕けた鼻を押さえて勢いよく血を噴き出しながらコンバットナイフを構え、凄《すさ》まじい勢いでクロスに突っ込んできた。

（あれだけの一撃を当てたのに……！　カウンターが不完全だったから!?　剣じゃなくて拳での攻撃だったから!?　いや、それだけじゃない、この人まさか――！）

やむをえず《ケアヒール》の詠唱を中断し、クロスは先の一撃で仕留めきれなかった事実に

面食らいながら迎撃態勢に入る。が、

「おせえんだよガキが！　《豪腕撃》！」

「ぐ――っ!?　あああああああ!?」

魔力に包まれたコンバットナイフの横薙《な》ぎをクロスが宝剣ヴェアトロスで受けた瞬間――クロスの身体《からだ》が軽々と吹き飛ばされていた。〝無価値の宝剣〟とまで称されるヴェアトロスには傷ひとつない。だが剣を伝ってきた衝撃が、治ったはずのクロスの手をビリビリと揺らす。

その強烈な一撃は完全に上級近接職のもので……先ほどクロスの脳裏をよぎった仮説がほとんど確信に変わる。

《中級気配遮断》を使ってた僕の動きを遠くから察知するほどの感知スキルに、さっきの威圧スキル。それに、不完全だったとはいえカウンタースキルを当たり前に耐えて反撃してくるこの身体能力は――！

「《上級ローグ》か……っ！」

「はっ、なんだ？　俺のことをいままでただの《上級盗賊《シーフ》》だとでも思ってたか？」

クロスに強烈な一撃を叩き込んである程度の冷静さを取り戻したのか、ヴァイルが口角をつり上げる。

《上級ローグ》。それはシーフ系に属する《職業《クラス》》でありながら近接戦闘にも長けた「ならず者」の《職業《クラス》》だ。純粋な《盗賊《シーフ》》に比べて《気配遮断》など暗躍スキルへの適正は比較的低いが、近接職に準ずる身体能力と組み合わせればその破壊力はかなりのものになる。

当然、上級職まで鍛えられたそのステータスは膂力《りよりょく》、耐久、速度の面で《無職》を遙《はる》かに凌駕《りょうが》する。完全な近接職であるギムレットほどではないにしろ、数々の修行で地力を伸ばしたいまのクロスと比べても十分に格上であることは間違いなかった。

「ま、つまるところだ」

ニヤリと不敵な笑みを浮かべ、しかしまったく笑っていない両眼でヴァイルはクロスを見据える。

「人質で隙《すき》なんざ作らなくても、正面戦闘で俺ぁ十分戦えるんだよ！」

そして始まるのは、油断も手加減も一切ない格上の猛攻だ。

「ぐ、うううううううううっ！」

「オラオラオラオラ！　ユニークスキルかなんだか知らねえが、俺の攻撃を防ぐし躱《かわ》すっつーことはさっきのわけわかんねぇ回復にも限度があんだろ!?　だったら削りきってやるまでだ！」

大ぶりのコンバットナイフを中心にした、徒手空拳を思わせる全身格闘。

荒くれ者の粗野な喧嘩《けんか》術を洗練させたような野生の武が変幻自在の軌道をもってクロスを切り刻む。《緊急回避》でも完全には避けきれず、《身体硬化》と《痛覚軽減》を併用してなお衝撃に表情が歪《ゆが》み、《身体能力強化》をかけても追いつけない。ただひたすらに、シンプルに強い。

だが、

（それでも……僕の地力が上がってるおかげか、相手が純粋な近接職じゃないおかげか……速度特化のギムレットさんほど圧倒的には感じない……！）

ならアレを一撃でも当てれば！

「其は黄昏《たそがれ》の怨嗟《えんさ》　地にひれ伏し　地に埋もれ、深淵の絶望に頭《こうべ》を垂れよ――」

一瞬でも気を抜けば勝敗が決する攻防のなか、クロスは相手に気づかれないよう小さく詠唱を口ずさむ。紡がれるのは、射程がないぶん攻撃魔法に比べて遥《はる》かに詠唱の短い邪法の唄。

「おらぁ！　とっとと死にやがれ！」

そして相手がクロスの隙《すき》を突き、全力の一撃を放ってきた刹那《せつな》。

「――《スピードアウト・バースト》！」

それはさながらカウンターのごとく。

相手の速度を低下させる呪いの黒霧がヴァイルの真正面から広範囲を包み込んだ。

が、次の瞬間。

「バカが！　それでこっそり唱えてたつもりかあ⁉」

「な――⁉　ぐあああああああああっ⁉」

黒霧の効果範囲から一瞬でヴァイルが離脱。

その体躯《たいく》から放たれる重い回し蹴りがクロスの腹に叩き込まれた。

ボキボキボキメキィ！

完全に油断していたクロスの耳に自らの肋骨《あばらぼね》の砕ける音が響き、その身体《からだ》が大きく吹き飛ばされる。折れた骨が肺を傷つけ、痛覚軽減では対応できない呼吸困難の苦しみが少年を襲った。

「が……は……っ!?」

「ったく。風魔法にカウンター、加えて邪法スキルまで使えるたぁ、てめえ本当に人間か？」

ヴァイルがコンバットナイフの背を肩にトントンと当てながら、跪《ひざまず》いて血反吐《ちへど》を吐くクロスを見下ろす。

「だが残念だったな。さっきのイカれたカウンターならまだしも、その程度の不意打ち、感知スキルを鍛え抜いた《ローグ》には通じねえよ。殺る気満々の怪しい魔力が見え見えだったぜ？」

そう言って嬲《なぶ》るような笑みを浮かべるヴァイルの目に宿るのは、なんらかの強力な感知スキルを発動しているのだろう魔力の輝きだ。

「いくつ隠し球をもってるのか知らねえが……てめえの反則めいたスキル構成《初見殺し》なんざ俺には通じねえ。わかったらとっとと諦《あきら》めろ――《身体能力強化》！　《豪腕撃》！」

「……っ！　ぐ、うううううっ！」

《重症自動回復》で傷を癒やしきる前に、ヴァイルの猛攻が再びクロスを襲った。

それは純然たる相性の差。

予見が難しい《無職》の多彩なスキルと策で格上に勝利を重ねてきたクロスにとって、初見スキルの発動をある程度感知してくるヴァイルは相性が悪いどころの話ではなかった。

これがただの《上級盗賊《シーフ》》なら地力で肉薄できただろう。格上なだけの近接職ならば、初見殺しの多彩なスキルと邪法で引きずり下ろすことができただろう。だが《盗賊《シーフ》》と近接職の性質を併せ持ち、強力な感知スキルで不意打ちに対応してくる格上を相手に勝ち筋を見いだすことは至難の業だった。

このままでは地力の差で確実に負ける。

《無職》のアドバンテージを封じられ、為す術《すべ》なくシルフィを連れ去られてしまう。

だがそのとき――、

「そ、うだ……っ」

強力な上級感知スキルによってこちらの攻撃を先読みしてくるヴァイルを――その魔力の流れを凝視してクロスは思い出す。感知スキルは、ただ遠方の気配や奇襲を感じ取るだけのものではないという師の教えを。

(追いかけっこ修行の最中に成功したのはたったの数回で、まだ実戦で採用できるようなものじゃなかったけど……!)

目の前の男の一挙手一投足に、身体《からだ》を奔《はし》る魔力に、全神経を集中させる。

全力で発動するのは、攫《さら》われた少女へ追いつくためにこの特殊ダンジョン内で使い続けてきた二つのスキルだ。

「スキル――」

「この期に及んでなにを足掻《あが》くつもりか知らねえが、無駄だっつってんだろうが！」

連綿と続く攻防のなか、ヴァイルが雄叫《おたけ》びをあげて斬りかかる。

死角から飛び出したコンバットナイフがクロスの首筋目がけて横薙《な》ぎに叩き込まれた。

が、次の瞬間。

「――っ！」

大ぶりのコンバットナイフが、半歩だけ下がったクロスの薄皮一枚かすめて宙を切っていた。

＊

「はっ、回避スキルも使わずに上手く避けたじゃねえか」

急所への一撃をギリギリで避けたクロスに、ヴァイルはそう声をかけていた。

「だがそんな偶然がいつまでも続くと思うんじゃねえぞ！」

言って、ヴァイルが身体を回転させ、大きく踏み込みながら二発目の斬撃《ざんげき》を放つ。

一撃目が避けられたときのためにあらかじめ狙っていた連撃だ。

だが――ギャギャギャギャギャギャギャッ！

「あ!?」

その強力な一撃もまた、ギリギリのところで無効化されていた。

絶妙な角度でクロスが剣を構え、吹き飛ばされることなくその威力を受け流していたのだ。

「ああ……？」

二回連続で攻撃をいなされたヴァイルの口から訝《いぶか》しげな声が漏れた。

攻撃をいなされたこと事態は別におかしくはない。これまでの攻防でも、少年は《中級気配感知》の恩恵もあったのか紙一重で致命傷を避けてきた。だがいま見せた二度の回避には、これまでとは違う妙な違和感があったのだ。

（こいつ、いま……俺が攻撃を仕掛けるより一瞬早く動いてなかったか……？）

ヴァイルの脳裏に「まさか」という言葉が浮かぶ。

だがすぐにそんな可能性はあり得ないと断じ、猛攻を再開した。

先ほどまで少年を圧倒していたコンバットナイフによる近接格闘だ。だが、

ズバババババババッ！

「な……!?」

それはもはや、偶然などという言葉では片付けられない光景だった。

ヴァイルの攻撃が何度も空を切る。

少年を吹き飛ばすはずだった重い一撃が、火花を散らす剣の腹で受け流される。

「ぐ、うううううっ！」

無論、すべての攻撃がいなされているわけではない。

むしろ当たっている攻撃のほうが多く、かするだけで無視できないダメージを与える《上級ローグ》の連撃が少年の体力を確実に削り取っていた。

しかしそれでも――数瞬前までとは、明らかに動きの次元が違う。

「……っ!?」

繰り返されるその荒削りな舞いに、ヴァイルは目を見開いていた。

（こいつ……！）

先ほどは否定したが……もう間違いない。

あまりにも拙《つたな》く不出来。

しかし確実にこっちの攻撃を先読みしている……！

（俺の《攻撃感知》スキルと同じように！）

だが、

「ありえねえだろうが……っ！」

そう。普通はあり得ない。

ヴァイルの使っている《攻撃感知》は盗賊《シーフ》系の上級スキル。それもエクストラスキル並みの習得難度とも言われる高等スキルのひとつだ。決して一朝一夕で身につくものではないし、先ほどまで一方的にやられていた少年が火事場の馬鹿力程度ですぐに使えるようになるものではなかった。

だが現実に、少年は攻撃をいなしている。

拙《つたな》いながらもヴァイルの攻撃を先読みしているとしか思えない適切な防御と回避を駆使して、ダメージを確実に減らしていた。

つまるところそのからくりは――。

（《中級気配感知Lv7》！《中級体外魔力感知Lv7》！）

シルフィの痕跡《こんせき》を必死に追う過程で飛躍的に成長した感知スキル。

追いかけっこ修行の際には熟練度《Lv》の足りていなかったその二つを目の前の男一人に対して集中使用することで、クロスは擬似的に《攻撃感知》スキルを再現していた。

気配感知で相手の動きを、魔力感知で魔力の流れを掌握し、敵の攻撃を事前に察知する。

だがそれはあくまで擬似的なまがいもの。

本職《ヴァイル》の《攻撃感知》に比べればその精度は雲泥の差だ。

瞬きひとつ、呼吸の乱れひとつ、少しでも集中を乱せば即座に攻撃の先読みはできなくなる。

「う、ぐうううううううっ！」

実際に失敗も多く、読み違えた攻撃がいくつもクロスに叩き込まれる。

《重傷自動回復》がなければとっくに勝負の決まっているだろう斬撃《ざんげき》が刻み込まれていく。

そしてその綻《ほころ》びを歴戦の《上級ローグ》は見落とさない。

「ふざけやがって……！　だがその程度の練度で俺と戦えるとでも思ってんなら、舐《な》めるんじゃねえ！　《上級気配遮断》！」

「っ!?」

瞬間、クロスの瞳《ひとみ》に動揺が走る。

ただでさえギリギリだった攻撃の先読みが突如として綻び、ヴァイルの動きが追えなくなったのだ。

《気配遮断》。

それは通常、正面戦闘では大して使い道のないスキルだ。相手の視界に入った状態で気配を消しても意味がないし、攻撃の瞬間にはどうしても魔力が迸《ほとばし》るため、大した不意打ち効果も望めないからだ。

だがそれはあくまで通常戦闘の話。

相手が《攻撃感知》に類する力を使ってくるのならば――さらにそれが拙いものであるならば、純粋な盗賊《シーフ》ではないヴァイルの《気配遮断》でも先読みを妨害する効果は十分にあった。

「おらぁ！　読めるもんなら読んでみろやガキがあ！」

「う……あああああああっ!?」

瞬間、クロスの腹に拳《こぶし》が叩き込まれる。

何度目になるとも知れない重傷に、吹き飛んだクロスの口から血が噴き出した。

「はっ、上級職の真似事なんざ百年はえぇんだよ！」

言って、ヴァイルがさらなる攻撃を仕掛けようと地面を蹴る。

長年の研鑽《けんさん》と実戦を積み重ねて辿《たど》り着いた上級職の〝格〟を見せつけるように、鍛え抜いたスキルでもって凶刃を振るう。

だがそんな死線のただ中で――、

「まだだ……！」

自らの命を刈り取ろうと迫る格上の殺気から目をそらさず、少年はその攻撃を真正面から睨《にら》み据えていた。次こそは攻撃を読み切ってみせるという決意とともに、渾身《こんしん》の魔力を練り上げる。

「もっと……!!」

それは明らかに無謀な選択。百人に聞けば九十七人が蛮勇と断ずる極めつけの愚行だ。

だが――、

「もっとだあああああ!!」

敗北の許されない極限の集中状態が、精霊の少女を必ず助けるという「持たざる者の切望」

が、飛躍的な速度で少年を高みへと導いていく。

上級職と真正面から渡り合える領域へ！

「な──!?」

再び攻撃を躱《かわ》されたヴァイルが喉《のど》を鳴らす。

嘘《うそ》だ、ありえねぇと返す刀で連撃を見舞う。

その多くはクロスを捉え血反吐《ちへど》を吐かせるが──いくつかの攻撃はギリギリでいなされ、いよいよヴァイルは瞠目《どうもく》した。

「なんだこいつ……!?　まさか──」

まさか……この戦いの最中に感知スキルのＬｖが上がっているとでも!?

純粋な上級盗賊《シーフ》に劣るとはいえ、仮にも上級職の《気配遮断》をかいくぐるほどに!?

と、動揺したヴァイルから余裕が消えたその瞬間──ガギィン！

「っ!?　ああ!?」

驚愕《きょうがく》するヴァイルをさらに揺さぶるように、さらなる異常事態が彼を襲う。

師匠譲りのいやらしいタイミングで、少年の握るショートソードが大盾に変異しヴァイルの攻撃を受け流したのだ。

かと思えばその大盾も一瞬で消失。

ガクンッ！　ヴァイルがバランスを崩した瞬間、

「っ!?」

ヴァイルの《攻撃感知》が異常を訴えた。

振り返る。

大盾の影に隠れてヴァイルの死角に潜り込んでいたクロスが短剣を横薙《な》ぎに振るう光景が目に入り、

「――っ！」

ギリギリのところで攻撃に気づいたヴァイルが後ろに下がって攻撃を避けた。

直後、

「《中級剣戟《けんげき》強化》！」

少年のスキルに呼応し、宝剣がその姿を変える。

短剣とはまったくリーチの違うショートソードへ。

「っ!? う、おおおおおおおおおおっ!?」

《緊急回避》！

刹那《せつな》、ヴァイルは咄嗟《とっさ》にそのスキルを発動させていた。

それはほとんど偶然としかいえない咄嗟の反応。強いて言えば「この千載一遇のチャンスにわざわざリーチの短い武器に持ち替えるか？」という微《かす》かな疑問が《攻撃感知》と合わさりヴァイルの超人的な反応速度を可能にしていた。だが、さすがに完全回避には至らない。

「ぐ……っ！」

ショートソードが脇腹をかすめ、流れる血と痛みにヴァイルは顔をしかめる。

だが本当にヴァイルを戦慄《せんりつ》させたのは、そんな浅い傷などではなかった。

「よし、当たるぞ……！」

「……っ!?」

ゾクッ。

いまのいままで使うことのなかった変則的な魔剣。とびっきりの隠し球であろうその一撃でトドメを刺せなかったにもかかわらず、折れるどころか光明を見いだしたとばかりに笑みを浮かべる少年に――誰かの悪影響を受けたのだろうその荒々しい笑みに――ヴァイルの全身がそのとき確かに総毛立った。

二回りも年下の、まだ毛も生えそろっていないようなガキに気圧《けお》されたという事実にヴァイルは愕然《がくぜん》とする。

「な、んだってんだテメエは……！」

スキルの種類といい、異常な成長速度といい――どれだけ差を見せつけられても折れる様子のねえその顔といい！

得体が知れない。

だがとにかく、これ以上ない脅威であることは間違いなかった。

このままダラダラと戦闘を続ければなにが起きるかわからない。

だから——ズギャ！

「ぐっ⁉」

ヴァイルは少年を強引に蹴り飛ばして距離を取り、

「クソが……！　想定外のリスクがあるかもしれねぇ試作品だっつーから使うつもりはなかったんだが……こりゃ出し惜しみなんざしてる場合じゃねえな……！」

その懐から、一対の魔法装備を取り出した。

4

（なんだ……？）

激戦の最中、蹴り飛ばされたクロスの感知スキルが妙な魔力に気づいた。

その出所は、ヴァイルが懐から取り出し素早く装着した一対の手甲《ガントレット》だ。

一見してただの籠手にしか見えない黒の防具。

だがこの局面でポーションの摂取より優先された装備がただの防具であるはずがない——

と警戒を強めるクロスの視界にさらなる異変が映り込んだ。

「……っ⁉　な、に……これ……⁉　力が抜けて……っ」

「シルフィ……!?」

それまでクロスたちの戦いから離れた場所で痛みにあえいでいたシルフィがか細い声を漏らす。かと思えば、シルフィを縛る精霊封じの縄が淡く光り始めたのだ。

（一体なにが……!?　いや、ここで受け身に回るのが一番まずい！）

相手がなにかしてくる前に速攻で潰《つぶ》す！

クロスはシルフィの身を案じつつ『相手がやりたいことをやらせないのが戦いの基本だからね～』という師匠の教えに従い、不安を断ち切るように突撃を敢行した。

が、それとほぼ同時、

「ちっ、相変わらずガキとは思えねえ判断力で突っ込んで来やがる……！」

ヴァイルが吐き捨てるように言いつつ、自身もまた上級職のステータスでもってクロスへと斬りかかってきた。常時全力発動しているクロスの感知スキルがその剣筋を察知する。

（普通の迎撃……!?　いや油断はできない！）

全力の感知スキルをさらに研ぎ澄ませる。

（なにが起きても対処できるよう《緊急回避》と《身体硬化》を念頭に置きつつ――攻撃をいなすと同時に仕掛ける！　多少強引になってでも！）

ステータス差および《上級気配遮断》の効果でまだ完全には躱《かわ》しきれないヴァイルの一撃に全神経を集中。察知した剣筋にあわせヴェアトロスを構える。それはヴァイルの一撃を受け流し、間髪容れず反撃に移れる完璧な角度での受けだった——が、コンバットナイフとヴェアトロスが激突したその瞬間。

——紫電が弾けた。

バチバチバチバチィ!!


反応など不可能な速度でもって、激しい閃光《せんこう》がヴァイルの手甲《ガントレット》からコンバットナイフ、そして打ち合ったヴェアトロスを駆け抜ける。

「っ!?　があああああああああっ!?」

瞬間、クロスの意識が真っ白に染まっていた。

ヴェアトロスを握った手から全身へ、《痛覚軽減》でも緩和しきれない激痛が奔《はし》ったのだ。

痺れた全身が完全に動きを停止する。

そうして意識さえ飛びそうになっている少年へ、ならず者の容赦ない追撃が襲いかかった。

「はっ、どうした!　痺《しび》れて声も出ねえか!?」

「……っ!!　身体、硬化……っ!」

強烈な蹴りの気配をかろうじて察知した瞬間、クロスはどうにかスキルを発動。

ヴェアトロスを大盾へと変化させてクリーンヒットだけは避ける。

が……ドゴオオオオン！

「うあああああああっ!?」

ろくに盾を構えられず、ましてや受け流すことなどできるわけもなく──凄《すさ》まじい衝撃とともに吹き飛ばされる。《重傷自動回復》が発動したことでどうにか追撃が来る前に立ち上がるが……脳裏をよぎる最悪の予想にクロスの表情が大きく歪《ゆが》んだ。

（威力こそかなり低いけど……つい最近感じたのと同じ痛みに全身が痺れる感覚、それにあの手甲から武器を通して伝ってきた閃光は、まさか……!?）

「私の、電撃……!?」

クロスの思考を引き継ぐように、シルフィが青ざめた顔で続きを口にする。

そんな二人の様子を見たヴァイルは「くくっ」と堪《こら》えるように笑い声を漏らす。

「まあ一撃食らえばバカでもわかるわな。その通り。こいつぁ拘束した精霊の魔力を利用して稼働する特級の魔法装備よ。この手甲で握った武器はもちろん、そいつと打ち合った武器とその持ち主にも電撃を伝える優れもんだ。特別な装備を持ってるのはなにもてめえだけじゃねえんだよ」

やっぱりそうか……！

最悪の想像を裏付けるヴァイルの言葉にクロスはほとんど言葉を失う。

その反応に嗜虐《しぎゃく》的な笑みさえ浮かべながら、ヴァイルはバチバチバチ！　と手甲《ガントレット》を帯電させた。

「試作品だからか、精霊の魔力を使ってガキ一人仕留めきれねえお粗末な威力だが……まあ、てめぇをぶち殺すには十分すぎる性能だな」

「……っ！」

ヴァイルの言葉にクロスは歯がみする。実際その通りだからだ。

あの手甲がある限り、これまで威力を受け流すことでギリギリ凌《しの》いでいたヴァイルの攻撃をすべて完璧に回避するしかなくなった。

ヴァイルの手甲、あるいはコンバットナイフに少しでも接触すれば最後。手甲から流れ込んでくる電撃で身体《からだ》は痺《しび》れ、動きの止まった瞬間に上級職の強力な一撃が叩き込まれることになる。電撃による痛みは《痛覚軽減》の出力をあげればある程度軽減できても、痺れる身体はどうしようもないのだ。

だが……成長した感知スキルによってある程度攻撃の軌道が読めるようになったとはいえ、格上の攻撃をすべて完璧に躱《かわ》すなどおよそ現実的ではない。ヴァイルが手甲の性能を得意げに語ったのも、知られてまったく問題ないほどに彼我の戦力差が圧倒的だからだ……！

その絶望的な状況に、武器を含めた敵の強大さに……クロスの口から声が漏れる。

「なんで……！」

それはこの戦いの最中、ヴァイルに圧倒されるたびに脳裏をかすめていた疑問。

「なんでそんな力があって、それだけの魔道具を入手できるツテがあって、人攫《ひとさら》いなんて酷《ひど》いことをやってるんだ……っ！」

「はあ？」

絞り出すようなクロスの言葉にヴァイルが呆けたような声を漏らす。

だがすぐに「くくっ、マジかこいつ」と嘲笑《ちょうしょう》を浮かべた。

「てめえまさか、悪党には全員なにかしら事情があるとでも思ってんのか？　ねえよ、そんなもんはひとっつもなぁ！　自分よりよえぇヤツをぶちのめすのが一番楽で楽しい生き方だからそうしてるだけに決まってんだろうが！」

「……っ!?」

「なんでわざわざ鍛え抜いた力を他人なんざのために使わねえといけねえんだ馬鹿馬鹿しい。俺はこの生まれ持った力と才能で、好き勝手できりゃそれでいいんだよ。たとえその結果、ヤベェやつに目をつけられることになってもなあ！」

頬《ほお》に残る火傷の痕をなぞって叫びながら——ヴァイルが強く地面を蹴った。

くだらねえ問答は終わりとばかりに手甲が紫電を纏《まと》い、握られたコンバットナイフがバチチチチッ！　と放電しながら猛攻を開始する。

「ぐ、ううううううっ！」

クロスは覚醒《かくせい》した感知スキルによって格上の攻撃を事前に察知。

全力で発動した《身体能力強化》と《緊急回避》によってその連撃を避けまくる。

だが、

「おせえよ雑魚が！」

「ぐあああああっ!?」

バチバチバチバチィ！

そのすべてをかすることすらせず完全回避するなど、やはり不可能だった。

全身を使ったヴァイルの近接格闘術が嵐のようにクロスを襲い、捌《さば》ききれない攻撃がかすめた瞬間、全身を奔《はし》る電撃で動きが止まる。そこへ上級職の一撃が叩き込まれ、ボロ雑巾のように地面を転がされた。先ほどとまったく同じように。

「く、そ……っ！」

それでもクロスは必死に武器を握って立ち上がるが……局面は絶望的としか言いようがなかった。手甲に魔力を供給しているのだろうシルフィを解放しようにも、そんな立ち回りは当然ヴァイルが許さない。先ほどの問答で時間を稼いでみたものの、そんな数秒ではまともな策も浮かばない。

「はっ、こりゃいい。大したリスクもなさそうだし、もっと早く使ってりゃよかったぜ」

バチバチバチバチ！

「ぐ、うううううっ！」

こんなのどうすれば……!?

電撃を叩き込まれるたびに思考が鈍り、動きの止まった一瞬に激しい連撃を食らう。

打開策の浮かばない一方的な戦闘に絶望が心を蝕《むしば》んでいき、それがさらに思考を鈍らせていった。身体《からだ》だけでなく、心まで折れそうになる。

だが——そのときだった。

「やめて……やめて……っ」

その悲痛な声が少年の耳朶《じだ》を打ったのは。

「その力で……私の雷で酷《ひど》いことしないでえぇっ！」

「……っ！」

それは、自らの力で他者を傷つけることを誰よりも恐れてきた少女の叫び。

寂しくても、甘えたくても、誰かと仲良くしたくても、必死に人を遠ざけることしかできなかった精霊の慟哭《どうこく》。

その力で誰も傷つけたくないという想いを踏みにじられ、縄から抜け出そうと必死にもがきながら涙を流す少女の悲鳴に——少年の身体がカッと燃え上がる。

「大丈夫!!」

「……っ!?」

いつ殺されてもおかしくない一方的な戦闘の最中、それでもクロスは目を見開くシルフィへ全力で叫んだ。

「こんな攻撃で僕はやられたりなんかしない！　絶対に!!」

「その心意気で俺に勝てればいいいなぁおい!?」

バチバチバチバチ！

「〜〜〜っ！」

嘲笑《ちょうしょう》とともに攻め立てるヴァイルにクロスは再び為す術《すべ》なく蹂躙《じゅうりん》される。

確かにこの反則的な装備を攻略するのは不可能に近い。気持ちだけでどうにかなるものではなく、気合いで打ち倒せるほど世界は甘くも優しくもない。

だがそんな情け容赦のない猛攻のなか——少女の叫びに呼応した熱が少年の脳裏に思考の火花を散らし、まともでない策をひねり出す。

（そうだ……まだ試してないスキルが僕にはある……！）

問題はその策が成就するまでクロス自身の身体《からだ》が持つかどうか。Ｌｖが上がって継続時間が延びたとはいえ、もうほとんど限界に近い《重傷自動回復》が持つかどうかだが——そんなことを考えている時間がもったいない！

カッと目を見開いたクロスの口が詠唱を紡ぐ。

「纏《まと》え羽衣　かいなの空隙《くうげき》——」

ヴァイルに蹴り飛ばされてわずかに彼我の距離があいた刹那《せつな》。そのごく短い時間で構築されるのは機動力特化の必殺スキル。

「――《風雅跳躍》！」

クロスの周囲を激しい突風が逆巻き、辺り一帯に大量の砂塵《さじん》を巻き上げる。近接職には不可能な跳躍により、クロスは電撃の手甲を操るならず者から一気に距離を取った。

「ああ？」

シルフィのもとへ飛ぶでもなくただ距離を取っただけに見える少年にヴァイルが訝《いぶか》しげな声を漏らすなか、ポーションを飲みつつ砂塵に身を潜めたクロスはさらに詠唱を続ける。

「――我に従え満ち満ちる大気　手中に納めし槍撃　その名は暴竜」

朗々と紡がれるのは強力な風の中級魔法。当たれば上級職にさえ大ダメージを与えるだろう一撃だが――当然、そんな詠唱を見逃すヴァイルではない。

「はっ、まさかてめえ、そんな浅知恵で魔法を唱える時間を稼ごうってか!?」

上級職のステータスで、魔法を唱えるクロスへ一気に肉薄。

「舐《な》めんじゃねえぞ！　この程度の目くらましとその程度の《気配遮断》で！　《上級ローグ》相手に詠唱のクソなげえ攻撃魔法を撃てるわけねえだろうが！」

《気配探知》によってクロスの位置を正確に補足し、そのみぞおちに強烈なボディーブローを放つ。だが、その刹那。

「――っ!!」

クロスの身体《からだ》が、ヴァイルの一撃を完璧に回避した。

魔法職が詠唱を開始すれば、それを止めようと咄嗟《とっさ》に狙う部位は限られる。そうして相手の動きを誘導したうえで研ぎ澄ませた感知スキルを使用すれば――。

「《クロスカウンター》!!」

たとえカウンターを狙う余裕さえない格上の猛攻にも、渾身《こんしん》の一撃をぶち込める!

先ほどの不完全なカウンターと違い、自分と相手、すべての力を剣先に込めた一撃必殺の全力を!

強力なエクストラスキルに呼応し姿を変えたヴェアトロスでもって、クロスは回避不能の一撃を振り抜いた。刹那《せつな》、
ガギィン!

「っ!?」

響くのは硬質な金属音。

カウンターが止められた――クロスの脳がそう理解するのとほぼ同時。

バチバチバチィ!

「ぐああああああああっ!?」

全身を奔《はし》る痛みに悲鳴をあげていたのはクロスのほうだった。

側面でカウンターを受け止めたヴァイルのコンバットナイフから、強烈な電撃が流れ込んできたのだ。

「バカが。カウンタースキルなんぞ、来るとわかってりゃ防ぐくらいわけねえんだよ。《攻撃感知》がありゃなおさらな」

電撃を受けてクロスが最後まで剣を振り抜けなかったからか、あるいは純粋に《上級ローグ》のステータスゆえか。クロス渾身の一撃を受けて吹き飛びすらせず、ヴァイルが口角をつり上げる。

「残念だったな。この手甲さえなけりゃその一撃ももっといい線いってたんだろうが……これが現実ってやつだ！」

「うあああっ!?」

渾身の一撃を防がれ電撃で動きを止められたクロスを、ヴァイルの猛攻が再び襲う。

《重症自動回復》はもはや限界に近く、あと一、二回の回復がせいぜいだった。

だが――、

「ま、だだ……！」

いまだ目に光を宿し、クロスはぐっと剣を握る。

「《クロスカウンター》！」

研ぎ澄ませた感知スキルで猛攻をかいくぐり、ならず者の懐へ一撃を叩き込む。しかし、

「無駄だったつってんだろうが！」

「ぐううううううううっ!?」

一度防がれた攻撃が通用するはずがない。

簡単に受け止められ、流れ込む電撃が少年の身体《からだ》を容赦なく焼き焦がす。

「学ばねえ野郎だ！　はっ、けど仕方ねえか。もうてめえには電撃を避けつつでかい一発を狙えるカウンターに賭けるしかねえんだろうからなぁ!?」

クロスの狙いを見透かしたかのように、そしてそんな一発逆転など許さないとばかりに、圧倒的優位にあってなお油断のない目つきでヴァイルが攻め立てる。

そこにはまぐれ当たりが介在する余地など万が一にもない。しかしそれでも、

「うえっ……うえぇ……っ」

「あああああああああっ！」

クロスカウンター！　クロスカウンター!!　クロスカウンター!!!

涙をこぼす少女の声に突き動かされるように、こんな攻撃効いちゃいないとばかりに、どれだけ痛めつけられようと止まらない。起死回生の一撃を狙い、ひたすら正面から格上の猛攻に飛び込んでいく。だが当然――そんなヤケクソのようなゴリ押しもいつまでもは続かない。

「ぐ――っ!?」

がくんっ。

それまで何度も何度も立ち上がってきたクロスの膝《ひざ》が地面につく。

ヴァイルに蹴り飛ばされた際に折れた腕は力なく垂れ下がったまま回復する気配もない。

自動回復の効果が遂に切れた――途端、

「これで終わりだ！　《身体能力強化》！　《豪腕撃》！」

獲物の死期をめざとく感じ取った《上級ローグ》がこれまでで一番の踏み込みを見せた。

ひたすらしつこくあがき続けた少年に今度こそトドメを刺すべく全力の一撃を放つ。

「クロス――っ！」

精霊の少女が目を見開き悲鳴をあげる。

だがその刹那《せつな》――ギラリ。

「ああああああああああああっ！」

雄叫《おたけ》びをあげた少年が強引に身体を引き起こした。

自動回復が限界を迎えたことさえ罠《わな》に仕立て上げ、食らえば確実に死ぬ凶刃を顔面から飛び込んで躱《かわ》す。トドメの一撃、ゆえに狙いがわかりやすく、どうしても力んでしまうその斬撃《ざんげき》をいなし、剣を握る手に力を込める。だが、

「知ってたぜ、てめえがしつこい野郎だってのはな！」

カウンターを読んでいたヴァイルはすぐさまナイフを構えなおしていた。

「この俺にそんな浅知恵は通じねえ！　守ろうとしたガキの能力《雷》で無様に死ねや！」

電撃をまとうコンバットナイフで最期のカウンターを受け潰《つぶ》そうとヴァイルが勝ち誇った笑みを浮かべる。

が、その刹那《せつな》の攻防のなかで、

「遅延魔法《マジックストッカー》　解放《リリース》――」

死にかけの少年が発動したスキルは《クロスカウンター》などではなかった。

「――エラースキル《イージスショット》！」

ヴェアトロスの剣先から無詠唱で放たれたのは、相手の身体《からだ》に致命的な弱所を作り出す凝縮された邪法。黒い線が宙を奔《はし》り、ヴァイルの腹に黒点を描き出す。

それはＬｖが上がったことで実現した《遅延魔法》と《イージスショット》の合わせ技。

詠唱を必要とする特殊なカウンターを速効で放つ裏技だ。先ほどヴァイルと距離を取った際、《トリプルウィンドトランス》の前に唱えておいたその短文詠唱がいま解き放たれる。

「――っ!?」

自らの身体に刻まれた黒点にヴァイルの皮膚が粟立った。見たこともないスキル。だがそこに込められた漆黒の魔力に、この局面で繰り出すという事実に、ヴァイルの本能が激しい警鐘を鳴らす。回避不能のタイミングで繰り出された隠し球に戦慄《せんりつ》が走る。だが、

――問題ねえ！

身体に刻まれた黒点を守るようにヴァイルは速攻でコンバットナイフを持ち直す。得体の知れないスキルだが、ヤツの構えは確実にカウンターの類。たとえどんな強烈な一撃でも来るとわかっていれば耐えられる。受け流せる。これまでと同じように！

だが――その判断が間違いだった。

何度もカウンターを受け潰すことで「防御すれば問題ない」とすり込まれていたヴァイルの眼前で、特大のイレギュラーが産声をあげる。

ゴギギギギギギッ!!

「は――っ!?」

使用するスキルに呼応して姿を変える少年の剣が、異常な挙動を見せた。

それはまるで、本来この世に存在しないはずのスキルに触発されて致命的なエラーを引き起こしたような、歪《いびつ》な変形。

ねじ曲がった刀身は禍々《まがまが》しい紫黒に輝き、いくつもの突起が生えている。断ち切るよりも叩き潰《つぶ》すことに特化したようなその形状は、異形の怪物から削り出された背骨のようだ。

そしてその異形の武器が、エラースキルにふさわしい特級の特殊効果を発揮する。

それはすなわち、イージスショットの再演。

ヴェアトロスの纏《まと》う黒い霧が時間差で再度凝縮し、着弾点へ二つ目の黒点を描き出す。

ヴァイルの腹を守るように構えられたコンバットナイフへと！

「……っ!?」

最悪の予感にヴァイルの瞳《ひとみ》が揺れる。

凝縮された時間のなか、ならず者の耳に剣を振り抜く少年の声が確かに響いた。

——僕も知っていた。あなたなら僕の攻撃をすべて読み切ってくると
——だったら、あえて防御させてそれをぶち抜けばいい
——たとえその過程で僕の身体《からだ》がいくら傷つこうと。力尽きる可能性のほうが高くとも。
——この一撃を当てるためなら!!

「な――」

本能的な恐怖が、もはや避けることのできない異形の剣戟《けんげき》が、イカれているとしか思えない少年の声が――ヴァイルの精神をかき乱す。

「なんだってんだてめえはあああああああ!?」

「異形宝剣《エラーヴエアトロス》――〝二重《ダブル》〟イージスショットオオオオオオオオ！」

ヴァイルの悲鳴をかき消すように少年が吠えた。

異形の武器が全力で宙を駆け、防御に徹していたヴァイルに叩き込まれる。

本来ならそのコンバットナイフに受け止められた時点で電撃が走るはずだが――バギャアアアアアアッ！

刻まれた黒点によって薄氷のように脆《もろ》くなったナイフは一瞬で破砕。砕けた刀身に電気が伝うことはなく、少年の一撃を止めるものはなにもなくなる。そのまま振り抜かれたヴェアトロスはまるで速度を落とすことなく――一つ目の黒点によって極端に防御の低下したヴァイルの胴に叩き込まれた。

「があああああああああああああっ!?」

バキボキゴギャアアア！

肉と骨が砕ける異音、血反吐《ちへど》、そして断末魔をまき散らしてならず者が吹き飛ばされる。

そうして受け身をとることもできず壁に叩きつけられたヴァイルは力なく崩れ落ち——今度こそ立ち上がることはなかった。

5

「はぁ、はぁ、はぁ……！」

異形の宝剣を振り抜いたあとも、クロスは崩れ落ちたヴァイルをしばらく睨《にら》みつけていた。

しかしそのならず者がぴくりとも動かないことに加え、先の一撃でヴァイルが所持していたポーションの類いもすべて破壊されたことを察知すると、その全身からどっと力が抜ける。

「やっ……た……」とそのまま尻餅《しりもち》をつきそうになるが、

「いや、まだ休んでる場合じゃない……っ」

なんの変哲もないショートソードに戻ったヴェアトロスを支えに、リュドミラに渡されたアイテムボックスから最高級ポーションを取り出す。一気に飲み干して魔力と身体《からだ》を全快させつつシルフィのもとへとすぐさま駆け寄った。

「助けるのが遅くなってごめんシルフィ！　いま蹴られたところを治すから！」

高級ポーションは子供には刺激が強いため、下級回復魔法《ケアヒール》を唱えながらシルフィを抱き起こす。クロスの治癒魔法は相手に触れなければ発動しないため、雷化のユニークスキルを無効化する縄はそのままだ。

クロスの触れた部分から温かい魔力が流れこみ痛みが消えていくなか——目の前で起こり続けた出来事に「信じられない」と呆然《ぼうぜん》としていたシルフィが小さく声を漏らす。

「なんで……？」

助けられた安堵《あんど》と、理解できない少年の行動に声を震わせながら、

「なんであんたが……助けに来てくれたの……？」

それはクロスがこの広間に駆け込んできたときからずっと脳裏を埋め尽くしていた疑問。

「そんなにボロボロになってまで……私、酷《ひど》いことたくさんしたのに……っ」

「なんでって……」

いまにも泣き出しそうな顔をしたシルフィの疑問にクロスは返答に困る。

だって、助けに来るなんて当たり前すぎたから。

それでも強いて理由を挙げるなら、

「仲直り、できてなかったから……？」

「……っ」

つぶらな瞳《ひとみ》をさらに大きく見開いてシルフィが言葉に詰まる。

それからその整った顔を伏せるようにして、

「ごめんなさい……っ」

「うん……こっちこそ事情も知らずに色々とごめんね。……よし、それじゃあ早くここを脱出しないと。縄をほどくから、痛かったりしたら言ってね」

《ケアヒール》によって治療を終えたクロスは、シルフィの言葉に笑顔を返してすぐ意識を切り替える。

シルフィを無事に取り返したとはいっても、ここはダンジョンのど真ん中。盗賊団が道中のモンスターを狩っていたおかげか、ヴァイルとの交戦中にモンスターが乱入してくるようなことはなかったが……それも長くは続かないだろう。一刻も早くシルフィを地上まで送らなければならない。

そのためにまず雷化を封じる精霊捕縛の縄を慎重にほどくのだが——パチッ
「っ」

縄をほどくと同時に小さく弾けた雷にシルフィが身を固くし、クロスが慌てて声をあげる。

「大丈夫シルフィ!?　もしかして縄の解き方がよくなかったとか……」

「う、ううん。それは大丈夫。けど……身体《からだ》が変なの。雷化はできてるけど、いつもより不安定みたいで……」

見ればシルフィの輪郭が微《かす》かに揺らぎ、身体の表面にはバチバチと雷が走っていた。

魔力回路の損傷が酷《ひど》いようで、雷化《ユニークスキル》の制御が普段より難しくなっているらしい。

「そっか……ならなおさら早く帰ってテロメアさんやロザリアさんに診てもらわないとね」

不安そうに顔を伏せるシルフィを落ち着かせるように言い、クロスは彼女をどうやって地上へ送り届けようか方針をいくつか考える。アレが使えれば一番だけど……と、どの方針がいまのシルフィにとって一番安全で負担が少ないかと検討しながら《重傷自動回復》をかけなおすなど準備を進めていた——そのときだった。

「クソがぁ……英雄気取りのガキがふざけやがって……っ」

「っ⁉」

聞こえてきた掠《かす》れ声にクロスがバッと振り返る。

見れば壁にもたれかかったヴァイルが意識を取り戻し、血走った目でこちらを睨《にら》みつけていた。

（あの人、まさかまだ立つのか⁉）

クロスは上級職のタフネスに警戒して剣の柄に手をかける。が、

「ぐ、ううう……っ！」

ヴァイルは手負いの獣めいた形相を浮かべるだけで、まったく動き出す気配がなかった。どうやらクロスの一撃で粉砕されたポーション瓶の中身を少し浴び、ギリギリ意識を取り戻した

だけらしい。激痛の走る身体《からだ》では身じろぎさえできないようで、戦闘など論外な状態のようだった。だが、

「ふざけんなふざけんな！　そのガキが一体なんだってんだ！　魔道具がなきゃ触れもしねえ、近くにいるだけでなにかの拍子にこっちが殺されるようなバケモンだぞ！　命がけで助ける価値なんざねえだろうが！　それともてめえがあとでそのガキを売り捌《さば》くつもりかぁ!?」

「な……っ!?」

「それともたんに〝可哀想〟だからってか!?　くだらねえ正義感なんぞで俺の楽しみ《ビジネス》を邪魔してんじゃねえ！　そんなバケモン、どうせすぐ邪魔になるに決まってんのによぉ！」

「そんなわけないだろ……っ！」

聞くに堪えない暴言。

クロスは剣を強く握って反論しようとするが……どうやらヴァイルは痛みで意識が朦朧《もうろう》としているらしく、とてもこちらの声が届くような状態ではなかった。応じるだけ時間の無駄だ。

「……っ」

「シルフィ、あんな人の言うことは気にしなくていいから」

身を固くして顔を伏せるシルフィに優しく声をかける。

とはいえ……この広間を移動してもヴァイルの罵声《ばせい》は洞窟内に反響してどこまでも聞こえてくるだろう。これ以上酷《ひど》いことが言えないよう口は塞《ふさ》いでおかないと……とクロスがシル

フィに使われていた口枷《かせ》を拾ってヴァイルのほうへ足を向けた――そのときだった。

「クソみてえな正義感に酔ってられんのもいまのうちだ！　てめえらのバックにどんなバケモンがいようが、この世界にゃヤベえヤツなんざいくらでも――……あ？」

クロスが口を塞ぐ前に、罵声を繰り返していたヴァイルが急に静かになった。

かと思えば、

「は――!?　な、んだこりゃ!?　なんでこの浅層にこんな!?　いつの間に――!?」

「……っ!?」

なんだ!?

尋常ではない様子で取り乱すヴァイルに戸惑うクロスだったが……数瞬遅れてクロスもその異常に気がついた。

「え――」

あり得ない。あってはならないほど強大な気配にクロスが愕然《がくぜん》と声を漏らしたその瞬間。

「キュア――」

クロスとヴァイルが互いの攻撃を読むために感知スキルを狭い範囲に集中させていた結果、取り返しのつかないほど接近を許してしまったその絶望が――壁にもたれかかるヴァイルのすぐ隣の通路からぬっ、と姿を現した。

「キュアアアアアアアアアアアッ！」

「「「……っ!!」」」

その場にいた全員の身体《からだ》から一瞬で汗が噴き出す。

甲高い鳴き声を漏らすソレは、全身を金属質の甲殻に包まれた巨大な昆虫だった。モンスターとしては比較的小柄。しかし人より遥かに巨大なカマキリの上半身に飛蝗《バッタ》の下半身を掛け合わせたような怪物だ。

その歪《いびつ》な造形のモンスターを前に、ヴァイルは「な……!? あ……!?」と絶句しながら全力で気配を消していた。が、次の瞬間。


ゴチュッ。


「え――」

シルフィの魔力が染みついた手甲《ガントレット》とともに、ヴァイルの左前腕が消えていた。

「――アアアアアアアアアアアアアアアアアアアっ!?」

続けて響くのは喰いちぎられた腕が手甲ごとかみ砕かれる異音と、けたたましいヴァイルの悲鳴。あまりの出来事に目を見開いていたクロスが「待っ――」と反射的に駆け出そうとするが、その刹那《せつな》――。

「アアアアアアアアアアア!? ふざけんなあああああっ!? なんでこいつが人の肉なん

ざあああああああああああ――」

グパァ、ゴリュッ！

クロスが一歩踏み出すよりも速く開かれた怪物の口が、ヴァイルの悲鳴をかき消すように一瞬で閉じられて――。

残っていた右腕の手甲ごと肩まで飲み込むようにして、ならず者の右半身がこの世から消失していた。

6

その広間に辿《たど》り着いたとき、《彼》の目には二つの獲物が映っていた。

ひとつは遠くに佇《たたず》む、芳醇《ほうじゅん》な香りのする小さな肉。もう一つは、同じく芳醇な匂いを纏《まと》ったすぐ近くの大きな肉だ。

すぐ近くの肉からする匂いはどこか借り物のように薄いもの。しかし両腕を中心に発されるその匂いは《彼》にとって食欲を刺激するのに十分で。まるで前菜を口にするように《彼》はその大きな肉に食らいついていた。

「──っ！」

その瞬間──《彼》の口の中に広がるのは得も言われぬ魔力の甘露。

この薄い匂いでこれほどまでの味がするなら、本命の肉は一体どれだけの美味であろうか。

絶対に逃がさない。

どこまでも追いかけて必ず食らってみせる。

「キュアアアアアアアアアッ！」

欲望に突き動かされるように、しかし二度と会えないだろうその獲物を一瞬で屠《ほふ》るのを躊躇《ためら》うように。矛盾した思いを発露するかのごとく、《彼》は金属音めいた鳴き声を響かせた。

＊

「……っ!!」

肉と骨を咀嚼《そしやく》するおぞましい音が広間に反響していた。

人がモンスターの犠牲になるその光景にかつて村を襲われた記憶が蘇り、助けられなかった事実と合わせて胃の中身をぶちまけそうになる。だがクロスは目を覆うようなその惨状から一切目を逸らすことができなかった。

目を離したその瞬間に殺されると、生物としての本能が全力で警鐘を鳴らしていたからだ。

（なん……っ、なんだこいつは⁉）

レベル40未満が平均だろうこの特殊ダンジョンの浅層にあって明らかに異常かつ異質な存在感。どう考えても場違いな強さを持つ未知のモンスターを前に全身が総毛立つ。

だがそんなクロスの脳裏で、目の前の怪物に関してひとつの心当たりが浮かんでいた。

（大剣めいた一対の鎌に、強靱《きょうじん》な脚が特徴的な飛蝗《ばった》の下半身、加えて上級職のヴァイルとも比べものにならないこの圧力は、まさか――）

と、クロスが自らの仮説に一筋の汗を流したそのときだった。

「ひっ……うえ……っ」

眼前で起きた凄惨な光景にシルフィが喉《のど》を鳴らす。

わずか九歳の子供に耐えられるはずのない恐怖に肩をふるわせ、その心情を表すかのようにバチバチバチッと体表を雷が爆《は》ぜていた。放電寸前の雷雲のように。

「ダメだシルフィ！　落ち着いて！　僕の記憶が正しければあのモンスターは――」

いまにも決壊しそうなシルフィに、クロスはそこではじめて声を張り上げる。

だが、ただでさえ魔力回路の損傷で雷化《ユニークスキル》が不安定になっているところに人を食うモンスターの脅威を見せつけられては……わずか九歳の少女にその力を抑えることは到底不可能だった。

「――いやあああああああああっ！」

「うわっ⁉」

ピシャアアアアアアアアゴロゴロゴロゴロッ！

小さなその身体《からだ》から、雷鳴さえ轟《とどろ》くほどの莫大なエネルギーが放出される。

幸い、上級職程度ならまとめて瞬殺するだろうその雷はクロスへは向かわず、そのすべてが眼前のモンスターへと一直線に奔《はし》っていた。だが、

「キュアアアアアアアッ！」

「え……!?」

雷の直撃を食らったはずの巨大昆虫には——傷ひとつついてなかった。

それどころか、その身に浴びた雷を甲殻にまとわせ口元へと収束。ごくり、と膨大なエネルギーを飲み込めば内包する魔力が増大し、喜び興奮するような鳴き声まであげていた。

「な、なんで……」

あり得ないその光景にシルフィが呆然《ぼうぜん》と声を漏らす。

そんななか、クロスは戦慄《せんりつ》と確信のこもった掠《かす》れ声でその名を呟《つぶや》いた。

「やっぱり……こいつ、《魔術師殺し《マジックイーター》》か……っ！」

参考レベル65。

危険度《リスク》7。

クロスたちの前に突然現れたソレは、冒険者の中でも大ベテランとされる上位上級職パーティでの討伐が推奨される正真正銘のバケモノだった。

レベルだけ見れば危険度《リスク》7に分類されるモンスターの中では最も低く、純粋な戦闘力は一段落ちるとされている。だがその凶悪さは危険度《リスク》7の中でも指折りと言われていた。

その唯一にして絶対の理由は――数あるモンスターの中でも異常なレベルの魔法耐性。

一部の属性を除き、上級職以下の魔法は完全無効化。

ときに駆け出し最上級職の魔法にさえ耐えるばかりか、この怪物は放たれた魔法を食らうことで力を増すという特性まで備えているのだ。

ゆえに――《魔術師殺し《マジッククイーター》》。

強力な物理攻撃手段のないパーティでの討伐は不可能とさえ言われる怪物中の怪物。シルフィの電撃がまったく通用していないことからも、この巨大昆虫が危険度《リスク》7の凶悪なモンスターであることは間違いなかった。クロスとヴァイルの戦闘にほかのモンスターが乱入してこなかったのも、この圧倒的な格上を恐れてのことだろう。

だが、だとしたらなにもかもがおかしい。

（なんでこんな強力なモンスターがここに……!?　そもそも《魔術師殺し《マジッククイーター》》は一部のダンジョンボスとしてしか存在が確認されていない希少モンスターのはずじゃあ……!?）

それこそ、このレベル制限ダンジョンのボスとして出現するならレベル帯的にも納得できる話だ。そんなモンスターがこの浅層に現れるとしたら、それこそボス部屋から這《は》い出してくるくらいしか考えられない。

普通ならあり得ない話だが……混乱を極めるクロスの脳裏をよぎるのは、《魔術師殺し《マジックイーター》》が良質な魔力を好むという情報。これ以上ないほど良質な魔力そのものである精霊《シルフィ》の体質。そして狙い澄ましたかのように電撃の手甲を狙った先ほどの惨劇。そのすべてがクロスをひとつの結論に導いていた。

（まさか、シルフィの魔力に引き寄せられてボス部屋から這《は》い出てきたのか……!?）

と、クロスがその仮説に辿《たど》り着くとほぼ同時――ボタボタボタッ。

その予想を裏付けるかのように、《魔術師殺し《マジックイーター》》が血と肉の混じった大量の涎《よだれ》を垂らしながら真っ直ぐシルフィへと目を向けた。

「……っ!!」

ゾワッ！

その無機質な瞳《ひとみ》に浮かんだ強烈な食欲に、クロスの全身が総毛立つ。

目の前の圧倒的怪物がシルフィを狙っていることに最早疑いの余地はなかった。

「シルフィ！　雷速を使っていますぐここを離れて！　とにかく遠くへ！」

瞬間、クロスは目の前の怪物が放つプレッシャーをはね除《の》け全力で叫んでいた。

いくらシルフィが雷化で並大抵のモンスターをものともしないとはいえ、一人でこの広大なダンジョンを脱出するのは難しい。それでもここで危険度《リスク》7と相対するより確実に安全だと声を張る。だが、

「あ……あ……!?」

「シルフィ!?」

一向にその場から消えないシルフィにクロスが振り返る。

見ればシルフィはその場にへたり込んだままバチバチバチッと不安定に雷を発するだけで。

青ざめた顔で掠《かす》れた声を漏らす精霊の少女に「まさか……！」とクロスが焦燥に駆られた直後。

「キュアアアアアアアッ！」

「っ!?」

それまでシルフィの魔力を食らった余韻に浸るように陶然としていた《魔術師殺し》が、シルフィの放つ雷光に刺激されたかのように鳴き声を上げた。クロスの感知スキルが、ぐっと下肢に力を溜める怪物の動きを察知する。

マズイ――っ！

「シルフィごめん！」

叫び、クロスは精霊捕縛の縄を再びシルフィに巻き付ける。

幸い、魔力回路破壊による痛みは最初だけらしく、生身と化したシルフィを抱いてクロスは「《緊急回避》！」とその場を飛び退いた。瞬間――ドゴオオン！

「ぐううっ！」

頭から突っ込んできた巨体の衝撃に吹き飛ばされる。どうにかシルフィをかばいつつ身を起こし、クロスは切羽詰まった声をあげた。

「シルフィ、もしかして雷速が――!?」

「使えない……っ」

「……っ。やっぱりか」

魔力回路の損傷により、スキルの操作に難が出ているのだろう。だとすると、

「頼む、発動してくれ……!」

リュドミラに言われてずっと身に付けていた首飾り《ネックレス》型のダンジョン脱出アイテムをシルフィに押し当て、祈りながら魔力を流し込む。

（このアイテムはダンジョン侵入に使った入り口まで使用者を飛ばしてくれる！　つまり出入り口がたくさんあるこのダンジョンでも飛ばされる先は固定！　発動さえすれば、こっちの様子を把握してるだろう師匠たちがシルフィをすぐ回収してくれるはずなんだっ！）

だが――師匠たちから渡されたその緊急脱出アイテムはシンと静まりかえったまま。

シルフィをダンジョンの外まで飛ばすことはなかった。

『魔力回路の損傷が酷《ひど》いヤツには発動しない可能性が高い』というリオーネの懸念通りに。

「そんな……っ」

クロスは言葉を失うが……いまは絶望に浸る時間さえない。

「キュアア……ッ」

土煙に紛れていたその巨体が再びシルフィを狙う気配に、クロスは即座に意識を切り替えた。

「しっかり摑《つか》まっててシルフィ！」

「ん……っ」

シルフィを背負い、精霊捕縛用の縄で互いの胴体をキツく結びつける。

《魔術師殺し》相手では雷化で攻撃を受け流すこともできないシルフィを確実に守るために。

だが当然、危険度《リスク》7を相手に真正面から危険を冒すつもりは毛頭ない。

「遅延魔法《マジックストッカー》　解放《リリース》！　《トリプルウィンドランス》！」

ダンジョン脱出のため〈重傷自動回復〉とともに詠唱していた魔法を地面に向けて解放。

目くらましの砂塵《さじん》を巻き上げげつつ《魔術師殺し》から距離を取る。

それと同時、「意味があるかわからないけど……！」と肉塊と化したヴァイルに高級ポーションをぶちまけつつ、その僅かな時間でさらに短文詠唱を組み上げる。

「――《風雅跳躍》！」

爆発的な風の恩恵がクロスとシルフィを一息に広間の端まで運び、砂塵に沈む《魔術師殺し》と一気に距離があく。だがクロスの顔には欠片《かけら》の余裕もない。

（この程度の策で危険度《リスク》7から逃げ切れるなんて思っちゃいない。けど、これを繰り返して少しずつでも地上に近づければ……！）

クロスは再度《風雅跳躍》の詠唱を紡ぎつつ広間を全力でひた走る。

――が、その直後だった。

「キュアアアアッ」

極上の獲物が逃げようとしていると気づいた怪物が本気を出したのは。

ぐっ――。

強靱《きようじん》な飛蝗《ばつた》の下肢が先ほどとは比べものにならないほどの力を溜めた――とクロスの感知スキルが異変を察知した次の瞬間。

ドンッ!!

爆音と同時、クロスのすぐ背後にその巨体が迫っていた。

「は――?」

追いつかれた――? と脳が認識すると同時、巨大な鎌が凄《すさ》まじい速度で振り抜かれる。

「う――ああああああああああああ!?」

紙一重。本当にギリギリのところで、成長したクロスの感知スキルがその攻撃を受けることに成功させる。が――ガギイイイイイイイン!

(速――っ!? 重――っ!?)

衝撃を受け流すように構えた剣が、ヴァイルとは比べものにならないほど重い一撃に弾かれる。そうして体勢を崩したクロスに間髪入れず、もう片方の鎌が振り抜かれた。

先ほどよりもさらに速く！

「っ!?　《緊急回避》！」

ズパァッ！

かろうじてスキルを発動させたクロスの頬《ほお》が裂け、振り抜かれた大鎌が岩でできた地面を当たり前のように切り裂く。そして当然、二本の鎌が織りなす連撃はそんなものでは終わらない。とてつもない斬撃《ざんげき》の嵐がクロスを襲った。

「うあああああああああっ!?」

横薙《な》ぎ、上、左上、下、横薙ぎ、右、左、突進、左右同時、右右左横下左右同時横薙ぎ横薙ぎ右上突進嚙《か》みつき右左上下左右振り上げ横薙ぎ突き回転切り叩きつけ切り上げ右下上下突進斜め上下嚙みつき上右同時叩きつけ横薙ぎ右右左下上斜め右突進右突き右右左！

感知スキルがとんでもない量の攻撃を予測し、脳が焼き切れそうになる。

必殺の連激に息をする暇さえなく、剣で攻撃を防ぐたびに凄まじい衝撃が手の平に響く。

痺《しび》れた手の平から剣がすっぽ抜けそうになり、無理矢理握った指先がひび割れた。

（な、ん……!?　これが危険度《リスク》7の中でも最弱のフィジカル!?　冗談じゃない！）

危険度《リスク》7がとてつもない脅威だとは知っていた。相対した時点で勝てる相手じゃないと瞬時に悟った。

けど――ここまで!?

駆け引きも技術もなにもない、身体能力頼りの単調な攻撃。

それがこんなにもこちらの命を脅かす。

感知スキルで事前に太刀筋を予測してなお、まともに捌《さば》くどころかいったん距離をあけることさえ——っ！

「う、おおおおおおおおおおっ！」

攻撃感知がなければとっくに八つ裂きにされていたであろう連撃を全身全霊で捌く。

だがヴァイルとの戦闘を経て飛躍的に成長しているだろう感知スキルをもってしても凌《しの》ぎきれないその異常な連撃は、確実にクロスの命を削り取っていた。肉が削がれ、脇腹が裂け、傷は回復するも流れ出る血は戻らない。

（このままじゃもう数分も保たない！　逃げる余裕なんてない！　守りに徹してたら確実にやられる！　勝機があるとすれば——）

カウンターしかない。だが、

（できるのか!?　シルフィを庇《かば》いながら、目視できないほど速いこの猛攻のなかを!?）

絶対に無理だと本能が叫ぶ。ほかに方法はないのかと理性が喚《わめ》く。

だが相手は《魔術師殺し》。

格上を引きずり下ろす邪法も、遠距離から一発逆転を狙える風の旋律もすべてが無効。

有効打はただ一つ。

危険度《リスク》7の中では比較的脆《もろ》いというその身体《からだ》を貫く強力な物理攻撃だけだ。

だったら——やるしかない。

師匠たちから授かった技術のすべてをいまここで叩き込む！

と——クロスが瞳《ひとみ》に力を宿したそのときだった。

これまでクロスを痛めつけていた大鎌が、痺《しび》れを切らしたようにシルフィを狙ったのは。

「っ！」

唐突なその一撃を感知したクロスはほかのすべてを差し置き攻撃を防ぐ。逸れた斬撃《ざんげき》が万が一にもシルフィに当たらないよう強引に身体を捻《ひね》った——次の瞬間だった。

クロスの左腕が灼熱《しやくねつ》に包まれたのは。

その不思議な感触に、クロスは最初、熱いお湯でも吹きかけられたのかと思った。

けれど、

「——っ!?　クロス!!」

シルフィの悲痛な叫びが少年の耳朶《じだ》を打ち、一体なにがとクロスが左腕を見てみれば——。

肘《ひじ》から先が、消失していた。

「え——!?　う、あああああああああああっ!?」

頭が現実を理解した瞬間、《痛覚軽減》を貫く熱さと衝撃が脳を焼く。

幸い、《重傷自動回復》の発動で激しい出血こそ止まるが……中級回復スキルに欠損を治すほどの効力はない。切り飛ばされた自分の左腕を視界の端に捉え、クロスの全身から脂汗が吹き出した。

「クロス、クロス……っ！」

シルフィの掠《かす》れた声が背中越しに響くなか、しかし怪物の猛攻は止まらない。

「キュアアアアア！」

「ぐ、うううううううっ！」

追い打ちのように放たれた大鎌の一撃をほとんど反射で防ぐ。が、片腕ではまともに衝撃を受け流すこともできず簡単に吹き飛ばされた。腕を失った衝撃に動揺は止まらず、シルフィを傷つけずに受け身をとるのが精一杯だ。

明確に忍び寄る死の予感に、ロックリザード・ウォーリアーと対峙《たいじ》したとき以上の窮地に、かろうじて立ち上がったクロスの視界が真っ赤に染まる。

「はぁ、はぁ、はぁ……！」

そこにあるのは、これまで何度もクロスを救ってきた〝飛躍〟さえ許さないほどに圧倒的な力の差。クロスが成長する間もなく命を刈り取るだろう怪物の脅威。

ただでさえ勝負になっていなかったところに左手も失い、最早次の攻撃を捌《さば》けるかさえ定かではない。その絶望的なまでの戦況が心をへし折り、避けられない死のイメージに犯された本能がいますぐ逃げろと泣き叫ぶ――そんな自分の心の声を殴り飛ばすように、クロスは咆哮《ほうこう》を爆発させた。

「あああああああああああああああああああああ!!」

ここまで来たんだ！

せっかく助けられたんだ！

ようやく仲直りできたんだ！

リオーネさんが僕に無理をするなと言ったのは、リュドミラさんが僕に脱出アイテムを授けてくれたのは、たとえシルフィを見失っても、売買目的ならあとで助けられる可能性が僅かにでもあったからだ！　けどもう状況が違う！

ここで僕が折れれば、シルフィは間違いなくこのバケモノに食い殺される！

ずっと悲しい想いをしてきたこの子にそんな死に方、させるわけにはいかない！

絶対にここでこいつを倒す！

たとえ――刺し違えることになったとしてもだ!!

出力が不安定でいつ生身になってしまうかわからないとはいえ、雷の身体《からだ》になれるシルフィならこのダンジョンを踏破できる可能性はゼロじゃない。踏破とはまではいかずともダンジョン内で生き延びさえすれば、師匠たちが呼んだ救援隊に助けてもらえるだろう。

こいつさえ。そう、魔法の効かないこいつさえどうにかすれば――っ！　と、クロスは腕をもがれた極限状態で自らの命をも度外視し、眼前の怪物を道連れにすべく雄叫《おたけ》びをあげた。

そのときだった。

「やめてクロス！」

シルフィの悲痛な声が、クロスの意識を引き戻したのは。

「もういい！　もう助けなくていいよ！」

「っ!?　シルフィ、なにを!?」

涙に濡れたシルフィの叫びに、クロスが信じられないとばかりに目を剝《む》く。

しかしそれでもシルフィの声は止まらない。

《魔術師殺し》が死に体の獲物をいたぶるように静かに近づいてくるなか、シルフィはクロスの服をぎゅっと摑《つか》む。

「いっつも、私のせいでこうなるんだ……！　いつも私のせいで、怖い人や危ないモンスターが寄ってきて、大切な人が傷ついて、助けてくれる人が苦しんで……！　お姉ちゃんたちが助けてくれたあとは、少しだけ忘れられてた。けど、ずっと思ってた。私なんて生まれてこなきゃよかったのにって。なんで、こんな風に生まれちゃったんだろうって」

シルフィがボロボロと涙をこぼす。

「だから、あんただけでも早く逃げてよ。私のせいでまた誰かが死ぬなら……それでまた、お母さんのときみたいに、捨てられるなら……私はもう、ここで死にたい……っ！」

そうしてシルフィはその願いを口にする。

「ヴァイルの言う通《あいつ》り、私は人に迷惑をかけて、傷つけるだけの、ば、バケモノだから……っ。あんたに死なれてまで、生きてたくなんかないっ！」

だから早くあんただけでも逃げろと、死なせてほしいとシルフィは悲痛な言葉を繰り返した。

それは、これまで自分の能力に苦しめられてきた少女の慟哭《どうこく》。

心の底から発せられた悲しい願い。

それがわかるからこそ……クロスは残った腕で自分の太ももを殴りつけていた。


なにを……なにを勘違いしてたんだ僕は……！

〝死んでも守る〟じゃ届かない！　勝てなきゃこの子は救えない!!


だがしかし、この状況は……！

目の前の怪物との実力差はロックリザード・ウォーリアー戦の比ではない。

気合いや根性でどうにかなる場面ではなく、スキルの〝飛躍〟にも限度があった。

一体なにをどうすれば……！
クロスが歯を食いしばり、八方塞《ふさ》がりの現状に風穴をあける方法を見つけ出すべく必死に頭を巡らせる。が、この状況で打開策など浮かぶわけもない。
それでも、それでもどうにかこの子を――と、クロスが血の滲《にじ》むような力でその宝剣を握りしめた――そのときだった。

パチッ。

少年の背中で嗚咽《おえつ》を漏らす少女の瞳《ひとみ》から――少年が決して手放そうとしなかったその小さなぬくもりから涙が溢《あふ》れ、微《かす》かな静電気を放ちながらクロスの握る宝剣へと落ちたのは。
次の瞬間、

バリバリバリバリィ!!

絶対に救《たす》ける。誰も傷つけたくない。
少年と少女がなによりも強く願ったその想いに応えるように〝無価値の宝剣〟が姿を変えて
――黄金の輝きを解き放った。

7

「え――!?」

絶体絶命の状況で起きたその現象に、クロスの口から驚愕《きょうがく》が漏れていた。

使用したスキルに応じて姿を変えるヴェアトロスが、突如として見たことのない姿になったのだ。

黄金の輝きを放つ円錐形の騎槍《ランス》へと。

一体なにが!?　と混乱するクロスだったが、ランスの表面をバチバチバチッ！　と奔《はし》る雷光がその答えを物語る。

「まさか……シルフィのユニークスキルに反応してるのか!?」

「私、の……!?」

まるで想定していなかったその権能にクロスが目を見張り、シルフィが声を漏らす。

しかしそれはなにも不思議なことではなかったのかもしれない。

クロス以外に誰も発現したことがないだろう異形の力、エラースキルにさえその宝剣は応えてみせたのだ。ユニークスキルに応じて姿を変えてもなんらおかしくはなかった。

（けど、だとしたらシルフィの雷化に対応したヴェアトロスの効果は一体――）

とクロスが混乱の中に現れたその武器を見下ろしていたとき、

「キュアアアアアアアアッ！」

追い詰めた獲物の急激な変化に《魔術師殺し》が警戒するような咆哮《ほうこう》を轟《とどろ》かせる。

その下肢に力を溜め、余計な真似などさせないとばかりに突っ込んできた。

最早悠長に武器の能力を見極めている場合ではない。

「っ！　一か八か！」

もしヴェアトロスの効果が電撃を強化するようなものなら逆効果だが――とクロスが《魔術師殺し》の攻撃を捌《さば》こうとランスを振るった――その瞬間。


バチィ！


「え!?」

ランスを握ったクロスは背負ったシルフィごと、《魔術師殺し》の遥か後方へと瞬時に移動していた。

そこから数瞬遅れて、先ほどまでクロスたちがいた空間を《魔術師殺し》の鎌が空振る。

空間にバチチチッ！　と雷の軌跡を残すその瞬間移動に、クロスは今度こそ目を丸くした。

「これは、シルフィの雷速移動!?」

雷そのものに変化するシルフィの速度にはさすがに劣る。急制動《ブレーキ》をかけたように焦げた地面の痕からして、高速移動の原理も厳密には違うのだろう。だがそれに匹敵する速度を再現しているのは間違いない。助走なしで危険度《リスク》7の攻撃を完全回避できるほどの速度、それもクロスとシルフィを二人まとめて瞬時に加速させる規格外の能力は驚愕《きょうがく》の一言だった。

これなら、この窮地も切り抜けられる!?

降って湧《わ》いた希望に魔力を漲《みなぎ》らせたクロスはもう一度、今度は意識してランスを振るう。

だが、

バチィ！

「え!?」

瞬間、クロスの身体《からだ》は想定とはまったく違う方向、そして距離へと移動していた。

それこそ壁に激突する寸前で、眼前にいきなり現れた岩壁に血の気が引く。

「制御が効かない……!?」

あまりに強力な力の代償か。ヴェアトロスによる高速軌道はそう易々と操れるものではないらしかった。加えて、

「……っ！　魔力が……!?」

二回ほど発動しただけで、大量の魔力を使用した際のだるさがクロスを襲っていた。

世界最強の師匠たちに反則的な修行を施され、《重傷自動回復》を発動しながらスキルを連

発しても底を尽きないはずの魔力がごっそり持っていかれている。

幸い、師匠たちに渡された魔力回復ポーションはまだあるが……それでも疑似雷速の発動はあと数発が限度のようだった。これでは曲がりくねったダンジョンの通路を一気に踏破するのも不可能だ。

(ならやっぱり――倒すしかない。残り少ないこの疑似雷速で、眼前の怪物を！)

そうクロスがまなじりを決したとき。

「キュアアアアアアアアッ!?」

突然消えた獲物に苛立《いらだ》ちを募らせるように《魔術師殺し》が声をあげ、こちらに向けて脚に力を溜める。

「く――っ!?　またアレか！」

先ほど《風雅跳躍》に追いついてきたあの凄《すさ》まじい跳躍の気配に、クロスはやむを得ずランスを振るった。瞬間、

「うわっ!?」

《魔術師殺し》の跳躍突進を避けると同時、クロスたちの身体は広間の高い高い天井付近に投げ出されていた。やはりまるで制御が効かない。

(まずい――っ！)

空中に投げ出されたクロスの表情が歪《ゆが》む。このままだと《風雅跳躍》を詠唱する間もなく地

面に叩きつけられる！　いやそれ以前に、

「キュアアアアアアッ！」

空中で身動きの取れないクロスたちに、《魔術師殺し》が再度跳躍を仕掛けようとしていた。

（くそっ!?　これでまた空中に投げ出されたりしたら無駄撃ちもいいとこだけど、そのリスクを負ってでも回避しないと――！）

けどそのあとはどうする!?　こんな状態じゃ、攻撃を躱《かわ》すので精一杯。こっちから攻撃するなんてとても――と、表情を歪めながらクロスが再度槍《やり》に魔力を込めようとした、そのときだった。

「クロス！」

パチィ！

「え――」

シルフィの声と静電気の弾けるような音が響くと同時、クロスの中に、そのイ、メ、ー、ジ、が流れ込んできたのは。

不可思議な感覚に面食らう。

が、戸惑っている暇はない。クロスはほとんど本能でその感覚に従い力を行使していた。

（小さな電気の道を着地点に飛ばして、動線を確保してから魔力を解放するイメージ！）

バチィ！

瞬間、空中に飛び出してきた《魔術師殺し》を回避すると同時、クロスは無事に地上へと着地していた。黄金のランスに魔力を流し込みながら望んだ通りに。

「制御ができてる……!?　シルフィ、いまのは!?」

いきなり制御が可能になった力に、クロスは背後のシルフィを振り返る。クロスの《中級体外魔力感知》が、流れ込んできたイメージの源泉をシルフィだと察知していたからだ。だが、

「え……？」

必死な表情でランスの長い持ち手を握っていたシルフィから返ってきたのは戸惑うような声と瞳《ひとみ》。

恐らく、わかってやったわけではないのだろう。

けれど、強大な力に振り回される少年をどうにか助けようとがむしゃらに握った槍《やり》の持ち手を通じて、まるで電気信号のように、シルフィが雷速を操る際のイメージがクロスへ流れ込んできているのは確かだった。それはまるで夢のような、シルフィが槍から手を離した瞬間に消えてしまうだろう儚《はかな》い感覚。だが、これなら……！

「シルフィ、そのまま僕と槍の持ち手を離さないで！　僕に力を――君が頑張って身に付けたその力を貸してほしい！」

「……っ！」

ぎゅっ。戸惑うように、躊躇《ためら》うように。けれどしっかりとしがみついてくるそのぬくもりに

応えるように、クロスは全身に魔力を漲《みなぎ》らせた。

「キュアアアアアアアッ！」

何度も姿を消すこざかしい獲物を今度こそ仕留めようと再び下肢に力を溜める怪物を前に、全神経を集中させる。

イメージする着地点は《魔術師殺し》の遥か後方。

狙うは一点。

こちらに跳躍しようとする《魔術師殺し》の胴体。

甲殻と甲殻の隙間へ照準を合わせるように槍の穂先を構え──全力の魔力を叩き込んだ。

「これで、最後だあああああああああ！」

瞬間──ピシャアアアアアアッ！

クロスとシルフィの握る黄金の槍が、広大な地下空間に一筋の閃光《せんこう》を描いた。

雷鳴を轟《とどろ》かせるほどの速度。

反応も防御も許さない神速でもって、怪物の身体《からだ》を守る甲殻の隙間へとその穂先を叩き込む。

ガガガガガガギギギギギ！

「キュアアアアアアアアアッ!?」

金属と金属のぶつかる甲高い轟音《ごうおん》が響き、雷速の突進を受けて後方へと突き飛ばされる《魔術師殺し》の悲鳴が轟いた。

だが、

「キュ、アアアアアアアアアアアア！」

「……っ!!」

貫けない。

クロスが片腕で力を込めきれないからか、危険度《リスク》7のポテンシャルゆえか。

ランスの勢いに押されて後方へ吹き飛び岩壁に叩きつけられてなお、その甲殻はギリギリのところでランスの突撃に耐えていた。ヒビが入り穂先が肉を抉《えぐ》るが、そのわずか数瞬の間に鋭利な大鎌がクロスたち目がけて振り下ろされる。だが、

「さ、せ、るかあああああああああああああああ！」

《中級剣戟《けんげき》強化》！　《身体能力強化》！

攻撃を事前に感知したクロスが残りの魔力をすべてその一撃へ注ぎ込み、全身全霊をもってランスを押し込んだ、刹那《せつな》――ゴシャアアアアアアア！

「ギュアアアアアアアアアアアアアアアアアアアアアアアアアア!?」

ただひたすら真っ直ぐ突き進む愚直な槍《やり》が、堅牢な甲殻をぶち抜いた。

背後の岩壁にも大穴があき、金切り声のような断末魔が響く。

やがて――ぐしゃっ。

胴体に野太い風穴をあけられた怪物の上半身が下半身と分かれるようにくずおれて。

静まりかえったその広大な広間にはもう、シルフィを害する存在は残っていなかった。

「……っ」

どしゃっ。

岩壁を貫いた黄金の騎槍《ヴェアトロス》を引き抜くと同時。

すべての気力を使い果たしたかのようにクロスはその場に座り込んだ。

その背中で一部始終を見届けていた精霊の少女は、信じがたいものを見たように呆然《ぼうぜん》と目の前の《無職》を見下ろす。

（勝っ、た……？　本当に……？）

あの怖い人攫《ひとさら》いたちだけでなく、あんなにも強大なモンスターにまで。

けれどいくら現実だとは思えなくとも、目の前で危険度《リスク》7がピクリとも動かなくなっているのは事実で。

助かったのだという実感に、一度は本気で命を諦《あきら》めた少女の身体《からだ》から急激に力が抜ける。

だが……その表情は決して晴れやかなものではなかった。

死にたいわけじゃない。生きていたい。けれど先ほど叫んだように、こんな身体で生きていたってまた今日みたいに誰かに迷惑をかけるだけで……。

そんな気持ちがどうしても拭い去れず、シルフィは顔を伏せたままでいた。

けれど、そのとき。

「シルフィ……ありがとう……」

「え……?」

背中からシルフィを降ろし、真っ直ぐ彼女を見つめながら。

まだ雷光を宿すランスを示し、掠《かす》れた声でクロスが言ったのだ。

「あのモンスターには絶対に僕だけじゃ勝てなかった。……情けないな、僕は。助けに来たつもりが、シルフィに助けられちゃった」

「……っ!?」

瞬間、シルフィは言葉に詰まる。

クロスの優しい笑みに、頭の中をいくつもの反論が満たした。

違う！　それは違う！　今日の出来事は全部自分が招いたことだ。軽率に孤児院の外に出た自分が悪くて。この身体が元凶で。生まれてきたことが間違いで。だから、ありがとうなんて言われていいはずがない！

けれど、

「シルフィがいてくれてよかった……その力で助けてくれて、本当にありがとう」

「……っ」

慰めでも気休めでもない。

本心からそう言っているのだとわかるバカみたいなお人好しの言葉に……浮かぶ反論は無意味だった。

消えてしまいたいという願いの底にずっとずっと隠れていた。もうとっくに諦《あきら》めていた。けれどなによりも欲しかったその言葉に、どうしようもなく胸が締め付けられる。

傷つけるだけの力。迷惑をかけるだけの存在。それは揺るぎない事実で、制御できない限りその現実は変わらないけれど……それでもいまこの瞬間、この力で誰かを救うことができたのは本当なのだと。

「う……うぁ……っ」

それは、かつて世界最強の三人組に助けられたときも、人攫《ひとさら》いから救われたときにも流れることのなかった涙。次から次へと溢《あふ》れる温かい滴が、柔らかい頬《ほお》をボロボロと滑り落ちていく。

「うえ……うわあああああああああああああぁぁ……っ！」

「え……シ、シルフィ……!?　大丈夫!?　さっきの高速移動でどこか痛めちゃった!?」

突如わんわんと泣きだしたシルフィに、クロスがあわあわと取り乱す。けれどシルフィがどこも痛めていないことにすぐ気づくと、

「ありがとう……本当に」

繰り返し繰り返しそう言って。

すがりついてくるシルフィが泣き止むまで、ずっとその滴を受け止め続けた。

――そうして。

各種ポーションで回復したクロスは「手遅れかもしれないけれど……」と動かなくなったならず者にいくつかの処理を施したあと。かつてロックリザード・ウォーリアー戦後にジゼルとそうしたように《魔術師殺し》の身体《からだ》を解体。その一部をモンスター避けにしながら切り飛ばされた左腕を拾い、シルフィとともに今度こそダンジョンを脱出するのだった。

クロス・アラカルト　直近のスキル成長履歴

《中級剣戟《けんげき》強化Ｌｖ10（２Ｌｖ上昇）》
《身体硬化【中】Ｌｖ６（２Ｌｖ上昇）》
《重傷自動回復Ｌｖ11（１Ｌｖ上昇）》
《風雅跳躍Ｌｖ７（１Ｌｖ上昇）》
《中級体外魔力感知Ｌｖ14（７Ｌｖ上昇）》
《中級体内魔力感知Ｌｖ１（２Ｌｖ上昇）》
《中級気配遮断Ｌｖ５（３Ｌｖ上昇）》
《身体能力強化【中】Ｌｖ19（２Ｌｖ上昇）》
《緊急回避ⅡＬｖ17（２Ｌｖ上昇）》
《痛覚軽減ⅡＬｖ３（２Ｌｖ上昇）》
《中級体外魔力操作Ｌｖ１（２Ｌｖ上昇）》
《中級体内魔力操作Ｌｖ１（２Ｌｖ上昇）》
《遅延魔法Ｌｖ９（２Ｌｖ上昇）》
《中級気配感知Ｌｖ14（７Ｌｖ上昇）》

《トリプルウィンドランスＬｖ10（２Ｌｖ上昇）》
《中級クロスカウンターＬｖ10（１Ｌｖ上昇）》
《イージスショットＬｖ５（１Ｌｖ上昇）》
《アナザーステータスＬｖ３（２Ｌｖ上昇）》
力補正＋170（40上昇）　防御補正＋190（40上昇）
魔防補正＋80（30上昇）　俊敏補正＋220（40上昇）
特殊魔力補正＋180（20上昇）　攻撃魔力補正＋150（30上昇）
加工魔力補正＋60（20上昇）　器用補正＋90（50上昇）

エピローグ

僕とシルフィが無事にダンジョンから脱出したあとは大騒ぎだった。

「クロス君〜！　早くその腕診せて〜！　時間が経ちすぎると私でも完全にはくっつけられなくなっちゃうから〜！」

「シルフィも早く魔力回路を！　……っ、やはり損傷が激しいな。私とロザリアの媼《おうな》、テロメアですぐ治療にかかろう。まさかダンジョン脱出アイテムが使えない状態で危険度《リスク》7と遭遇するとは……！　二人ともよく生きて戻った！」

僕とシルフィの怪我《けが》に備え、リオーネさんと交代でダンジョンへやってきていたテロメアさんから冗談みたいな回復スキルが連発され、そのまま隠れ孤児院へ直行。

「一人で盗賊団を追っていったとは聞いてたが、危険度《リスク》7とも遭遇しただって!?　どうやって生き残ったんだい!?」

と、眠らずに待っていたロザリアさんや孤児院の子供たちにもみくちゃにされたり質問攻めにあったりはしたのだけど……僕とシルフィはろくに受け答えもできないまま緊張の糸が切れたように気絶。その後丸二日も眠り続けるのだった。

そうして目覚めたあと、僕は起き上がった病床でまた師匠たちにもみくちゃにされつつ（思い出すだけで顔が熱くなる……）、諸々の顛末《てんまつ》を聞かされた。

まず、シルフィを攫《さら》おうとした盗賊団の面々は一人残らずリュドミラさんたちが捕縛し、かるーくなごやかーに話を聞いたあとギルドに引き渡したらしい。彼らは僕がシルフィとダンジョンを脱出する際に分け与えておいた《魔術師殺し》の素材と自前の《気配遮断》スキルを使ってどうにかダンジョンを自力脱出したようなのだけど、テロメアさんが複数のダンジョン出口に仕掛けまくっていた設置型の状態異常スキルで一網打尽にされたとのことだった。

それから《魔術師殺し》に左手と右半身を食いちぎられたヴァイルだけど……驚いたことに彼もまた一命を取り留めてギルドに引き渡されていた。

《魔術師殺し》を倒したあと、すでに呼吸も完全に止まっていた彼の身体《からだ》に僕がポーションを使い、ダンジョン脱出アイテムで入り口まで転送。僕の意図を察したテロメアさんが即座に治療してくれたおかげだった。ただ、さすがにテロメアさんでもそう都合良く蘇生はできなかったらしく、

「ほとんど死んじゃった状態で時間が経ちすぎてたうえに血も大半が流出しちゃってたから～。上級職の生命力もあってひとまず命は繋《つな》いだけど、意識はいつ戻るかわからないし、食べられた部位は戻ってきそうにないかなぁ。切られた腕が残ってたクロス君と違って～」

とのことだった。

それでもあの状態のヴァイルの命を繋《つな》ぎ止めたテロメアさんの回復スキルは異常の一言。目が覚めたときにそれを聞いた僕は「そうですか……」とひとまず胸を撫《な》で下ろしたのだった。

いくら救いようのない悪人でも、その罰はモンスターに食い殺されることではなく、裁かれることで償うべきだと思うから。

「まったく。あれだけの死地を超えた直後にアレの命まで救おうとするとは……相変わらず君はお人好しが過ぎるな」

「まあなんにせよファインプレーだ。テロメアが拷問した下っ端どもはろくな情報を持ってなかったからな。いつになるか知らねえが、目ぇ覚ましたら精霊捕縛縄なんて国宝級の代物をどうやって手に入れたか拷──聞き出さねえとだしな」

と、師匠たちから半ば呆れたように、けれどどこか嬉しそうに言われむずがゆい気持ちになる。

そうして──切られた腕も問題なく繋がり、全快した身体《からだ》に異常がないかテロメアさんに最終確認を受けたあと。僕は予定から二日遅れてバスクルビアに帰ることになった。

＊

「孤児院はすぐにでも引っ越すことにしたよ。リオーネたちの力も借りて速攻でね。もともと移動する予定ではあったが、こんなことがあったんだ。万が一また似たようなことがあってもすぐに救援を頼めるよう、今度はバスクルビアの近くに居を構えるつもりさ」

帰還の準備を終えたクロスが挨拶《あいさつ》のために顔を出すと、元S級冒険者ロザリアは紫煙をくゆらせながらそう言った。

「しかしまあ、今回は本当になんと言っていいのか。ちょっとやそっとじゃ恩を返せないくらい世話になっちまったねぇ。困りごとがあったら言いな。まあそこの悪ガキ三人組がいれば大抵のことは大丈夫だろうが、なにかあれば喜んで手を貸すよ」

「い、いえそんな。僕もここでたくさん鍛えてもらいましたし、シルフィを助けられたのはそのおかげでもありますから。こちらこそお世話になりました」

元S級冒険者からの言葉にクロスが照れたように恐縮する。

そんな少年の態度にロザリアは軽く目を見張り、

「……ったく。本当になんでこんな子が悪ガキどもの弟子なんてやってんだか。それとも、案外こういうヤツが世界をひっくり返したりするのかねぇ。大したもんだよ」

クロスには聞こえないほど小さな声でぼそりと呟《つぶや》いた。

その言葉をクロスの隣で聞いていた悪ガキ三人組《リオーネたち》は「そうだろうそうだろう」とまるで自分が褒《ほ》められたように自慢げに頷《うなず》く。

（しかしまあ本当に今回は大したもんだぜ。ろくでもねぇ魔法装備を使ってきやがった上級職をぶっ潰《つぶ》しただけでも十分すぎるってのに、シルフィの力を借りたとはいえ危険度《リスク》7まで倒したっつーんだからな。さすがはあたしの弟子、まだ褒《ほ》め足りねえくらいだ）

（場合によってはクロスに恨まれる覚悟でダンジョン脱出アイテムを強制発動するつもりだったが……ギリギリまで信じて正解だったな。素晴らしい戦果だ）

（クロス君も当初の予定よりずっと成長できたし、なによりシルフィちゃんが無事に戻ってきたし、最後には全部まるく収まって本当によかったよ〜）

血の気の引く場面は多々あったものの、終わってみれば結果は上々。

命がけでシルフィを救いだし成長を果たしたクロスに惚《ほ》れ直すように、リオーネたちは上機嫌な笑みを浮かべていた。短期合宿でクロスと距離を縮めるという目的は色々あってうやむやになってしまったが、今回はクロスとシルフィがとりかえしのつかない事態にならなかっただけで十分すぎる結果だろう。そもそもついこの間、水着で少し攻めすぎたばかりだし……。

——と、世界最強クラスの三人組が順調に進む恋人育成計画の進捗《しんちょく》に概《おおむ》ね満足していたそのときだった。

小さな影が、どこか気恥ずかしそうにロザリアの背後から顔を出したのは。

「……クロス、もう行っちゃうんだ」

「あ、シルフィ！」

目が覚めてからまだ顔を合わせていなかった精霊の少女に、クロスがぱっと顔を輝かせる。

体調は問題ないと師匠たちから聞いていたものの、傷ついた魔力回路の治療のためにずっと会えていなかったのだ。思わず駆け寄り視線を合わせるように腰を屈める。

「よかった、もう出歩いても平気なんだね。体調はどう？」

「うん。お姉ちゃんたちがしっかり治してくれたから」

言って、シルフィは元気な姿を見せるように淡い笑みを浮かべた。

その様子にクロスは「そっか」と胸を撫《な》で下ろす。

「それでね……その、まだちゃんと言えてなかったけど」

と、シルフィはどこか気恥ずかしげに視線をさまよわせる。

けれど最後にはクロスをしっかり見つめて、

「私のこと、助けてくれてありがとう」

「……うん、どういたしまして。僕のほうこそ、助けてくれてありがとね」

きっとシルフィはお別れの前にそれを言いに来てくれたんだろう。

それが嬉しくて、けどやっぱり少し照れくさくて、クロスははにかみながら言葉を返す。

そんな二人の様子を微笑《ほほえ》ましく見守っていたリオーネたちも「なんやかんやで上手く収まったか」と改めて満足気だ。と、その直後。

「あ、あとね。もうひとつだけ、クロスが帰っちゃう前に言っておきたいことがあって……

恥ずかしいからちょっと耳を貸してほしいの」

シルフィがそんなことを言い出した。

なんだろう？　と思いつつクロスは腰を屈めたままシルフィに横顔を向ける。

だがそこで、クロスはふと違和感を抱いた。

（あれ？　でもいいのかな。シルフィ、人に近づくのをあんなに怖がってたのに……）

雷化を強引に封じるあの卑劣な縄はすでに破棄されているし、シルフィの魔力回路は完全回復済み。常時雷化しているシルフィからすればただの耳打ちさえ避けたい行為のはずで。耳打ちするくらいなら場所を移したほうが、とクロスが提案しようしたそのとき——精霊の不意打ちはすでに決まっていた。

パチッ——無防備に横顔を晒《さら》したクロスの頬《ほお》に、シルフィがその可憐《かれん》な唇を重ねていたのだ。

「「「は——っ⁉」」」

瞬間、それまで余裕の笑みを浮かべていた三人の女傑が目を剝《む》いて固まる。

だがそうして石化したように硬直する師匠たちの様子など、盛大な不意打ちを食らったクロス本人はまるで気づいていなかった。それどころではなかったのだ。

「え⁉　な⁉　え⁉　シ、シルフィ⁉」

な、なに!? 　いまなにされて……!? 　頬にすごく柔らかい感触が……!? 　え……!? 　キ、キスされた!? 　な、なんで!? 　というか、あれ!? 　ならどうして僕は感電してないんだ!? 　静電気が走るような刺激はあったけど……!?

あまりに唐突な出来事に脳裏をいくつもの疑問がよぎり、クロスはキスされた頬をおさえながら大混乱に陥る。

「えへへ。引っかかった。あんなに強い敵の攻撃は避けられるくせに、やっぱりこーゆーのには弱いんだ。まだまだだねクロス。それ、私からのお礼だから」

目を白黒させるクロスを見つめながら、シルフィは物語に出てくる悪戯《いたずら》好きの精霊のようににんまりと笑う。けれどその頬は火がついたように赤くなっていて、

「あんたに助けられてから、この力《ユニークスキル》の制御が少しだけしやすくなったの。それでもいまはまだこうして一瞬触れあうくらいが限界だけど……次に会うときはもっとこの力を制御できるようにしておくから。楽しみにしといてよね」

言うが早いが――バチィ！

まるで言い逃げでもするかのように、シルフィは雷速でその場から消えてしまうのだった。

残されたクロスはいまだに混乱したまま呆然《ぼうぜん》と立ち尽くし――その顔が時間差で真っ赤に染まる。

（……っ!? 　な、なに赤くなってるんだ僕は!? 　シルフィはまだ十歳にもなってない子供な

のに！）

きっとシルフィはまだこういうことがよくわかっていなくて、だから「お礼」と称して少し背伸びしちゃっただけで……！　だから落ち着けとクロスは必死に自分に言い聞かせる。

けれどシルフィに口づけされた頰《ほお》はまだジンジンと燃えるように熱を放っていて――その後しばらく、クロスの狼狽《ろうばい》と混乱は収まる気配を見せないのだった。

そんなクロスの狼狽《うろた》えぶりに笑いをかみ殺しながら……シルフィの企みをなんとなく察していたらしいロザリアが小さく呟《つぶや》く。

「まさかあの子がこんなかたちで雷化への忌避をなくして、能力制御のモチベーションまで取り戻すことになるなんてねぇ。図らずも依頼をこなすとは、小僧もいよいよ有望な英雄の卵じゃないか。ちょいとばかりタチは悪いが」

そうしてロザリアは紫煙をくゆらせ、

「にしても、情けないねぇ。天下のS級冒険者が三人揃って子供に出し抜かれてるじゃないか」

言って、いまだ石化したままの三人組にからかうような視線を向けていた。

そんなこんなで愛弟子《まなでし》の初めて（頰へのチュー）を目の前で奪われ脳を破壊された世界最強クラスの三人組はといえば――さすがにシルフィをしめるわけにもいかず、いまだかつてない大ダメージに呆然《ぼうぜん》と立ち尽くし続けていた。

こういう事態を避けるために計画した短期遠征合宿がなぜこんなことに!? と自問自答を繰り返すと同時、想定外の事態に狼狽《ろうばい》しまくる三人の脳裏にある懸念がよぎる。

(な……!? あ……!? この私が惚《ほ》れ込んだくらいなのだからある程度想定していたとはいえ、あの毒虫《エリシア》といいシルフィといい……っ)

(まさかクロス君って……警戒してた以上にモテる……!?)

(いやそれだけならまだいいとして……こんだけ激しくモテるんじゃあ、そのうち**クロスを力尽くで攫《さら》おうとするような頭のおかしい女**が出てきてもおかしくねえんじゃねえのか……!?)

い、いやまあそれはさすがに発想が飛躍しすぎだとは思うが……たとえば純粋無垢《むく》なクロスが**いまのように無理矢理手籠《てご》めにされる**ことは十分考えられるわけで。

かといってクロスを手厚く守護《まも》っても成長が阻害されるだけだし、そんなことをして万が一うっとうしがられたりでもしたら目も当てられない。考えただけで卒倒ものだ。

(((ど、どうしよう……いや、どうにかしなければ……!)))

それこそ本当にクロスを手籠めにしたり攫ったりするようなイカレ女が出てくる前に!!

頂点職にまで上り詰めたS級冒険者三人組はまさかの事態にパニックを起こしたまま、振り出しに戻ったかのように再び頭を巡らせるのだった。

＊

アルメリア王国から遥か東に位置するとある国。

その王城はいま、かつてないほどの厳戒態勢にあった。

平時の倍近い衛兵に、索敵能力に秀でた信頼のおける精鋭冒険者パーティ。さらには国内最強クラスの戦力であるベテラン最上級職三人が投入され、周辺警戒に当たっている。それこそ首都防衛戦でも行うのかといった陣容である。

その原因となった一枚の紙切れを、警備部長である最上級職の男が握りつぶす。

「なにが『今宵、宝物庫の中身をすべていただきに参上する』だ……！　犯罪者風情が予告状など、舐《な》め腐りおって……！」

額に青筋を浮かべ、警備部長は共通スキルである《気配探知》をさらに強める。

専門職には劣るが、しかしそれでも人外領域と呼ばれる高みへと足を踏み入れた最上級職の探知スキルだ。周辺に配置された歴戦の《上級盗賊《シーフ》》や《上級レンジャー》の合同探知スキルも展開されているいま、王城内部には賊が好き勝手に動ける場所などひとつもない。

「我らが血と汗を流してかき集めた戦利品の数々、盗めるものなら盗んでみろ調子に乗ったコソ泥が！　その悪名ごと叩っ切ってくれる！」

国宝級のマジックアイテムや装備品、金銀財宝が厳重に収められた宝物庫の前で殺気を滾《たぎ》らせ、警備部長は一瞬の隙《すき》もなく武器を構え続けるのだった。

——その宝物庫がすでに空になっていることに、明け方まで気づかないまま。


「ふふ。空の宝物庫を守り続けるなんて変わった趣味もあるものだね」

満月を背に、その華奢《きやしや》な影が王城から遠く離れた夜の街を駆け抜けていた。

年は二十代前半。絶世の美貌《びぼう》をもつ獣人の女性だ。

シルクハットにスーツ、手にはステッキと少々変わった服装ながら、彼女を認識できる者は誰もいない。凄《すさ》まじい速度で疾走しているにもかかわらず、彼女の周囲からは一切の音と気配が消えているのだ。

そうして街を駆け抜けた末、彼女はとあるお屋敷へと辿《たど》り着く。

当然のように警備をすり抜けた彼女はお屋敷の中で最も大きな寝室へと足を踏み入れる。

そこにいたのは、物憂げに窓の外を眺める女性だ。

シルクハットの女性は懐から戦利品のひとつを取り出すと、その深窓の令嬢へと背後から声をかける。

「こんばんはお嬢さん。捜し物はこれでいいのかな？」

「っ!?　……っ！」

声をかけられた二十代後半の女性——つい最近この屋敷の当主になった未亡人がはっとしたように振り返る。生気の抜けた顔だ。しかしシルクハットの女性が掲げたネックレスに気づいた途端、その顔に生気が戻り、頬《ほお》に涙が伝う。

「はい、はい……っ、戦死した夫に私が贈ったお守りはこれで間違いありません……っ」

ネックレスを胸にかき抱き、未亡人の女性が床にくずおれる。

「本当に取り返してくれるなんて……っ。なんとお礼を言えばいいのか……報酬はいくら時間がかかっても必ず――」

と、その言葉は途中で遮られた。

シルクハットの女性が「いや、構わないよ」と人指し指で唇を封じたのだ。

「あなたが依頼をしてくれたおかげで、そのネックレスのほかにも悪い蒐集家《しゅうしゅうか》に攫《さら》われた子たちを見つけてあげることができたからね。ふふ、この子たちが『こんなところにいたくない』と囁《ささや》くものだから、つい全員連れてきてしまった」

言って、女性がかぶっていたシルクハットをひっくり返せば――ドシャアアア！　大容量のアイテムボックスであるその帽子から、とんでもない量の金銀財宝がぶちまけられる。

「っ!?　なっ!?」

まさかこれ、全部盗んできたの!?　こんな国が傾くほどの財宝をどこから!?

と、よもや敵国の王城から手当たり次第盗んできたとは夢にも思わない未亡人は目を丸くする。

シルクハットの女性はそんな彼女の手にいくつかの宝石を乗せながら、

「この輝きはあなたのような人にこそふさわしい。いくつかもらってあげてくれないかな?」

「……いえ。必要ありませんわ」

と、未亡人の女性は深呼吸して自らを落ち着けたあと、

「たとえ引き継いだ領地の維持が大変でも……取り戻していただいた夫との思い出さえあればこの先もずっと私は強く生きていけますから。もし必要ないというのなら、その財宝はどうか、戦で疲弊した兵や民に」

淡く微笑《ほほえ》み、再び丁寧に頭を下げるのだった。


「やれやれ。珍しく盛大に振られてしまったね。それにしても……思い出さえあれば強く生きていける、か……。彼女の様子からして、それは本当なんだろう」

依頼をこなし屋敷から立ち去ったあと。

シルクハットの女性は尖塔に腰掛けて月明かりを眺めながら、先ほどの未亡人の言葉を振り返っていた。

依頼を受けた際は抜け殻のようになっていた彼女が、ネックレスを前にした途端、人が変わったように生気を取り戻した。その様はあまりにも劇的で。

その強烈な思慕に当てられたように、彼女はぽつりと口にする。

「夫、恋人か。それは一体どういうものなんだろうね」

いままでずっと一人で気ままに生きてきた。そこに不満はまったくないし、群れるのが苦手な彼女にとって身軽な生活は性に合っている。いまさらこの自由な生き方を変えようとは思わない。けれどふと、孤高めいたこの生活がずっと続くのだと考えた途端、胸に言いようのない寂しさが芽生えていた。

パートナーを得るとはどういうものなのか、少しばかり興味が湧《わ》いてくる。

けれど、

「このボクにふさわしい男がそもそもいるのかどうか……」

仮にパートナーを得るとすれば、自分より弱いなどあり得ない。

最低でも自分に匹敵するほどの格をもち、なおかつ好意を抱ける人柄でなければ話にならなかった。それはどんなお宝よりも希少な存在といえるだろう。

また運良くそんな異性に出会えたとして、果たして自分はその人物に愛着を抱けるのか。

いままで盗んできた財宝の中で、ずっと所持していようと思えたものはほとんどない。

どんなに素晴らしい芸術品や宝石も、ある程度鑑賞し愛でたあとはしかるべき場所へ売るなり譲るなりしてしまうのだ。

手元に残しているものといえば、それこそ性能のいい装備やマジックアイテムくらい。打算抜きで側に置いているものなど皆無と言ってよかった。

なぜだろうと思索にふけり——やがてひとつの天啓が下りてくる。

「ああそうか。もしかすると、ただ他人が作り出したものではなく、自分で磨き光らせる工程があれば愛着が湧《わ》くのかもしれない」

思えば、長く身に付けているマジックアイテムや装備品は日々の手入れや微調整で手放しがたい魅力が付与されているような気配があった。

自ら磨いて自分好みの男へ育て上げる。

これならば存在するかどうかもわからない理想の男を探し続けるよりも遥かに希望が持てるし、愛着が湧く可能性も高い。極めて効率がいいように思われた。

考えついたその妙手に、シルクハットの女性は「ふふっ」と上機嫌に笑みを深める。

「そうと決まれば話は早い。磨けば光るボクだけの宝石を見つけにいくとしようか」

言って、盗み出した金銀財宝を解放するように街へバラまくと、彼女は夜空へ身を躍らせた。


猫獣人。

頂点職《大怪盗《ファントムシーフ》》——セラス・フォスキーア。

青みがかった黒髪と猫の尾、猫耳を揺らし、S級犯罪者と称されるその若き女傑は人生最大のお宝を求めて旅立つのだった。

英雄の原石が集まるという冒険者の聖地——バスクルビアへと。

あとがき

電光石火のシルフィ（二つ名）。

と、師匠たちをもぶち抜く脅威の速度で精霊さんが駆け抜けていったわけですが……それとは反対に本作の刊行、大変お待たせいたしました。

それというのも、実はかなり厄介な病気に罹ってしまいまして。

別シリーズ淫魔追放の2巻あとがきでも書いたのですが、執筆どころかまともに暮らせる住居がないというわけのわからん状況に陥り仕事がまったくできなくなっていました。

いちおう現在では色々と試行錯誤したり身体《からだ》に合う薬を見つけるなどしてだいぶ改善しており、勢い余って既に師匠5巻の原稿も書き上がってたりするくらいなのですが……なんとも不安定な身体です。

くっ、体調不良さえなければ企画書段階からいたあの人をマス○ーニャより先にお出しできたものを……っ！（まあ泥棒猫なんてぼちぼちかぶりがちなネタではあるんですが）。

こんな世の中ですので、皆様も体調不良にはお気を付けください。

あ、あとそれから3巻ではあとがきがなかったのもあり言及が遅れたのですが、皆様本作の

コミカライズ版はご覧になりましたでしょうか⁉

いやもう、本当に凄《すご》いの一言です。画力や構図は言うに及ばず、本作を連載向きに再構成してめちゃくちゃテンポ良くまとめていただき凄《すさ》まじいクオリティになっています。再構成にあたって原作にないキャラの台詞や展開もちょいちょいあるのですが、いずれも監修を入れる必要がほぼないくらい極めて自然なものになっており、原作組の方もめちゃくちゃ楽しめること間違いない内容です。なんなら原作の僕が更新を一番楽しみにしてるまであるくらいなので、クオリティと面白さはもう折り紙付です。

アプリではマンガワン、ＷＥＢでは裏サンデーで読めますので、是非チェックしてみてください！


さて、そんなこんなで謝辞です。

今回も出版に携わってくださった皆様、ありがとうございました。

そしてイラストを手がけてくださったタジマ粒子先生、今回もエロ可愛《かわい》いイラスト本当に眼福です。あの方のキャラデザも素晴らしく、いまから次巻が楽しみです。

それでは、今度はできるだけお待たせしないよう続きを出せればと思いますので、師匠ズ大暴れの修羅場となる５巻でまたお会いしましょう。

GAGAGA

ガガガ文庫

僕を成り上がらせようとする最強女師匠たちが育成方針を巡って修羅場4

赤城大空

発行　2023年1月23日　初版第1刷発行

発行人　鳥光 裕

編集人　星野博規

編集　小山玲央

発行所　株式会社小学館

〒101-8001 東京都千代田区一ツ橋2-3-1

[編集]03-3230-9343　[販売]03-5281-3556

カバー印刷　株式会社美松堂

印刷・製本　図書印刷株式会社

Printed in Japan　ISBN978-4-09-453111-4